地域與社會叢書

清代噶瑪蘭文學發展史

游建興　著

蘭臺出版社

序

　　大約從一九七〇年代起,臺灣的學界與社會興起一股追求鄉土、本土的浪潮,加之解除戒嚴、政權更替,臺灣逐漸確立其主體立場,力求擺脫「中國學」的邊緣、支流地位,「臺灣學」成為顯學,成為一股沛然不可擋的大浪潮,但無論如何圓說巧解,總是脫不離「漢學」、「華學」的一環,這是「五緣」的結構性基因,很難避開不談的。惟一的好處在公共辯論及學術論述中獲得一正當性、尊重性的地位,不再被某些自尊自大的「中國學」學者睥以「白眼」。不過,臺灣研究被滲染了太多意識型態,不客氣說,過了頭;「統」、「獨」兩派都大有問題,因此多年來我躲在「古蹟」此一領域中,不想也不敢去碰某些敏感課題,也不希望我的學生去碰觸。

　　筆者不才,曾在敝校文學所開「清代臺灣古典文學」一門課,游建興同學因選修此門課,而與我結緣,爾後也跟了我二年,或選讀,或旁聽,最後居然希望我能指導他碩士論文。當下師徒兩人從選題、收集閱讀資料,擬定章節綱目,撰寫初稿,這中間我還曾因不滿意,逼他三易其稿。選題時,我因建興是宜蘭人,且在宜蘭某國小教書,在地人「宜」多研究在地史,回顧檢討以往研究文獻及課題,在區域文學方面,宜蘭地域文學尚未有人研究,因此正有發揮空間,且有前賢模式可供參

考，因此定下題目為宜蘭之區域文學史。在回顧檢討既有研究時，發現諸人作品幾乎千遍一律只是作家作品的彙集解說，最多抄撮一兩段的地區開發史，於時代環境、地域差異、詩文風格、科舉與文學關係、原住民文學皆有所不足，有些名家作品更是無所理趣，等而下之，氣貌劣陋者也不在少數，我要建興避開這些缺失，尤其注意「神話」、「諺語」、「歌謠」、「楹聯」、「傳說」等民間文學。其中原住民文學一章，因資料過少，寫得不甚滿意，我要建興乾脆抽掉，並將題目正名為「漢人文學」，以免對宜蘭地區原住民同胞不公平。這一路下來，師徒兩人共同閱讀、思考，他忙，我也忙，他累，我更累，他煩，我特煩，但總算順利將碩論完成，不僅邀得其他兩位口試委員肯定讚賞，高分通過，而且甫一畢業，即考上文學所博士班，繼續深造。

這本碩論在兩位口試委員建議之下，作了若干修改，不久推薦給蘭臺出版社出版，幸經審查通過，列入「地域與社會」叢書，此建興之榮譽也，我亦光采也。書將梓刊，出版者囑我寫序，義不容辭，書此以紀念一段師生因緣，並盼此書之出版能為臺灣區域或文學史奠一基石，宜蘭一地文學史也不致空白。是為序。

閩侯

卓克華

寫於三書樓

2007.7.16

自序

　　清代臺灣文學的研究，在現今學術界蔚為顯學，在諸多前賢的努力之下，目前已有多個縣市的文學史已經出版，而部分仍然藏諸名山的碩、博士論文也都寫的非常地精采。但是，儘管學界對於清代臺灣文學的氣氛如何熱絡，清代噶瑪蘭的文學卻仍然被靜置於一旁，等待有心人士的發掘與書寫。恰巧此時，諸多因緣聚合，有幸授業於卓師門下，經過師父細心的調教與指點，領我進入了臺灣文學的研究領域，日後更在多位師長的督促提點之下，終於完成本書，回盼一路的修業以及寫作過程，可說倍極艱辛。

　　現在全書業已完成，心中可是五味雜陳，一方面是對支持的父母親以及內子意如有了一點交代，尤其是意如，因為寫作過程，如果沒有她的全力支持，一手擔負起家務的處裡以及孩子的照顧，我是無法全心蒐集資料，放手寫作，因此，這本書能夠完成的背後，是她無私的付出。一方面則是不辱師命，順利完成本書。寫作過程雖然辛苦，但是看到全書的完竣，其實那些點滴早已化為甘甜與喜悅，匯入記憶之中，等待他年或許會有可能再次被提及吧。

　　由於本書的完竣以及出版，是集合了眾人之力，從一開始的收集資料，寫作過程卓克華老師的指導，潘美月老師以及龔

顯宗老師細心的審閱與提點，讓我的文章更加成熟與完備。書成之後更蒙蘭臺出版社的協助，使得本書得以順利付梓，實在令我非常的感激，所以最後在此一併致謝，謝謝。

目　次

第一章　緒論

　　臺灣土地較全面性的開發，始自康熙二十三年（1684）。康熙帝將臺灣收入版圖後，因為臺海的政治敵對形勢已經銷解，閩粵沿海的居民再次大量渡海來臺拓墾，加速了全臺各地的發展。清領初期，臺灣部分區域，或因地緣因素，或具特殊人文背景而有快速的發展，如臺南地區，但這樣的發展並未對臺灣各地的拓墾起直接的影響。直到同治末年發生日軍侵臺事件之後，突顯出臺灣在海島地理上的優越性與重要性，因而朝廷始將關愛的眼神投注到這塊「蕞爾彈丸之地」。朝廷此後更陸續派了多位大員，如沈葆楨，丁日昌，劉銘傳等，到臺灣來主持開發大計，並且積極辦理近代建設及新式學堂、軍備、海防等等，讓臺灣得以迅速獲得開發，也為臺灣近代化奠定了基礎。隨著時局的遞擅，臺灣也就正式登上近代歷史的舞臺，邁出它自己的步伐。

第一節　清代噶瑪蘭地區的漢人文學概論

　　臺灣西部開發至一段落後達到飽和，各地以及剛從大陸到臺灣的移民為求新拓的天地，才紛紛來到後山開墾，所以噶瑪蘭地區開發的較晚，也正因為漢人的來到，開啟了漢人文學的始頁。由於早先世居於此的原住民族群並無文字書寫，加上早期入噶瑪蘭開墾的先民亦未有文學作品流傳，所以就目前史料記載來看，最早的文學作品約出現於嘉慶年間設治之後。這些作品大多為曾經入蘭任職或遊歷的官宦、文人所作，噶瑪蘭當地文人士紳的作品，要等到較晚的咸豐、同治年間才出現，如咸、同年間的李逢時著有《泰階詩稿》。可見噶瑪蘭在剛開發之初文風仍處萌芽期，要等到土地開發到一階段，地方上的頭人、士紳，為了培養子弟成才，建立書院，延攬博學之士講經授傳後，蘭地文教始漸開展。所以噶瑪蘭的文學發展就臺灣而論，也是起步較晚的。

　　雖然起步晚了一些，但卻展露出有別於文教較早發展的其他區域，噶瑪蘭所獨有的特色與風格。道光年間臺灣道臺兼學政姚瑩，為了幫噶瑪蘭廳爭取增加學額，於奏摺中曾經寫下這樣一段話：「噶瑪蘭廳，自嘉慶十七年歸入版圖，計今三十餘載，戶口蕃滋，經該廳清查現有九萬三千零，內應試文童三百一十八名，文風日盛。」[1]噶瑪蘭的開發約自嘉慶初年吳沙的入墾，之前蘭地概屬化外之地。然正式收入版圖設廳治是嘉慶十七年（1812），但是蘭地文教發展的速度卻是相當快速，逮及道光年，僅三、四十年間蘭地的文童人數已達三百多名，可見文風發展之盛。

　　一地文教風氣興衰，部分因素取決於當地人士對於文教發展

---

[1]　陳淑均，《噶瑪蘭廳志》，（南投：臺灣省文獻委員會，1993年），頁158。

的態度，亦淵源於當地歷史人文之背景。依噶瑪蘭地區文教發展的速度之快，或今想當然爾，噶瑪蘭應是一具高度人文歷史的區域或人口組成富含文教氣息之階層。但史實並非如此，不論當年隨吳沙入墾的人口或之後陸續入噶瑪蘭謀生的移民，大多屬勞力階層，或根本就是凶悍的流民之類。道光三年趙文恪督閩，曾派福州知府方傳穟任臺灣府，候補鹽運副呂志恆借署噶瑪蘭通判，兩人共同處理當時噶瑪蘭廳的稅賦問題及其他廳政，呂志恆條列應造冊者十事，議行及停擺者二十事，經方傳穟複核，上之院司；其中關於地方治安的管理有如下敘述：「蘭民皆係山前廳、縣移徙而來，隻身遊蕩，不安本分，每因鼠牙雀角細故，輒行凶互鬥，滋生事端。」[2]可見初期噶瑪蘭漢移民，大多身分卑微，智識不高，然而卻能注重後代子弟教育，間接促成當地文教之發展。沈葆楨就曾以「淡蘭文風冠全臺」來形容當時北臺的淡水廳、噶瑪蘭廳的文教發展，甚至當時地方要員姚瑩還為獎勵提倡文風而上奏疏，建議增列科考錄取名額及在淡水廳增設科場，以方便北臺士子們就近應試，免去長途奔波之累。

淡水廳不論是開發、設治、幅員、社會、經濟、文教環境等等條件，都遠遠超越當時的噶瑪蘭廳，但是根據道光十一年（1831）的一段記載，我們可以清楚的了解到，當時噶瑪蘭廳雖因種種文教條件的艱困，但文教發展上卻從未落人後，「竊以人文不囿於山川，而士氣端資於培植」、「自開廳之初，置有仰山書院，按期課考；二十載來，疊荷新舊廳主栽培，漸有起色。現入書院肄業者，陸續有一百四十餘名，其未入書院而遠鄉教讀者，有三、四十名，又有初學詩文漸可應試者六、七十名不計外，

---

[2]　同前註。

實在蘭屬童生,確有一百八十餘名,較之淡水廳試童歷屆甫及百名,委係有贏無絀。」[3]開廳後二十年間,噶瑪蘭廳應科考試的童生達一百八十餘名,較之淡水廳試童歷屆甫及百名,委係有贏無絀。可見蘭地文風較之淡水廳毫不遜色。當時的噶瑪蘭廳的文教發展,並不因種種的文化不利因素而落人後。

文教起步雖晚,但因地方的頭人、士紳們,都非常重視家族子弟的教育問題,往往有自己出資建書院,如擺里陳家、員山堡陳正直等,教育子弟知書達禮,參與功名,取士入宦,光耀宗族,凡此都有助於文教事業的推動與發展。

「淡蘭文風冠全臺」的響亮口號下,目前為止,對於清代噶瑪蘭地區漢人文學發展的研究,卻如鳳毛麟角。這其中或許也牽涉著一些外部的因素,例如在本土意識尚未萌起之時,臺灣的文學研究,長久以來,一直是以中國傳統古典文學為中心。雖說清代臺灣的文學發展也是其中一脈,但卻是被忽略的。而當臺灣本土意識漸漸萌生之時,加上五四運動所倡導新文學運動的助力下,臺灣文學研究又偏重以新文學運動、白話文學運動為主軸趨向,是以當文學研究的視野關注到臺灣本土文學之初,相關的清代臺灣文學依然被束之高閣。

往後臺灣政治、經濟、社會、文化環境等方面持續轉變,文學研究的焦點才逐漸移向臺灣文學的曙光初現時期,即明鄭、清領時期。此時相關臺灣的文學研究在古典傳統文學與現代文學研究之間,興起一股反思的浪潮,臺灣文學的源頭由何而來?啟於何時?哪些時空因素造就了當時臺灣的文學發展?全臺各地文

---

[3] 陳淑均,《噶瑪蘭廳志》,(南投:臺灣省文獻委員會,1993年),頁157。

學發展狀況如何？當時的文人與文學作品呈現出什麼樣的面目？因此，明鄭、清代臺灣古典文學的領域才慢慢的受到重視與開發；尤其在區域文學史領域，經過多年、多位優秀學者的披荊斬棘，戮力奉獻，至今則成績斐然，其篳路藍縷之精神，可謂不亞於早先臺地胼手胝足，闢荒蕪以啟良田萬頃的先民。茲先就目前有關臺灣區域文學史的書寫、研究略述如下：

　　專書部份，有莫渝與王幼華的《苗栗縣文學史》，陳明臺《臺中市文學史》，施懿琳、楊翠合著《臺中縣文學發展史》及《彰化縣文學發展史》，江寶釵的《嘉義縣古典文學發展史》，龔顯宗《臺南縣文學史》等著作。

　　學位論文方面，如謝智賜〈道咸同時期淡水廳文人與其詩文研究〉[4]，高麗敏〈桃園文學史料的論析〉[5]，黃美娥〈清代臺灣竹塹地區傳統文學研究〉[6]，張淑玲〈南投地區文學研究〉[7]，郭麗琴〈西螺地區文學發展研究〉[8]，王俊勝〈清代臺灣鳳山縣詩歌研究〉[9]，葉連鵬〈澎湖文學發展之研究〉[10]。

---

[4]　謝智賜，《道咸同時期淡水廳文人與其詩文研究》，臺灣師範大學國文研究所碩士論文，1995 年。

[5]　高麗敏，《桃園縣文學史料之分析與研究》，東吳大學中國文學研究所碩士論文，2002 年。

[6]　黃美娥，《清代臺灣竹塹地區傳統文學研究》，輔仁大學中國文學研究所博士論文，1998 年。

[7]　張淑玲，《臺灣南投地區傳統詩研究》，中國文化大學中國文學研究所碩士論文，2002 年。

[8]　郭麗琴，《西螺地區文學發展研究》，中正大學中國文學研究所碩士論文，2003 年。

[9]　王俊勝，《清代臺灣鳳山縣詩歌研究》，中國文化大學中國文學研究所碩士論文，2000 年。

[10]　葉連鵬，《澎湖文學發展之研究》，中央大學中國文學研究所碩士論文，

　　發表於期刊及各學術研討會的單篇論文，有陳進傳〈宜蘭漢人家族文學初探〉，黃美娥〈清代臺北地區文壇初探〉與〈北臺灣傳統文學發展概述---清代至日治時代〉，廖振富〈臺灣中部地區的古典詩人及其作品〉，江寶釵〈雲嘉地區的民間文學管見〉，施懿琳〈臺南府城古典文學概述〉，黃憲作〈花蓮地區的傳統文學〉，以上諸多的研究皆深具價值。

　　臺灣早期的文學發展和移民拓墾的先後及程度有很大的關聯性，早開發的地區常是當時的政治、經濟中心，文學發展總是比其他地方興盛，如臺南當地除設有學宮外，還建有臺灣最早的書院，多少騷人墨客、文人雅士，在赤崁的風月下，留下了令人神往的詩篇，當地可謂人文薈萃，文風執臺灣之牛耳。又今日臺灣的首善之區臺北也是如此，清代臺北地區漢人移墾的時間大約起於康熙末年，到了乾隆年間，因為相關的水利、交通等公共工程的修建大致完成，所以街莊等聚落組織也逐漸繁榮興盛，隨之諸多書院、義學、書房等文教機構因應而生，開啟當地的文風。道、咸以降，歷經當地文人陳維英一族、板橋林家與來自大陸的遊宦、流寓文人的推展參與，令臺北地區的文壇多采多姿，更足與當時號稱「北臺文學之冠」的竹塹地區相較勁。因此，在學術研究上，不論是區域文學研究或士紳文人作品的探索，自然較易引起學者的注意與關愛。

　　清代噶瑪蘭地區漢人文學發展的研究，若把它放在全臺各地區域文學研究的框架下來比對，量上雖遠不及臺南、新竹、臺中等等地方。但這也正顯示出，噶瑪蘭地區清代漢人文學發展研究議題，具有非常大的發展空間，足供有志者，一一挖掘探索。

1999 年。

　　今身為蘭陽子弟，因此個人不揣淺陋，以有限的文獻史料，對清代噶瑪蘭地區的漢人文學發展加以勾稽，希冀能將它重新介紹給世人，能讓其面目重現。一方面希望能對清代噶瑪蘭地區的漢人文學發展作一梳理，以充實宜蘭縣過往歷史的完整面貌，另一方面也為臺灣文學史的書寫就清代噶瑪蘭漢人文學這一部分扮演先行者的角色，建立基礎，以供後來者據此基礎更加充實。

第二節　文獻探討

　　清代噶瑪蘭地區漢人文學發展的研究，若把它放在全臺各地區域文學研究的框架下來比對，量上是遠不及臺南、新竹、臺中等等地方。但這也正顯示出，噶瑪蘭文學發展研究議題，具有非常大的發展空間。足供有志者，慢慢地一一挖掘探索。

　　回顧這些年來，前賢對於噶瑪蘭文學發展的相關研究，雖不甚豐富，但是也累積了一定的成果，因此，前賢對噶瑪蘭文學等研究議題的資料，值得我們回顧探索、參考之處在於：一、清代噶瑪蘭文學發展之課題未被全面性的開發。二、在前人的研究成果下，後學該如何利用前人的成果為基礎，進一步對清代噶瑪蘭文學發展，做更深一層的研究。所以在這裡希望對這些研究成果做重新的閱讀、回顧與探討，以利於進一步掌握未來的發展方向。

　　本文將以歷年來，就清代噶瑪蘭地區文學發展狀況所相關的議題，及探討噶瑪蘭早期開發的人、事、物，與清政府相關文教的典章制度、政策的論文為回顧的對象。

一、泛論相關史料、書籍

（一）方志

1.《噶瑪蘭廳志》

廳志為清代文人陳淑均所編，是今日有關清代噶瑪蘭歷史資料記載最豐富詳實的書籍，亦研究噶瑪蘭地區不可不詳加參閱的珍貴史料。經仔細搜羅整理，有關當時漢人文學發展的相關資料如下所列述。

卷四：學校

本卷所載大多是與當時古典文學發展有著密切關係的相關資料，內容分成書院、膏火田、學規、主講、應試、選舉等等。

書院，紀錄當時仰山書院創設的沿革，位址及其建築規模和格局等。

「膏火田」，此制度在清代是很普遍的，也是中國歷史沿革已久的一種教育措施。噶瑪蘭地區雖然開發較晚，經濟條件早期較差，可是歷任的署廳，對於仰山書院的膏火田制度，都很支持。所謂「膏火」，就是書院所需一切的經費開銷。而「膏火田」就是以田租來支應書院經費開銷。當時「膏火田」位於阿里史等社，年折收約一千六百圓番銀。其中明定每項支出、補助或獎勵皆須依定額，不可亂次。

錄於「書院」後，有一附考，其中提到有四項，非常具參考價值的資料。首先，引用楊廷理〈蘭城仰山書院新成志喜詩〉，說明「仰山」之名的由來。其次，呂志恆所記：「仰山書院之創建及歷年興革變化」。復次，道光年間，臺灣道姚瑩為提倡噶瑪蘭文風，在權限所及內，修訂地方取士、舉材政策的貢獻。最後，談歷年來噶瑪蘭士子赴外應試，一律由「書院」租穀項下動撥，

依身分資格的不同，而給予每人定額的生活補貼。

　　學規，一校文風的樹立，必須有其依循的準繩與規律。仰山書院的創立較晚，所以學規就沿用其他書院，並加以增刪。依文章內容可知，學規一共六則，來源則有二，一是「覺羅四明戢定海東書院學規」錄四則，敦實行、看書理、正文體、崇詩學，一是「楊桂森白沙書院學規」錄二則，讀書以立品為重、讀書以成物為急。

　　主講，對於首任仰山書院山長楊典三的介紹。後亦有一附考文章，說明當時「仰山社」的創立原由，社內活動概況等。

　　應試，紀錄道光十九年，於臺灣道臺姚瑩批准下，將府、縣兩試併於蘭廳舉行，為文士省去遠赴外地應考之累。後有一附考資料，載明清政府，為了因應噶瑪蘭地區，特殊的地理人文條件，在科考制度上如何「因地制宜」的修正過程，於文中亦可尋得當年「文風鼎盛」的佐證，「自開廳以來，置仰山書院，按期季考；二十載來，實在蘭屬童生，確有一百八十餘名；較之淡水試童歷屆甫及百名，委係有贏無絀。」

　　選舉，錄舉人二名，黃纘緒、李春華；貢生二名，拔貢生黃學海、恩貢生黃鏘。

　　卷五：風俗

　　「士習」，「蘭士愛惜名器，最重身家」，充分展現傳統文人所獨有的人格特質。想見當時文人除了讀書求仕進外，亦著重個人人格品德的修養。做學問方面，「每於玉石攻錯之中，寓涇渭別流之意。」「聚會於「仰山社」，樽酒論文，不勞刻燭，各競一日之長，就正甲乙。」噶瑪蘭文風之所以日盛，可想一般。關於漢人文學發展相關資料，文中還載有，小兒入學後的臨摹習字、學生課業學習概況、課堂所教授的教材、學生平時所讀之書。

當年噶瑪蘭所通行，與漢人文學或文人活動相關的習俗，則錄有常用的譌字介紹、蘭人對字紙的敬惜、七月七日的魁星會、中秋的「秋闈奪元」遊戲與猜詩謎活動、九月重陽的「載酒登高」及放風箏等等。卷五該章節所錄載的資料，對於重新勾稽當年的漢人文學發展，可說彌足珍貴。

卷七：雜識（上）

「紀文」，「議」部分，紀載仰山書院歷來的興修沿革，及學生員額。膏火田部分，除了概略說明設置的原始，也討論到當年土地拓墾相關的種種問題，如土地丈量、番社分布及荒埔地開墾、地方租稅收入與使用情形，隘寮設置等。

卷八：雜識（下）

「紀文」，又分論、書、說、記、駢體、詩、賦等不同文體，收錄與噶瑪蘭相關的人，不論曾經游宦，亦或在地，於當時代所書寫相關噶瑪蘭人、事、物的文學作品，依文體分類，一一收入該章節。對於清代漢人文學研究而言，這些作品與作家，可以說是最為直接，最具價值的史料。

「紀物」，「蘭中向無子、史書。」說明當年噶瑪蘭初闢，經濟、社會等條件，依然很落後，雖置有仰山書院，藏書卻了了無幾。道光六年，得閩撫孫文靖，由鼇峯書院藏書中，抽發「遷史」以下四十六種，運存仰山書院。從此，噶瑪蘭的諸生，得一窺聖賢經典，並以資啟蒙，本文內容也提及這批書的版本問題。除此之外，有一非常重要之舉，就是詳細的列出各書名，於書名下附註該書運存數量，並就作者與內容做一摘要簡介。此舉於當時可能僅是一個簡單的書庫目錄資料整理。可是，由今日研究文學發展的觀點視之，可說是致為關鍵的史料紀錄。

2.《噶瑪蘭志略》

曾經署廳的柯培元所編，雖然柯氏署廳期間極短，但是他將任內由當地人士所提供，由當年陳淑均所收集、編纂的相關史料初稿攜回原籍後，加以編修增補而成。雖然內容上與陳淑均等人所編修的《噶瑪蘭廳志》多數雷同，但是兩者各卷名稱與編排秩序則多所歧異。且其內容不如《噶瑪蘭廳志》豐富，蓋因《噶瑪蘭廳志》乃是以當年陳淑均初稿為基礎，後經陳氏與多人繼續增補修訂而成，致兩者出現差異。

然而，經過詳加閱讀疏理，柯氏所編《噶瑪蘭志略・藝文志》所整理的資料，有部分是《噶瑪蘭廳志・雜識》所未收錄，如吳鎔〈楊雙梧太守相度築蘭城，賀之〉，柯椽〈跋小停雲館〉，柯棽〈正月十五日至頭圍〉、〈題盧氏書舍〉等詩作。故柯氏所編《噶瑪蘭志略》雖與陳淑均等人所編修《噶瑪蘭廳志》多所雷同，但就清代噶瑪蘭的文獻史料方面而言，仍有其一定的地位與價值。若再從文獻學角度檢視，兩者之間亦可發揮互相對照校訂的功能，使得相關內容資料的可信度增加。

（二）專書

1.《宜蘭縣學校教育》：宜蘭縣史系列 文教類1

全書各章節依據時間先後排序，由清代起，訖於國府時期。第二章論及清代學校教育，文中大略又可分為二部分，一是針對清代臺灣的整個教育制度沿革，學政的遞擅情形等做一統整。一是就噶瑪蘭地區的教育相關設施，如廳縣儒學、書院、義學、民學及科舉狀況有系統地加以介紹，讓初次閱讀的人能很清楚的隨著歷史脈絡的發展，對於清代噶瑪蘭地區的教育發展及科舉概

況，獲得整體性的了解，並得以此窺探當年文風的興衰。

2.《詩說噶瑪蘭》：楊欽年編著

在宜蘭縣政府文化局的支援之下，由楊欽年主筆。對於清代漢人文學發展的概況有大略整理與介紹。本書是楊欽年參酌清代相關志書、詩稿、文獻，如《臺灣詩乘》、《臺灣詩錄》、《噶瑪蘭廳志》、《噶瑪蘭志略》、《西行吟草》、《泰階詩稿》、《東遊草》等等資料編纂而成。

所選之詩，依其內容、性質歸類，畫分為數類。文中介紹詩人生平，作品賞析與註解，旨在以詩詮釋噶瑪蘭歷史與社會發展的軌跡與風貌。詩之作者，則以噶瑪蘭廳時期為限。

全書行文淺顯易懂，唯此書對於清代噶瑪蘭地區的漢人文學作家及其創作雖有整理介紹，但大多簡約，論述不夠全面及深入。且以一地文學發展為研究面向言，討論作者與作品兼輔以地方史事的書寫，屬於點式的研究，無法窺探文學發展的內外緣因素。所以若能就相關的政治、社會、經濟、典章制度以及大時代的文學發展脈絡相結合，應該能呈現出更佳的成果。

二、相關論文探討

（一）石奕龍〈臺灣宜蘭與福建漳浦關係初探〉，《第二屆「宜蘭研究」國際學術研討會論文集》，（宜蘭：宜蘭縣立文化中心，1997 年），頁 60 至 74。

這篇文章主要以早期噶瑪蘭開發的先民祖籍，及地方上宗教信仰為出發點，來討論噶瑪蘭的開發和福建漳浦地區的親緣關係。雖然所著重的是論述兩地之間的淵源，但其中有部分提及早期拓墾過程中，有一些先民為了培養子弟而設立書院，如嘉慶年

間隨楊廷理入蘭的幕僚陳正直，於員山堡設立「省三齋書院」，隨吳沙入蘭的陳藍、陳城兄弟，則建有「問心齋書院」等。「書院」的設立，顯示出清代噶瑪蘭士紳重視文教的發展，也對當地文風起著一股推波助瀾之功。

（二）林偉功〈福州籍人士與宜蘭開發〉，《第二屆「宜蘭研究」國際學術研討會論文集》，（宜蘭：宜蘭縣立文化中心，1997年），頁78至92。

全文以謝金鑾、梁上國、沈葆楨、郭柏薌四人為論述主軸，分別介紹四人對於噶瑪蘭開發、收入版圖、設治的貢獻。其中郭柏薌曾任職儒學訓導，作者經由郭柏薌的詩文推論，在當時儒學與書院之間還有存在著一「新學」，這一點值得再進一步探討。

（三）高志彬〈李望洋研究的課題與文獻〉，《宜蘭文獻雜誌》第12期，（宜蘭：宜蘭縣文化局，1994年11月），頁2至9。

李望洋是清代舉人，曾任職於甘肅。文中主要針對李望洋的成長背景及一生事蹟，做概略介紹。其主要目的要喚起宜蘭縣民，重視這位曾經為朝廷及地方付出心力的先人。該文可貴之處，在提供對於李氏有興趣研究者，豐富的參考資料及思考路徑。

李望洋曾經捐修及主講於仰山書院，並有《西行吟草》別集傳世，所以是研究清代噶瑪蘭漢人文學發展，不可或缺的主角人物之一。

（四）陳進傳〈宜蘭漢人家族文學初探〉，《臺灣古典文學與文獻》，（臺北：文津出版社，1999年），頁146至192。

噶瑪蘭開發雖晚，可是地方上望族，大多重視子弟教育，所以家族文風興盛。也因此留下非常多相關的文學作品，如詩文集、族譜、契書、對聯、堂號、匾額……等。文中提出了家族文

學的來源、分類與文學價值研究的探討,並從寬來解釋「文學」的意義,輔以相當豐富的資料以為詮釋,此舉實開創文學研究之先河。

小結

　　經由對前人研究成果回顧中發現,石奕龍〈臺灣宜蘭與福建漳浦關係初探〉,林偉功〈福州籍人士與宜蘭開發〉兩篇,雖有論及清代噶瑪蘭士紳先賢,為培養子弟人才而建有書院,但其文章並非專為討論文學發展而撰寫,自然就此議題著墨不多。

　　而真正較能觸及噶瑪蘭地區漢人文學領域的,則有二篇,一是高志彬〈李望洋研究的課題與文獻〉,唯此篇論文以介紹李望洋一生經歷為主軸,運用歷史性的書寫,雖提供豐富史料可供研究參考,但李望洋是一位極為傑出的文人,若能以文學研究角度來談及李氏詩文作品《西行吟草》和個人創作風格與時代文風,將能使李望洋研究的議題更加多元豐富。

　　一是陳進傳〈宜蘭漢人家族文學初探〉,噶瑪蘭從開發至設治,文風蒸蒸日盛,地方的大家望族,對於子弟的培育都是不遺餘力。所以各氏家大族中,不乏出類拔萃之士。亦由此故,噶瑪蘭漢人家族文學,應傳下極為豐富的資料,從本篇論文中,所收集、運用的資料如此豐富,即可窺探一二。可是,誠如黃文棟於文章講評意見所提,整篇論文大都屬於史料的介紹與分類,缺乏文學性的欣賞分析。當然,這也為有興趣對此一議題,做更深入研究的後繼者,預留了空間。

第三節 研究範圍與文獻資料

一、研究的範圍

本論文之研究，主要針對清代噶瑪蘭地區的漢人文學史料做一整理分析，希望能藉此對於當時代的漢人文學發展狀況有一較完整論述。為能有條理的對相關史料逐一論疏，故本節將就全文所論及的範圍從以下數方面一一做說明，以期明確界定研究之範圍，另一方面亦有助於行文之間緊扣主題來從事論述，避免全文亂無章法，糊塗了事。

臺灣開拓的紀錄年代遠早於明鄭時期，但是一直要到入清版圖，康熙二十三年（1864）後，才有較具規模的開發與移民。往後數十年間，臺灣西部的開發持續加速之中，而位處東北一隅的噶瑪蘭地區的拓墾，大約是在乾隆末、嘉慶初年，始由三貂社吳沙等人的嘗試入墾揭開序幕。吳沙入蘭以前的噶瑪蘭是一片荒埔，朝廷視為番界，化外之地。經嘉義縣教諭謝金鑾的建議與嘉慶十五（1810）年浙閩總督方維甸奉旨赴臺查辦械鬥案件，案結後再奉上諭，隨查淡水玉山後的噶瑪蘭。從此，朝廷便注意到噶瑪蘭地區的重要，並於嘉慶十七年（1812）畫入清版圖設治於五圍（現宜蘭市）。

臺灣地區早期的文學發展總是伴隨著土地的開發而興起，噶瑪蘭地區亦復如是，由吳沙率眾入噶瑪蘭拓墾，誠是噶瑪蘭文教發展的濫觴。所以本論文所研究的時代，不打算溯及明鄭之前，而以臺灣正式入清版圖，康熙二十三年（1684）起，迄清光緒二十一年（1895），清廷甲午戰敗割臺予日本國為限。

噶瑪蘭的開發始自吳沙等人入墾，漢人文教亦隨之進入，那

為何本文斷代始自臺灣入清版圖呢？清廷將臺灣收入版圖到噶瑪蘭地區由吳沙率眾入墾，期間相隔約有百多年，此間噶瑪蘭雖無漢人之文教活動，但日後對於噶瑪蘭頗具影響力的其他早開發地區的文教活動，於此期間正如火如荼的進行著，其勢必影響二度移民入噶瑪蘭開拓的移民群，所以此段時間不可漠視不理。而吳沙率眾入噶瑪蘭到正式設治，期間約隔有十數年之久，這段時期文學、文教活動業已隨移墾居民進入本地，雖無顯著成就，亦不能將之割棄。

時間的斷代有一交代後，接著是界定研究地域的範圍，「噶瑪蘭地區」，歷史資料所指係清代噶瑪蘭廳的廳治範圍所在，「廳治東至過嶺仔，以海為界；西至枕頭山後大坡山，與內山生番界；南至零工圍山，與生番界；北至三貂遠望坑，與淡水廳交界；東南至蘇澳過山大南澳；西南至叭哩沙喃與額刺「王」字生番界；東北至泖鼻山與淡水洋面界；西北至宰牛寮內山，與淡水界。」[11] 以今日地域視之，就是宜蘭縣的縣治範圍，其實今日宜蘭縣名乃是光緒元年由噶瑪蘭廳改稱而來，民國之後沿用之。

不過清代噶瑪蘭地區的開拓，初期大多集中在頭圍（頭城）、廳治所在五圍（宜蘭市）的蘭陽溪以北區域，當時漢人的文教活動也大多集中於此。至於溪南的羅東、三星、冬山、乃至蘇澳、大南澳，因開發較晚，所以文教興起更晚，於是清代噶瑪蘭地區漢人文學的發展過程中留下較少的史料。

最後，就「漢人文學」所指做一界定，清代生活於噶瑪蘭的人口除了漢人外，還有一些原住民族，原住民族又可略分為生

---

[11] 陳淑均，《噶瑪蘭廳志》，（南投：臺灣省文獻委員會，1993 年），頁 7。

番、熟番，生熟之別在於是否歸化。原住民族長年生長於斯，雖無文字，但擁有一完整的語言系統，所以當時原住民族應有其族群的口述歷史與文學存在語言系統裡。因為筆者不諳原住民族語言，所以無法了解其語言所指，而今日雖有漢譯的文本出現，可是文本乃是近年所漢譯書寫，因其產生年代已非舊時，所以不可以當成清代噶瑪蘭地區的文本加以研究，故將論文限定為「清代噶瑪蘭地區的漢人文學發展」。

「文學」一辭意義，數千年來不分東、西方，總是眾說紛紜，各執所是無法提出一完美的說解。但是我們從數千年的文學發展中，約略可以明白，文學的領域也可以簡單地將之二分，就是傳統文人的詩詞歌賦與神話、傳說、諺語、歌謠、楹聯等民間文學。本篇論文所討論，將包含清代古典文學與噶瑪蘭地區的民間文學兩大系統，所以定為「漢人文學」非「漢人古典文學」或「漢人傳統文學」。

千百年來，口耳相傳的民間文學，是一種歷史記憶的傳承，亦是文化的載體，它有別於傳統古典文學，是擁有自我特殊質性的一種文學形式。長久以來，大多存在於市井街巷、口耳相傳之間，它承載著千百年來，隱沒於傳統文人階層的思維下，未受正視的普羅大眾的思想與生命價值。許許多多地方上的人、事、物，也經由這樣的呈現方式傳遞於世代之間。因此，其中蘊含著當地，自渾沌開天以來生民的生命智慧，亦載錄著世代共同的記憶與文化。所以研究一地的文學發展，不應僅限於傳統古典文學的範疇，有鑑於民間文學的研究往往為過去研究者所忽略，為能將清代噶瑪蘭地區的漢人文學做一完整的呈現，因此，民間文學理應含括於研究範圍之中。

二、文獻資料

　　本文就文獻資料的來源與蒐集方向，約略以下列五點為核心：

（一）首先要檢視前人研究的成果，臺灣文學的研究近年來進展迅速，不論是臺灣文學史的書寫，亦或區域文學、古典詩人與作品的專書論文頻有佳作，這些學者的研究成果是研究臺灣文學非常重要的資料。

（二）參閱清代所著的地方志書，例如，《噶瑪蘭廳志》、《噶瑪蘭志略》、《淡水廳志》、《臺灣府志》（蔣毓英修）、《臺灣府志》（高拱乾修）、《臺灣府志》（余文儀修）等。以及其他各類的史書或類書，如《清史稿》、《大清會典》、《臺灣通史》等等。

（三）研讀清代臺灣地區文人別集，前賢近哲所輯錄相關詩文總集與相關民間文學資料。

（四）旁及當代文學思潮、土地開發史料與民間宗教信仰方面的資料，如明清臺灣儒學的發展、噶瑪蘭地區的開發、民間的信仰等等。

（五）本地文人詩文集，如李望洋《西行吟草》、李逢時《泰階詩稿》等。

　　經由清代漢人文學發展相關文獻史料的收集與整理，本文以嘗試建構清代噶瑪蘭地區的漢人文學發展為目的。並且希望藉著對於文學作品的解讀，展現出有別於臺灣其他區域的文學特色。因此，在確定研究的範圍與文獻資料收集方向後，繼續就相關文獻資料的探討路徑與方法，約略歸納為四個主要向度：

（一）首先，全面的考察明鄭至清領時期的臺灣地區土地開發，

與清廷經營臺地政策的概況，透過相關文獻的揀擇，儘量
蒐集可靠的原始資料。

（二）從臺灣漢人文教的發展源頭開始梳理，而完整的了解當時
臺灣的文教發展狀況，進一步探求與漢人文學發展之間的
關係，如書院設立與文學發展之間的影響，臺灣的文教、
大陸的文人與思潮之間的互動。再進而參閱相關文獻，釐
清臺地漢人文學發展的發生背景，特別要留意到當時東南
沿海的文學思潮，文化發展的情況，大陸來臺遊宦的文人
對社會教化的互滲與時代風尚的流行。

（三）就相關的文獻資料，探求噶瑪蘭地區的文教發展的演進實
相，並依此為主體建構清代噶瑪蘭地區的漢人文學發展環
境。

（四）本文研究的重點是清代噶瑪蘭地區的漢人文學發展，所以
在整個當地文學發展的背景資料爬梳後，即就當時文人、
文學作品進行介紹與論析，評估清代噶瑪蘭地區的漢人文
學的學術價值，並就相關的文獻資料考察其對日後噶瑪蘭
文學或臺灣文化的影響。

第二章　噶瑪蘭開發前之自然與
人文景象

　　從事區域性的文學研究，研究者首先都會遇到一個必須要去解決的問題，那就是如何去了解自己所想要探討的區域是怎樣的一個地方？因此，他必須要去探索該地區的自然景觀與人文環境，進而勾勒出當年完整而且多采多姿的歷史舞臺。如何將時空背景、環境倒回清代先民拓墾與落地生根、成長茁壯時的樣貌就顯得重要。其中藉著當年文人筆下所書寫且今仍留存的文獻資料來加以梳理，使得當時先民的生活空間得以重現，不失為一條取徑。

　　綜觀數百年來，臺灣地區的社會、政治、經濟與文教發展，無不與漢人拓墾、土地開發有著密切的關係。臺地於漢人移入之前，各地雖已早有原住民族群存在，各原住民族群都有其自我族群的文化傳承與社會制度，但是原住民族群生活型態上，大多以

漁獵或採集維生，少數過著農耕生活的地區，其農耕技術亦甚原始，生活所需資源大多非來自土地之生產，所以對於土地利用不多。加上人口數量不多，因此原住民族群對於土地資源需求不大，對於當地土地的開發亦不積極。所以原住民族群雖早在此繁衍生根，但是可以想見的是荷蘭人、西班牙人正式走上臺灣歷史舞臺之前，這段不算短的歲月裡，沃野千里的臺灣，大多數都還只是蠻荒之地。直到清康熙二十二年（1863），施琅攻佔臺灣，建議將臺灣收入清朝版圖，朝廷屢次以「化外之地」、「蠻荒未開」加以拒絕，亦可見清朝納入版圖之前的臺灣，土地多數未被開發。

　　康熙三十六年（1697），奉命來臺採硫磺的郁永河在《裨海紀遊》中提到，臺灣的南部，尤其臺南及其周圍地區，因荷蘭與明鄭時期以臺南為統治臺灣的政治中心，所以土地開發較早，社會各層面發展就比臺灣其他地方來的早，文教方面亦然，屬於發展較早且較進步地區；其餘地區如今日的新竹、南崁一帶，則仍然是「既至南崁，入深菁中，披荊度莽，冠履俱敗，直狐狢之窟，非人類所宜至。」[1]，與之相比噶瑪蘭當時的狀況，應該相去不遠。由此觀之，臺灣各地區開發的先後與該地政經發展是有絕對的相關，大規模與積極的開發乃是帶動文治社會形成的推動主力；因此有研究者指出，「一部臺灣史，就是一部臺灣拓墾史，一部噶瑪蘭史，就是噶瑪蘭先民開拓史。」[2]

---

[1]　郁永河，《裨海紀遊》，臺灣文獻叢刊第四十四種，（南投：臺灣省文獻委員會，1996 年），頁 22。

[2]　陳進傳，〈清代噶瑪蘭的拓墾社會〉《臺北文獻》直字九十二期，（臺北：臺北文獻委員會，1990 年），頁 2。

　　臺灣近代文明的移入，可從荷蘭、西班牙、明鄭時期開始，但是大量開發且深入全臺各地，乃是清領之後。噶瑪蘭地區在全臺開發進度上算是晚了一些，漢人移入拓墾之前，雖然已有噶瑪蘭族、泰雅族人等活動期間，但是噶瑪蘭地區在當時官、民眼中都還是「蠻荒之地」、「生番之屬」，等到乾、嘉年間，吳沙等入蘭拓墾，始帶來漢人文明的曙光。初期朝廷遲遲不肯將蘭地劃入清版圖設官治理，期間還有蘭地社番頭目包阿里等人攜帶戶口清冊前往淡水面見地方官員，請求將蘭地收入版圖，但官方仍因害怕引起漢番不必要的爭執，拒絕所請。因此，蘭地的開發完全是，「官未闢而民先闢」的型態，漢人進入蘭地開發，完全得靠自己的力量與窮山惡水搏鬥；可見蘭地之開發過程是備極艱辛，先民是歷經千波百折，付出無數血汗，才得以造就出今日之規模與繁華。

第一節　文人書寫中的自然景象

一、位置與地形

　　噶瑪蘭是由平埔族語漢譯而來，在漢人移入之前，噶瑪蘭族大多生活於平原地區，與當時少數入蘭的漢人有所接觸，所以漢人就以其音噶瑪蘭（kavalan）來將該地命名，據說是住居平地之人的意思。因係音譯而來，所以眾多文獻上所記載漢字地名略有差異，「《番俗六考》及《郡志》、《諸羅志》，俱作作蛤仔難。蕭竹詩作甲子蘭，賽將軍奏作蛤仔蘭。《鄭六亭集》亦作蛤仔蘭。

方制軍奏乃譯為噶瑪蘭。」[3]清廷領臺之初原係化外番界，清乾、嘉年間始有大量漢人入墾，清廷乃於嘉慶十七年（1812）設治，依民眾所慣稱之平埔族語，將該廳命名噶瑪蘭廳，直到光緒元年，改為宜蘭縣，民國以後沿用至今。

　　乾隆末年，在臺灣西部開發漸近飽和之時，蘭地仍為生番所居，但是蘭地所在的位置早為大家所知曉，並於臺灣地區方志裡留下紀錄，其內容雖未詳盡，然亦得以略識其地。臺灣入清版圖後，在政策的鼓勵之下，各地修撰方志的風氣極盛，由蔣毓英主修，於乾隆二十四年（1759）完成初稿的《臺灣府志・敘山》，是臺灣最早一部方志，對於噶瑪蘭的位置就有所著墨，云：「至若文峰直插，上與天齊，則有山朝山（在雞籠鼻頭山東南，有土番山朝社，其南即蛤仔難三十六社）。」[4]，在《諸羅縣志・山川》裡，也有所提及：「其在治屬而右與鳳山界者，自大雞籠支分，東渡八尺門港，雙峰遙峙，如脫穎而出，高不可極，曰山朝山（山南為蛤仔難三十六社）、買豬木山（在山朝山之南）。」[5]。方志之外，文人別集、宦遊臺地的雜記、遊記等亦多記載，如《裨海紀遊》言：「小雞籠嶼，番不之居；惟時於此採捕，循此而上至山朝社，又上至蛤仔難諸社，深菁鳥道至者鮮矣。」[6]，《沈文開集・平臺灣序》：「雞籠城以外無路可行，亦無埃澳可泊，舟隻惟候夏月風靜，用小船沿海墘而行，一日至三朝社，三日至蛤仔難，

[3]　陳淑均，《噶瑪蘭廳志》，（南投：臺灣省文獻委員會，1993 年），頁6。

[4]　蔣毓英，《臺灣府志》，（南投：臺灣省文獻委員會，1993 年），頁19。

[5]　陳夢林，《諸羅縣志》，（南投：臺灣省文獻委員會，1993 年），頁11。

[6]　郁永河《裨海紀遊》，臺灣文獻叢刊第四十四種，（南投：臺灣省文獻委員會），1996 年，頁22。

三日至哆囉滿，三日至直腳宣，以外則人跡不到矣。」[7]，藍鼎元《東征集》：「康熙六十年辛丑，……凡所經歷山、川、疆境，一一圖誌，自淡水山門出十里至蛤仔難，接卑南而止，千里勿得間斷。」[8]。蘭地素為生番活動之所在，自有文獻紀錄以來，大家習以山朝山或山朝社為參考點來標記當時的噶瑪蘭地區，為何大家如此有志一同呢？或許是當時的山朝山與山朝社為蘭地對外唯一陸路出入孔道。由此可見，噶瑪蘭地區雖然地處化外，然亦頗受到大家的注意與重視。只是以上數家之說，對於噶瑪蘭地區位置的紀錄太過粗略，無法讓人有較明確的印象。

　　清代臺灣地志上，噶瑪蘭地區的位置是如何被較為詳細的表示、紀錄的呢？所謂蘭地，其涵蓋的範圍周界四至為何？在陳淑均所修《噶瑪蘭廳志·封域》有較為詳細的說明：

> 　　國朝康熙二十二年秋臺灣內附，初置郡，領縣有三；自新港至雞籠，凡山前北路諸地，皆諸羅縣屬焉。蛤仔難迤北而東，僻在萬山之後。」[9]、「噶瑪蘭在布政司東南五百四十里，在臺灣府東北七百里，廳治東至過嶺仔，以海為界，十五里；西至枕頭山後大坡山，與內山生番界，十里；南至零工圍山，與生番界，二十五里；北至三貂遠望坑，與淡水廳交界，六十五里；東南至蘇澳過山大南澳界，八十里；西南至叭哩沙喃與額刺「王」字生番界，三十里；東北至泖鼻山與淡水洋面界，水程九十五里；西北

---

[7]　陳淑均，《噶瑪蘭廳志》，（南投：臺灣省文獻委員會，1993 年），頁5。

[8]　同前註。

[9]　同前註，頁 3。

至宰牛寮內山，與淡水界，八十里。[10]

曾任臺灣道臺且對噶瑪蘭地區事務亦極度關心的姚瑩，在道光年間曾有過如此的說解，其對蘭地描述：

> 臺灣在大海中，本一大山橫峙，其山前寬廣之地近二百里，南北延長一千二百餘里。山後略短，南北不及千里。……山後面東，平埔之地頗狹，新開噶瑪蘭廳在山後北境，北自三貂雞籠，南至蘇澳，約二百里，與淡水之南境與彰化之北境，隔山相值，地勢最寬處不過五、六十里。逾蘇澳更南，則皆生番未入版圖之地，一曰奇來，二曰秀姑巒，三曰卑南覓，迤黎南轉，即山前鳳山縣之瑯嶠番地矣。[11]

雖然這些紀錄是出現在地理知識未臻發達的年代，但是對於蘭地的區域位置，寫的是相當詳細且明確，噶瑪蘭位處當時通稱山後的臺灣東部，山前乃指今日臺灣西部，西面以中央大山為靠，開口面向東邊，平坦地形寬不過五六十里，長約二百里，呈狹長帶狀。周圍環境，三面峰巒層繞，東臨大洋，形勢隔絕，在地理上自成一個獨立體系。關於廳界四至的劃定，噶瑪蘭與淡水廳是鄰居，邊界相連之處甚多，於道光十七年（1837）淡、蘭兩行政首長曾因為邊界劃定的問題互相有所不快，為此當時通判李若琳還曾具文爭之。[12]

---

[10] 同前註，頁 6 至 7。

[11] 廖風德，《清代之噶瑪蘭》，（臺北：正中書局，1990 年），頁 12。

[12] 陳淑均，《噶瑪蘭廳志》，（南投：臺灣省文獻委員會，1993 年），頁 7 至 10。

　　清領時期，官方對於噶瑪蘭地區的統治勢力僅及於平原地帶，而周圍廣大山地則是生番棲息之地，漢人極少進入。因此，在論及噶瑪蘭地形，相關的文獻資料記載，大都僅限於平原及平原邊緣的丘陵地，其餘關於山地的狀況則付諸闕如。在諸多文獻記載之中，謝金鑾〈蛤仔難記略〉紀錄，在嘉慶年間全境東、西勢的山川形勢、交通與人文聚落有較為詳細的敘述：

　　　　蛤仔難西負山、東面海，而山勢南北對抱，三面皆山如環，而缺其一也。中有濁水大溪，以界南北，其南有清水溪，末流與濁水合；北亦有溪三，溪源皆出內山，東流注於海，諸羅志所謂三港合流是也。海口北山東盡為烏石港，南山東盡為蘇澳，自烏石港至頭圍、二圍，路皆沿山西行，漸折而南，至於三圍。頭圍居海口，北倚山，其南為烏石港，西渡荒埔，過金面山之南而至二圍；二圍之北有山名曰擴仔山，西南過白石圍、湯圍而至於三圍，其北有坑，曰礁坑、曰旱坑，西南踰溪達於四圍，又東南踰溪達於五圍；五圍去山稍遠，北附溪，其東北為渡船頭，自頭圍至五圍，皆屬西勢，所在小圍無數，皆與番社參錯。東面大海中有龜嶼，略與頭圍對。龜嶼之內，沙汕橫互，自北而南，三港之水皆會於沙汕內。東勢居濁水溪之南，曠野荒埔，一望無際，其地大於西勢。潘賢文居於羅東，在東勢之西，頗近山，有阿里史社、岸裏社二番與之密邇。濁水溪源斜出於東勢之西，西山之內皆生番盤踞，遠望則玉山在焉。玉山斜當西勢之背。楊太守〈圖說〉曰：『以方向定之，則西勢宜稱北勢，東勢宜稱南勢。今所云者，仍番人之舊稱也。』又曰：『西勢合眾小圍並溪洲，凡二

十三莊，其田皆圍民所墾。番族則自打馬煙至擺老鬱，凡二十三社。又東勢自歪仔歪至猴猴社，凡十三社，其田皆番民所墾。東勢無民墾田』。[13]

謝金鑾對於噶瑪蘭地理形勢種種樣貌的書寫，以現今標準言，雖未十分精準，但是就嘉慶年間蘭地的山川形勢與聚落等等的紀錄，可算是留下了一個不可抹殺的功勞，讓身處數百年後的蘭地子孫，得以一窺當時家鄉地理形勢之梗概。

嘉慶初年，蘭地西勢（溪北）地區的開發大致完成，處處可見田盧莊園，交通往來亦尚便利，但是此時東勢（溪南）的開發情形就落差很大，雖然有廣大土地但是卻仍是曠野荒埔，僅部份番社散佈其間，漢人尚未大舉進駐，也因此謝氏對於東勢的紀錄也就較為簡略。

稍晚道光年間，對蘭地事務頗為關心的姚瑩，根據他對蘭地觀察，也在〈噶瑪蘭原始〉中留下這樣的紀載，其中對於噶瑪蘭位置，周圍大小山系及地形多所著墨。

噶瑪蘭本名蛤仔難，在淡水東北三貂、雞籠大山之後，社番地也。三面負山，東臨大海。三貂、金面掖其左，擺芝、蘇澳、草嶺縋其右，員山、玉山枕其後。自山至海，寬廣不及四十里。自三貂溪南至烏石港三十餘里，皆山石無地。自烏石港至蘇澳山下，綿互不及百里；然一望平疇，溪港分注，實天生沃壤也。[14]，

[13] 陳淑均，《噶瑪蘭廳志》，（南投：臺灣省文獻委員會，1993 年），頁 19 至 20。

[14] 姚瑩，《東槎紀略》，（南投：臺灣省文獻委員會，1996 年），頁 25。

　　若進一步以現代地理知識來說明，噶瑪蘭境內的地形大致上是東北低溼，西南高亢，成三角形兩等邊式分佈，節節高升，井然有序。境內山地有中央山脈與雪山山脈，為臺灣屋脊中央山脈北端之起點。平原地區周圍主要屬雪山山脈之山系，高峰聳立。陳淑均於《噶瑪蘭廳志·山川》所記之山嶺，如枕頭山、員山、四圍大坡後山、圳頭山、大湖山、擺燕山、冬瓜山、……皆屬之。

　　此外，在東北尚有海中浮嶼龜山，山週約有二十餘里，高二百餘丈，斷崖臨海，地勢陡峭，雖在道光初年即有頭圍大坑罟之漳州人十三名移居，但因岸臨無際，孤嶼聳起，雨中多含鹽分，不宜農耕，人口稀少。關於龜嶼，光緒十四年（1888）馬偕（George Leslie Mackay 1844-1901）牧師前來傳教之時，曾估計島上人口約三百餘人，並作一詳細紀錄：「漢人稱 Steep Island 為 Ku-soa（龜山），以某些觀點而論，該島很像一個大龜昂首戒備之狀。有一邊是垂直的，足有一二○○呎高。……在環航該島時，我們看見硫磺蒸氣在其邊上升起，在水平線相近處有淡白色的灰燼和熱水。這一切顯然都是從地中湧出沸騰的硫磺。」[15]島上因天然條件太差，所以無法耕作，居民大都以捕魚維生。

二、氣候

　　「蘭僻在東北角，地勢漸高，東臨大海，與內地遠隔重洋，距郡亦越千里。臺郡視內地氣候懸殊，而蘭地與通臺氣候亦自有別。……蘭與淡水接壤，淡水冬多朔風，飛沙拔木；蘭則冬多淋雨，積潦成渠。蘭尤時常陰翳連天，密雨如線。即逢晴霽，亦潮

---

[15] G.L.Mackay 著，周學普譯，《臺灣六紀》，（臺北：臺灣銀行經濟研究室，1960 年），頁 76。

濕異常。」[16]依《噶瑪蘭廳志‧風俗‧氣候》言,蘭地的氣候,
深受地理位置與地形的影響,有別於臺灣其他地區。察其原由,
因噶瑪蘭三面環山,東臨太平洋,地勢由東向西逐漸緩升,來自
洋面的氣流能夠長驅直入蘭境,春夏季帶來洋面暖溼水氣,降下
豐沛雨水,秋冬則有寒冷東北季風襲來,令人寒冽刺骨。

　　氣溫方面,蘭地位於副熱帶的北緯 24 度與 25 度之間。年平
均溫度,平原地區約攝氏 21.5 度,山區則大約在攝氏 18 度以下。
一般言之,噶瑪蘭之氣溫,每年四月以後至十月、十一月份,平
原地區溫度大多超過攝氏 20 度,而其中以七、八月最熱。至於
山區,夏天氣溫亦不超過攝氏 20 度,秋冬以後,氣溫更低,高
山上還偶而得見瑞雪紛飛景緻。

　　然而,噶瑪蘭地區最具地方性氣候特色的應該是降雨方面,
古來早有俗諺稱「竹風蘭雨」,如宜蘭市即當年五圍噶瑪蘭城,
全年平均雨量約 2776 公釐,而全臺灣年平均雨量約 2510 公釐,
超出甚多。年平均降雨日數方面,噶瑪蘭是全年平均降雨日數約
為 210 天,而素稱「雨港」的基隆,全年平均降雨日數則約 207
天,年平均降雨日數為全臺之冠。為何蘭地降雨如此之多呢?臺
灣位處大陸東南,故春季會有來自大陸華南地區的春雨和梅雨,
夏季則有來自太平洋的熱帶氣旋(颱風),秋冬季節又因地形東
邊面海開口,故處東北季風迎風面,更因蘭地北、西、南三面高
山環侍,形成有如一「畚箕」狀地形,此時東北季風行經洋面所
挾帶的大量水氣,將由「畚箕」開口順利進入蘭地,但隨後又受
阻於其後之高山地形,所以總是陰雨綿綿,又溼又冷。因此噶瑪

---

[16] 陳淑均,《噶瑪蘭廳志》,(南投:臺灣省文獻委員會,1993 年),頁
200。

蘭四季雨水豐沛，甚少出現大旱現象，農業也因此得以蓬勃發展。

　　「竹風蘭雨」之外，噶瑪蘭地區自古以來氣候上還有一大特色，就是颱風多。陳淑均所修《噶瑪蘭廳志》與姚瑩所著《東槎紀略》中皆得以窺知一二，「噶瑪蘭風，颶也，或曰颱，雨甚。伐木壞屋，禾大傷，繼以疫。於是噶瑪蘭闢十一年矣，水患之歲五，颱患歲三；蘭人大恐，謂鬼神降災，不悅人之闢斯土也，將禳之。」[17]短短數語，道盡先民當年篳路藍縷以啟蘭疆的艱辛。不僅每日要辛勤的勞動，還要看老天爺的臉色，才得以僥倖求得身家性命安全；但天總不從人願，十一年裡有八年發生水災、風災，多少心血就這樣被無情的風雨給化為烏有，令人心酸。

第二節　交通的開發與文化的傳入

　　在臺灣的開發史上，噶瑪蘭因處後山，居臺灣東北一隅，西南北三面環山，東臨太平洋，雖依山傍海，但卻形勢隔絕，在地理上形成一獨立自然體系。由於周圍環境重山環繞，峰巒險峻，野川四流，所以不論在對外的交通，或是當地區域間的往來，極為不便。因此，南來北往的交通問題，遂成為當年移墾噶瑪蘭首先必須面對、解決的問題。況且，交通的開發與往來運輸的便利，是使一地由荒埔進入文明社會，帶來移民人潮，且促進當地社會發展與繁榮的重要因素。

一、漢人入墾前的西班牙與荷蘭時期

　　有關漢人到噶瑪蘭的最早傳說是明代嘉靖四十二年（1563）

---

[17]　姚　瑩，《東槎紀略》，（南投：臺灣省文獻委員會，1996年），頁84。

海盜林道乾曾盤據蘇澳數月，後因夥伴水土不服，乃自行離去。
[18]高拱乾所修《臺灣府志》中，也有提及林道乾據臺之事，但其
離去之原因則有所出入，「道乾以臺無居人，非久居所，恣殺生
番，取膏血造船，從安平二鯤身隙間遁去占城。」[19]。然而在漢
人未大量進入蘭地拓墾以前，蘭地除了兩大原住民族群之外，西
班牙與荷蘭人亦曾短暫活動於當時的各番社之間。蘭地僻處臺灣
東北一隅，清領時期，於臺灣各地的開發時間點上落後西部甚
多，但是早於明鄭時期居然就有來自歐洲的海上強權介入其中，
其原因實令人玩味。

西方海權國家在工業革命之後，紛紛興起海外探險，尋找海
外資源，拓展海外經濟貿易來充實國力與展現其強權威信，當時
東方的世界就成為其首要目的地，於是西方強權紛紛來到中國，
時當明朝。荷蘭與西班牙就是隨著這一股潮流來到東方，並開始
與中國有所接觸。但是當時明朝仍以天國自居，實行封閉鎖國政
策，因此西方國家與中國之貿易存在種種隔閡與不便，臺灣位處
中國東南沿海，其地理位置優越，不論是做為與大陸沿海之貿易
基地或臺灣本身的天然資源，都受到當時荷蘭人覬覦，進而佔據
臺灣南部為其貿易之據點。

明天啟年間，西班牙人對荷蘭人佔領臺灣南部的舉動感到不
安，恐影響其經濟利益，於是由今之菲律賓呂宋島派出大軍，由
提督卡雷尼奧（Ant.onio Carreno de Valdes）率領，循臺灣東部海
岸北上，佔領三貂角（Santiago）與雞籠港（Santisima Trinidad）。

---

[18] 陳淑均，《噶瑪蘭廳志》，（南投：臺灣省文獻委員會，1993 年），頁
44。

[19] 高拱乾，《臺灣府志》，（南投：臺灣省文獻委員會，1993 年），頁 2。

崇禎年間，臺灣北部自雞籠河至淡水河流域已大致為西班牙所征服。隨後噶瑪蘭地區諸番社也在雞籠守將羅梅洛（Alonso Garcia Romero）率領的西班牙軍與土著兵的討伐下，不敵而臣服，自是臺灣北部與東北海岸地帶，為西班牙人勢力所控制。

西班牙人因經濟因素來到東方，但是佔領了臺灣北部以後，我們據現有資料來看，他們卻不以貿易經商為唯一目的，他們在被征服的地區最為活躍的舉動是傳教，對待噶瑪蘭地區番社亦然。明崇禎六年，西班牙神父坤羅斯（Teodoro Quiros de la Madre Dios）來臺傳教，初駐淡水，並在新莊、八里、大稻埕、大龍峒一帶傳教，隔年入噶瑪蘭地區，建有聖老楞佐堂，又在蘇澳建二座小教堂與司鐸住宅。除此之外，並曾計畫興建神學學校，培養神職人員。明崇禎八年（1635）復有神父慕洛（Luis Muro'）到噶瑪蘭來傳教，亦頗具成效[20]。西班牙人對待噶瑪蘭地區，並不在土地或其他經濟資源的掠奪。反之，對於諸社番能以宗教來加以薰陶影響，使其接觸文明世界的種種，相較當時東方其他地區，噶瑪蘭地區實屬有幸。

西方強權佔領臺灣，在時間序列上荷蘭人早於西班牙人，可是就噶瑪蘭而言，卻是西班牙人先到。但西班牙人統治臺灣北部的時間僅短短十七年（1626~1642），對噶瑪蘭統治僅九年（1634~1642），就被荷蘭人所驅離，臺灣全島自此全部淪為荷蘭人所統治。

噶瑪蘭脫離西班牙人統治後，荷蘭人的勢力隨之進入，根據荷蘭人為了統治及抽取賦稅的需要，於明永曆四年（1650）間所作戶口普查資料，噶瑪蘭地區當時有四十五個村落，三十九個歸

---

[20] 伊能嘉矩，《臺灣番政志》，（臺北：古亭書屋，1973 年），頁 61。

順荷蘭人。[21]在蘭地的相關活動,除了在巴達維亞日記中,崇禎十七年(1644),聽說臺灣東部產金,因而派遣上尉蒙(Piter Boon)往征噶瑪蘭之紀錄外,便無資料可循。

往後荷蘭人對蘭地的控制要到明永曆二十二年(1668),鄭成功由荷蘭人手中奪回臺灣才告結束。鄭氏王朝在臺期間,或因統治時間過於短暫,所以對於臺灣北部的種種治理皆缺乏成效,而地處僻遠的噶瑪蘭更是鞭長莫及。

二、施琅攻臺至康熙末年

康熙二十二年(1683)施琅渡海攻臺澎,鄭氏王朝出降,結束臺灣史上明鄭時期,雖然反清復明的臺灣鄭氏政權已被平定,但是是否將臺灣收入版圖之議題,曾在朝野之間掀起過激烈辯論,最後在施琅的建議之下,康熙皇帝始將臺灣正式納入清版圖。臺地既為王土,然細查此後約十年期間,朝廷對臺灣的控制力仍僅及於西部部分地區而已,官方的影響力不僅尚未達於噶瑪蘭,對該地更是所知無幾,一貫以化外蠻夷之地視之。《臺灣府志》記曰:

> 臺、諸二縣分界,曰大武壠山,西面赤山,又西北而小龜佛山,皆拱輔邑左者也。至若文峰直插,上與天齊,則有山朝山(在雞籠鼻頭山東南,有土番山朝社。其南及蛤仔灘三十六社)、有買豬木山、黝黑沙晃山,是又東北之秀

---

[21] 廖風德,《清代之噶瑪蘭》,(臺北:正中書局,1990 年),頁 48 至 52。

出而遠擁者也。[22]

此書為高拱乾在康熙三十三年（1694）至三十四年（1695）左右所完成，從以上記載可知，臺灣收入版圖後十年間，官方對蘭地的了解還僅停留在位山朝山南，番社三十六而已，沒有其他更詳細的資料留下。期間或許已有部分漢人進入蘭地活動甚至居住於此，因資料不足，尚無法確知。

一直要到康熙五十五年（1716）至五十六（1717）年間，由陳夢林所完成的《諸羅縣志》，始見漢人開始進入蘭地與噶瑪蘭人互市交易的記載。

> 蛤仔難、哆囉滿等社，遠在山後。崇爻社餉附阿里山，然地最遠。越蛤仔難以南，有猴猴社；云一、二日便至其地，多生番，漢人不敢入。各社於夏、秋時，划蟒甲，載土產，順流出近社之旁，與漢人互市。漢人亦用蟒甲載貨以入，灘流迅急，蟒甲多覆溺破碎；雖利可倍蓰，必通事熟於地理、稍通其語者，乃敢孤注一擲。[23]。

由記載中顯示，已經有少數漢族商人為求利潤，甘冒風險進入當時並未開發的蘭地與原住民族進行貿易，亦揭示當時進入蘭地，僅能經由水路，而陸路交通尚未大通。且漢番間交易地點大多於番社之外，故入蘭漢籍商人對於當時蘭地地理環境應有粗略之了解。漢番互市時間大約為每年之夏、秋季，依此推估，此時期入蘭商人乃得每年往返，非定居於此。所以，當時漢人除以商

---

[22] 高拱乾，《臺灣府志》，（南投：臺灣省文獻委員會，1993年），頁15。
[23] 陳夢林，《諸羅縣志》，（南投：臺灣省文獻委員會，1984年），頁172至173。

業交易為主外，應沒有在蘭地從事土地開發；但此種貿易往來亦可視之為漢人大舉入蘭開發前之探路先鋒，一方面將噶瑪蘭地區山川形勢自然環境介紹給外界明瞭，引起他人對噶瑪蘭地區的興趣；另一方面，則是將漢人世界的文化傳入當時的蘭地原住民族群，促進漢番之間的文化交流。

直到康熙末年，漢番之間的交易行為一直持續著，只是此時交易型態，應該已經由每年夏秋往返，演變為商人已經落腳與當地原住民族常住的型態。在黃叔璥《臺海使槎錄》云：

> 康熙壬寅五月十六至十八，三日大風，漳州把總朱文炳帶
> 卒更戍，船在鹿耳門外為風飄至南路山後，歷三晝夜至蛤
> 仔難，船破登岸，番疑為寇，將殺之。社有何姓者，素與
> 番交易，力為諭止。晚宿番社，番食以麂，朱以鬻餉番，
> 輒遜匿不食。……文炳臨行，犒以錢銀，不受；予以藍布
> 舊衣，欣喜過望，兼具蟒甲以送。……行一日至三朝，次
> 日至大雞籠，又一日至金包裏。[24]

若當時番社中無何姓漢人作為雙方溝通之橋樑，朱把總與士卒的生命將是非常的危險，更別說會有接下來所描述，互相交好的種種情境，因為噶瑪蘭人並不知道他們是清廷的官兵。總的說來，截至康熙末年，漢人在噶瑪蘭地區的活動僅止於零星的民間往來，官方勢力則未達於此。

---

[24] 黃叔璥，《臺海使槎錄》，（南投：臺灣省文獻委員會，1993 年），頁
140。

三、水陸交通

　　古往今來，水陸交通的便利與否常常與一地方的榮枯有著高度關聯性，而水陸交通則又受限於當地山川形勢。噶瑪蘭周圍群山環伺，東方面海開口，這樣的天然條件之下，對外的交通，陸路則須翻越重山峻嶺，水陸必經濤聲轟隆、暗礁羅列的大洋，此二途皆是耗時費力、危險重重。因此，清代噶瑪蘭地區的拓墾與社會發展，就在如此外在條件不佳之下，起步甚晚。要突破這種天然地形的重圍，對外交通的開通就格外顯的重要。

　　首先，陸路交通方面，清代蘭地對外陸路交通主要通道，大致可以分成西南、北、南三個連絡方向，一是往北邊，走入臺北淡水等地，間接聯繫到臺灣西部大平原。一是往西南行，穿越中央山脈的重山峻嶺，分別可達西部竹塹與彰化、嘉義。一是往南，通往現今的花蓮縣境。往北走與往西南行二方向路線，又因地形地勢與連絡地區的不同，大致上又可再各分成二路線。為能清楚將這些複雜的路線整理清楚，茲分別說明如下：

（一）往西南方向

　　清代由臺灣西部通往噶瑪蘭的古道路線，最早記載首見於《臺海使槎錄》所提及的二條番仔路，此二路從中部連通東北部高山地帶，所經之地「盤山逾嶺，涉澗穿林」、「峻嶺深林，生番錯處，漢人鮮至」，尚需「土番指引」，真可謂計程迂迴，成了漢人奸民逋逃之藪。迨及開蘭之後，少見官方資料提及，嘉慶道光年間，嘉義、彰化、淡水等地平埔番遷往埔里、噶瑪蘭等地，而漢人隨之跟進，方傳穟〈開埔里社議〉記：

　　　　其（指埔里社）山後東北遙通噶瑪蘭，東南則奇來秀姑蘭，

鳥道曲徑，蓋不甚遠。一經開墾，難保民人透越潛通。即
使埔社之人，毋庸更入後山，而山後噶瑪蘭人，向苦由三
貂轉出前山，路程險遠，今埔社既開，勢必由山後透越而
至。[25]

嗣後，嘉慶九年（1804），噶瑪蘭初闢，彰化番首潘賢文、
大乳汗毛格，由於犯法拒捕，糾合岸裡社、阿里史社、阿束社、
東螺社、北投社、大甲社、吞霄社與馬賽社諸番千餘人，越內山
逃至五圍，欲爭其地，引發一場流番與漢人的戰鬥，惜所經路線
未見記載。然依地緣推論，大致上可能是溯大甲溪河谷，聰匹亞
南隘，再沿叭哩沙喃溪（今蘭陽溪）入蘭陽平原，並介入漳、泉、
粵三籍墾民之間的土地爭奪，終於退至西勢（蘭陽溪以南），在
今日三星鄉境創建阿里史庄。

因為上述路線，深菁鳥道，生番潛伏。所以在後來為了能便
利噶瑪蘭交通往來，由清政府官方所主持的開道時，路線便北移
至竹塹，由九芎林進山，嘉慶十六年（1811），閩浙總督汪志尹
與福建巡撫張師誠預籌進山備道，於〈雙銜會奏稿〉中建議：

蘭初闢時，預備進山備道，以便策應緩急。其路凡三條；
一由淡水、三貂過崔崔嶺抵頭圍，係入山正道，……又一
路由艋舺之大坪林進山，從內山行走，經大湖隘，可抵東
勢之溪洲……。又一路由竹塹之九芎林（今新竹縣芎林鄉）
進山，經鹽菜甕（今新竹縣關西鎮），翻玉山腳，由內鹿

---

[25] 周璽，《彰化縣志》，（南投：臺灣文獻委員會，1993 年），頁 180。

埔可出東勢之叭哩沙喃，係在粵人分得地界之內。[26]

柯培元《噶瑪蘭志略》〈關隘志‧叭哩沙喃隘〉條記：

> 在廳治西三十里番山前，重溪環繞，逼近額刺王字生番，
> 第一險要，隘丁十二名。內另一路在鹽菜甕翻玉山腳，可
> 通竹塹、九芎林仔，粵人分得其地。[27]

可見，此一路線係自今新竹縣東部入山，由宜蘭縣溪南三星
鄉出口，取用此道者，多來自關西、新竹、芎林等地粵籍移民為
主，並設有隘寮隘丁駐守防番。[28]

（二）往北方向

康雍年間，雖有漢人從山、海兩路進出噶瑪蘭，以探險成分
居多，其中能與生番從事交易，究竟少數，是以通蘭山路似有若
無，深菁鳥道，難以明確。兼且從基隆至臺中間，均可翻山越嶺
到達噶瑪蘭，使得早期噶瑪蘭擁有數條聯外山道，同一路線又分
歧不一。以往北入淡水廳方向而言，又可分成文山線與三貂線二
路，茲就二路線分別說明如下。

1.文山線

文山線之通蘭古道，入山在文山保，入山以後，又有東、西
二支線之分，東支線過北勢溪上游山區，進入三貂地區。至於西

---

[26] 柯培元，《噶瑪蘭志略》，（南投：臺灣文獻委員會，1993 年），頁 145
　　 至 146。
[27] 同前註，頁 26。
[28] 卓克華，〈淡蘭古道與金字碑之研究〉《臺北文獻》直字第一〇九期，
　　 （臺北：臺北文獻委員會，1994 年），頁 74 至 75。

支，係循南勢溪而上，進入生番地界。

　　根據史料，文山線西支路線可推測為：從艋舺行經公館到景尾再到新店，然後由當時之新店街，沿新店溪進入屈尺之番界。再於上游之匯流處，轉溯南勢溪，進入烏來番地，轉桶后溪，抵達桶后。復由阿玉山與紅柴山之間，越過分水嶺抵蘭界，取道宜蘭員山鄉之舊大湖庄、隘界等地，到達溪洲。

　　文山線東支之古道正式出現的較晚，此一便道之路程，應自臺北之艋舺街啟程，經古亭村（大加蚋堡），越觀音嶺，出石碇街（文山堡），越烏塗堀嶺，涉灣潭渡（新店溪上游），經鷺仔瀨、石曹坑、四堵寮（文山堡），到金面山頭分水崙（即淡蘭交界）下嶺，由礁溪街（四圍堡）入噶瑪蘭城。[29]

　　2.三貂線

　　噶瑪蘭的諸多聯外道路，以俗稱「淡蘭古道」最為重要，三貂線又為其中主要者。三貂線在通蘭古道中，歷史最悠久，但隨著時代的推移演進，變化也就較多。清季三貂線，舉凡數變，茲一一探討於後。此一古道最早可以溯及黃叔璥《臺海使槎錄》所述：

> 自謯水經楓仔嶼嶺，上下十里。過港至雞籠，山高多石，山下即雞籠社。稍進為雞籠港，港道狹隘。過港有紅毛石城……。遠望小雞籠嶼，番不之居，為時於此採捕。循此而上，至山朝社；又上，蛤仔難諸社，深菁鳥道，至者鮮矣。[30]

---

[29] 同前註，頁 82。
[30] 陳培桂，《淡水廳志》，（南投：臺灣文獻委員會，1993 年），頁 25。

柯培元《噶瑪蘭志略・雜識志》云：

> 噶瑪蘭入山孔道，初由東北行，自淡水之八堵折入雞籠，
> 循海過深澳至三貂、崇崇嶺，入蘭界。[31]

據上引史料，可以約略推論此路線為：從淡水廳之艋舺出發，溯基隆河經汐止，再經基隆河支流之畔，沿山谷越過獅球嶺，進入今基隆市區到達社寮島。社寮島到鼻頭角這一段，大抵沿海濱，可能經過八斗子、深澳、番子澳、海濱、水湳洞、哩咾、南子吝、鼻頭社等地，然後，越鼻頭山轉南行，到達古之三貂社。以後越嶺東行到達宜蘭，此為古道最早路線。

三貂線繞海古道，由於所經遙遠，乾隆末年漸為較東之另一路線取而代之，《噶瑪蘭志略・雜識志》記：

> 噶瑪蘭入山孔道，初由東北行……折入雞籠，循海過深澳
> 至三貂……嗣改從東行，由暖暖、三爪仔過三貂，則近於
> 行雞籠矣。[32]

此路線據傳是平埔族先住民白蘭所開鑿，初闢由暖暖經三貂嶺越嶺，經頂雙溪以達噶瑪蘭山道。此路線根據道光年間通判姚瑩〈臺北道里記〉所記，與日據時期伊能嘉矩所探勘，大致如下：八芝蘭－基隆社寮島－暖暖－基隆－瑞芳－三貂嶺－頂雙溪－下雙溪－遠望坑－草嶺－大里簡－番薯寮－大溪－金邦湖（橋板湖）－北關－梗枋－頭圍街－二圍－三圍－四圍－宜蘭城。

其後，楊廷理於嘉慶十二年（1807），於白蘭路東，新開一

---

[31] 柯培元，《噶瑪蘭志略》，（南投：臺灣文獻委員會，1993年），頁196。
[32] 同前註。

路，經雙溪鄉牡丹坑，越頂雙溪至噶瑪蘭，謝金鑾《蛤仔難紀略・楊太守紀程》載其路徑：

> 自艋舺東北行，十五里至錫口，又十五里至水返腳，又十五里至七堵，又十五里至蛇仔形，可住宿。蛇仔形二十里至武丹，又二十里至丹裏，又十里至三貂社……。[33]

此一新路，其因路途迂遠，人多不肯行，故率由白蘭舊路，而且此二路頗多路線重疊，相沿使用，後人遂糾葛不清，常常張冠李戴。

至於三貂線的末段部分，淡蘭古道三貂線，在經過三貂嶺後，通蘭古道之末段，乃翻越隆隆嶺與草嶺山區，抵達噶瑪蘭。所經路線方面，依年代先後，又有隆嶺古道與草嶺古道二條路線。較早開闢於乾嘉年間，由三貂社經內林、七星堆到隆隆嶺，沿途石磴如梯，然後下草嶺腳（今頭城鎮大里里），沿海岸南行，經北關，過頭城、礁溪，達廳治所在地宜蘭城，為入蘭初闢孔道。惜以山徑崎嶇，道路險惡，且不便牛車、腳力之挑運，於道光初年，被拓寬之草嶺古道所取代。然而草嶺古道雖因運輸方便而使用，隆嶺古道卻因路途較近而仍存，成為「舖遞道」之作用，兩路並存，其中某些路段重複，以至界線糾葛不清，造成混淆。草嶺古道大致路線如下：三貂嶺－牡丹坑－粗坑口（過渡）－頂雙溪（有渡）－魚行仔（有溪）－下雙溪（過渡）－遠望坑口－半嶺－草嶺－大里簡－大溪－北關－頭城－礁溪－宜蘭城。[34]

---

[33] 柯培元，《噶瑪蘭志略》，（南投：臺灣省文獻委員會，1993年），頁166。

[34] 卓克華，〈淡蘭古道與金字碑之研究〉《臺北文獻》直字第一〇九期，

（三）往南路線

噶瑪蘭往南到花蓮的管道為蘇花古道。根據同治十三年
（1874）十二月初一日沈葆楨所上奏疏中言，蘇花公路的修建始
於同治十三年（1874）九月十八日。先是六月，沈葆楨督防臺灣，
計畫開闢由南關至岐萊後山的道路，乃調遣福建提督羅大春率領
綏遠軍，會同土勇，自蘇澳開道，二年後完成。其里程在「羅提
督里程碑」中記載的很清楚。碑記：

> 自蘇澳至東澳二十里，自東澳至大南澳三十里，自大南澳
> 至大濁水三十里，自大濁水至大清水二十五里，自大清水
> 至新城四十五里，自新城至花蓮港北岸五十里，以上自蘇
> 澳至花蓮港北岸計程二百里。[35]

由於蘇花古道的開闢，使蘭地南向有了對外的通道，亦使漢
人的拓墾開發得以順利進入後山的花蓮、臺東等地。

平原上的陸路交通，「自烏石港至頭圍、二圍，路皆沿山西
行，漸折而南，至於三圍。頭圍居海口，北倚山，其南為烏石港，
西渡荒埔，過金面山之南而至二圍；二圍之北有山名曰擴仔山，
西南過白石圍、湯圍而至於三圍，其北有坑，曰礁坑、曰旱坑，
西南逾溪達於四圍，又東南逾溪達於五圍；五圍去山稍遠，北附
溪，其東北為渡船頭，自頭圍至五圍，皆屬西勢」[36]，對於平原

（臺北：臺北文獻委員會，1994 年），頁 99 至 100。

[35] 吳永華，《蘇花古道宜蘭段調查研究報告》，（宜蘭：宜蘭縣立文化中
心，1994 年），頁 136。

[36] 陳淑均，《噶瑪蘭廳志》，（南投：臺灣省文獻委員會，1993 年），頁
19 至 20。

南北交通的主幹線有概略介紹，但欲往三圍及五圍皆須逾溪，因為蘭地雨量豐沛，因此平原上河道眾多，大小河川相互交錯且時有改道奪流現象，各地區往來交通常常受阻，此時唯有依靠津渡來聯繫兩岸，使平原地區的陸路交通網絡能夠四通八達。清代時期噶瑪蘭平原上有津渡多處，如奇立板渡、溪洲渡、清水溝渡、二結渡、奇力簡渡、船仔頭渡、三鬮仔渡、新城仔渡、七結渡、金包里渡、三結渡、茅仔寮渡、下渡頭渡、大堀渡、豬母乳寮渡等，[37]以上各地的津渡均屬官渡性質。津渡一方面溝通了兩岸的交通，使行旅往來便利，另一方面也縮短了往來河川上下游的時間，拉近了區域的差異，打破彼此之間的隔閡。所以當時的津渡對於蘭地的開發和發展亦扮演著重要的角色。

水路交通方面，清領時期，時有海賊循海路窺伺蘭地，以為其巢穴，所以蘭地雖地處僻遠，但早受到有心人士之注目，且多選擇由海路入蘭，可見蘭地河海港灣亦早受注意。噶瑪蘭東臨太平洋，所以海岸大小港口很多，但由於海岸地質多屬沙岸，所以天然良港不多。據《噶瑪蘭廳志》記載，當時蘭地港澳有，烏石港、加禮遠港、蘇澳港、馬賽港、抵美福港、過嶺港、辛仔罕港、奇武蘭港、二圍港等，其中西勢以烏石港，東勢則是加禮遠港為當時重要水路門戶。

噶瑪蘭地區因三面環山，林深菁密，鳥道迂迴，蘭民所需之日用百貨陸路運達，頗為艱辛，故大多依全靠水路，烏石港、加禮遠港在當時扮演著重要的地位。道光三年（1823）噶瑪蘭通判呂志恆在籌議定制時曾說明其情形。

---

[37] 同前註，頁 35 至 36。

噶瑪蘭西勢烏石港、東勢加禮遠港，二處小口，向來
春末夏初，南風當令之時，有臺屬之鹿港、大垵、八里坌、
雞籠等地小船，儎民間日用貨品，進港貿易；並有內地之
祥芝、獺窟、永寧、深滬等澳採捕魚舟，入口售賣鹽魚脯，
換儎食米回內。……蘭地僻處全臺山後，生齒日繁，人烟
輻輳，一切日用所需，全賴各處小船於春夏間入口貿易。
倘累以官差，或小加裁禁，舟商一經裹足，地方立見衰微。
[38]

西勢烏石港、東勢加禮遠港，二處雖為小口，但是「倘累以
官差，或小加裁禁，舟商一經裹足，地方立見衰微。」可見對
於蘭地居民的日常生活與地區的社會經濟的影響力有多麼巨
大。然而船行大海，雲天汪洋，方向難辨，全憑豐富經驗的舵手
捧指南針航行，稍有差錯，則不知所往。復以噶瑪蘭地區颱風特
多，風浪險惡，一不小心則船翻舟覆。且往來蘭地，水路必經大
雞籠、深澳、卯鼻、三貂，各海口暗礁鱗列，非熟悉沙汕之舵工，
不能駕駛。凡此種種皆影響了蘭地對外水路的順暢，間接地亦妨
礙了蘭地的發展。[39]

第三節　噶瑪蘭地區的開發

臺灣土地較全面性的開發，始自康熙二十三年（1864）康熙
帝將臺灣收入版圖後，因為臺海的政治敵對形勢已經銷解，閩粵

---

[38] 陳淑均，《噶瑪蘭廳志》，（南投：臺灣省文獻委員會，1993 年），頁
352。
[39] 廖風德，《清代之噶瑪蘭》，（臺北：正中書局，1990 年），頁 28。

沿海的居民再次大量渡海來臺拓墾,加速了全臺各地的發展。清領初期,部分特定區域如臺南等,因地緣因素或具特殊人文背景而有快速的發展,但這樣的發展並未對臺灣各地的拓墾起直接的影響。

噶瑪蘭地區開發的較晚,部分原因乃地理環境所致如離郡城遙遠,且山川形勢隔絕,當雍乾年間,西部開發至一段落達到飽和,全臺各地以及剛從大陸到臺灣的移民為尋新的天地,才紛紛入蘭開墾,亦開啟漢人文教的始頁。

臺灣開拓的紀錄年代遠早於明鄭時期,但是一直要到入清版圖,康熙二十三年(1864)後,才有較具規模的開發與移民;往後數十年間,臺灣西部的開發持續加速之中,而位處東北一隅的噶瑪蘭地區的拓墾,大約是在乾隆末、嘉慶初年始由三貂社吳沙等人的嘗試入墾揭開序幕。吳沙入蘭以前的蘭地是一片荒埔,朝廷視為番界,化外之地。爾後歷經閩粵三籍移民的努力,規模始具,且生齒日繁,諸多公共事務需有一領導中心來處裡,其中間過程歷經波折,最後於朝野諸多遠見之士的努力下,朝廷始注意到噶瑪蘭的重要,並於嘉慶十七年(1812)畫入清版圖,設治於五圍(現宜蘭市)。

臺灣地區早期的文教與文學發展是伴隨著土地的開發而興起,噶瑪蘭地區亦復如是,由吳沙率眾入蘭拓墾,誠是蘭地的文教發展的濫觴。隨著蘭地土地的漸次開發,人文亦隨之興盛。

康熙末年,噶瑪蘭地區已有少數漢族商人,因經商而長駐此地,並且與當地居民保持著良好之互動。但是從康熙末年到嘉慶元年吳沙入蘭,時序間隔多年,中間歷經雍正、乾隆二朝,關於這段期間蘭地的相關資料,如漢番之間相處往來情形等,由於資料的闕如,所以目前幾近真空,尚無法做一有效考述。嘉慶元年

吳沙帶領著三籍移民進到噶瑪蘭拓墾，可以說是蘭地正式在臺灣的歷史舞臺上粉墨登場的一刻，也是噶瑪蘭進入近代社會劃時代的分水嶺，今日吳沙在臺灣開發史上能有其值得肯定的地位也是如此。

二百多年前當時噶瑪蘭地區還是荒原一片，林深菁重，瘴癘滿天，先民們挺著身子，憑藉雙手雙足，打著人定勝天的信念來到蘭地拓墾，翻山渡水，披荊斬棘，每一寸土地都是以血汗所爭來的，其堅忍勇敢的精神實令人欽佩。但在先民們以其性命與天相搏之時，清廷非但未提供任何援助，甚至還以種種理由，如噶瑪蘭係屬界外之地，恐啟番釁，拒絕移民正式的請墾，大有棄地之意，亦將當時入蘭拓墾先民之安危棄之不顧。幸而，先民終日辛勞以啟田畝之時，朝野出現一批力主噶瑪蘭不可棄之士，繼續為先民與蘭地請命。先民開疆與諸人為蘭地入籍請命，因事發時序多所交疊，故本小節擬再分成三部分來分開個別討論之。

一、朝野對於噶瑪蘭收入版圖的主張與轉折

噶瑪蘭的開發過程，可以說是早期臺灣開發的一個翻版，其共同特色都是，「官未闢而民已先闢」，百姓早已積極拓墾、生齒日繁，極需朝廷設官治理，以護佑生民，但朝廷態度卻消極冷漠，恐多生事；好比康熙年施琅平定臺灣，朝廷原來僅是為討平所謂的賊逆鄭氏，並非有心經營臺灣而來，故其中經歷朝野數度辯論，後因施琅的主張而說服眾人，將臺灣收入清版圖。

蘭地的開發，早於嘉慶元年（1796）吳沙率三籍移民入蘭前，即有部分人士三番二次的向清廷提出，收入版圖且發照給墾的要求，如乾隆五十三年（1788）林爽文事件後，廣東嘉應州義民古

吉龍在向福康安提出的〈陳臺灣事宜十二則〉中，其中第十一條即說明噶瑪蘭的糧食豐富，番人耕食織衣，與漢人無異，故建議開放噶瑪蘭讓移民自由墾殖，既可足衣食，又可禦逆匪，實為兩便。[40]另有乾隆、嘉慶年間佚名的〈呈甲子蘭紅呈〉，亦說明番首完吶傾心向化，建議將噶瑪蘭收入圖籍，准予招人開墾，俟墾成後按規定清丈陞科。[41]結果都為所拒。爾後，吳沙雖成功入墾，但於嘉慶十五年（1810）決定收入版圖前的狀況，仍是民間全力拓墾，而官方每每以係屬界外，恐與當時的原住民族群起衝突為由，對於蘭地的管理問題消極以對；因此導致諸多具有遠見之士，挺身為蘭地說話，其中以嘉慶九年蔡牽事件後，積極協助蘭地發聲的兩位文人，一是嘉義縣教諭謝金鑾，撰有〈蛤仔難紀略〉六篇，一是臺灣縣教諭鄭兼才著〈山海賊總論〉，最具代表性，謝、鄭的兩篇著述亦為呼籲將蘭地收歸大清版圖而發。謝金鑾曰：

> 故使今之蛤仔難可棄，即昔之臺灣亦為可棄，昔之所以留臺灣者，固謂郡縣既立，使吾民充實其中，吾兵防悍於其外，番得所依，寇失所踞，所謂安於無事者此也，今之蛤仔難亦猶是矣。[42]

謝氏依據當時大環境，就為何噶瑪蘭應該收入版圖，提出他的高見，並且以當初將臺灣收入版圖的決策觀點引入，以為建言有力的佐證，認為噶瑪蘭絕無可棄之理。

---

[40] 廖風德，《清代之噶瑪蘭》，（臺北：正中書局，1990 年），頁 81。
[41] 同前註，頁 83。
[42] 陳淑均，《噶瑪蘭廳志》，（南投：臺灣省文獻委員會，1993 年），頁 362。

除此之外，謝氏還在〈蛤仔難紀略〉中，懇切的由七個角度來析論，向政府提出了七個理由，認為噶瑪蘭之地朝廷絕對不可以放任不管，倘若不察，臺灣日後將會後患無窮。

> 為長官者，棄此數萬民，使率其父母子弟永為逋租逃稅，私販偷運之人而不問也，此其不可者一。棄此數百里膏腴之地，田廬畜產，以為天家租稅所不及也，此其不可者二也。民生有欲，不能無爭，居其間者，漳泉異情，閩廣異性，使其自鬥自殺，自生自死，若不聞也，此其不可者三。且此數萬人之中，一有雄點才智桀驁不靖之人，出而御其眾，深根固蒂，而不知以為我疆我土之患也，此其不可者五。且其形勢，南趨淡水艋舺為甚便，西渡五虎閩安為甚捷，伐木扼塞以自固則甚險；倘為賊所有，是臺灣有近患而患即及於內地，此其不可者六。今者官雖未闢而民則已闢，水陸往來，木拔道通，而獨為政令所不及，奸宄兇人以為逋逃之藪，誅求弗至焉，此其不可者七。凡此七者，仁者慮之，用其不忍之心，智者謀之，以為先機之哲，其要歸於棄地棄民之非計也。[43]

細細讀完全文，可以感受到謝氏種種深切的陳述，無非是要喚起為政者的大智慧，對於噶瑪蘭地區的問題，絕對要深思熟慮，設想周全，一切以萬民，為國家安危大局處著想，一點也草率任意不得。身為學官士紳，但時時關心著天下生民之身家性命與國家安危，充分展現出傳統知識份子，「先天下之憂而憂，後

---

[43] 陳淑均，《噶瑪蘭廳志》，（南投：臺灣省文獻委員會，1993年），頁361至362。

天下之樂而樂的精神」。

鄭兼才在〈山海賊總論〉中，認為當時蔡牽侵擾臺灣，最終目的是要奪取噶瑪蘭為其根據地，並非真要奪郡城。云：

> 蔡牽雖垂涎臺灣，然日久計熟，所欲得志者噶瑪蘭耳。其地膏腴，未入版圖。田畝初開，米粟足供；居郡城上流，險固可守；⋯⋯若其初意在郡城，必乘無備，併力急圖。蓋蔡牽雖愚，長生海涯，習聞往事，縱使僥倖得有郡城，未有不懼為朱一貴之續。以此度群賊所為，決非噶瑪蘭不可也。[44]

而蔡牽等賊欲奪取噶瑪蘭的原因是，「其地膏腴，未入版圖。田畝初開，米粟足供；居郡城上流，險固可守」，一旦為賊奪得居郡城上流的噶瑪蘭，則可以下制郡城，臺灣之患，由是方茲。因此，文章最後鄭氏下了這樣的結論。

> 惟上流噶瑪蘭，官所不轄，賊所必爭，萬一民番失守，棄以與賊，臺灣之患，由是方茲。故為臺灣久遠計，非掃清洋面以拔其根，即當致力上流以絕其望。然以化外之地，通道築城、設官置卒，既格於非入告不可。[45]

臺灣四面環海，因此擁有優越的海洋資源，但亦潛藏著一份危機，鄭氏由海洋的角度出發，充分透視了蔡牽的計策，其實也精闢的分析臺灣當時海上防衛的重要性，與眾多賊逆意圖由海路

---

[44] 陳淑均，《噶瑪蘭廳志》，（南投：臺灣省文獻委員會，1993 年），頁376。
[45] 同前註，頁 377。

近迫臺灣各地的想法；其思考模式有別於謝金鑾與當時眾多能人
志士，可謂高才遠識。

　　鄭兼才與謝金鑾二位之所以為蘭地挺身說話，乃是因為嘉慶
九年（1804）蔡牽為亂，故思及海寇每每垂涎噶瑪蘭之地，若遂
其所願，蘭地淪為眾賊根據地，日後臺灣將無寧日，甚至大陸東
南沿海亦將受害。因此挺身大力主張，並希望藉著立說來宣傳，
噶瑪蘭之地一定要入籍治理。

　　關於噶瑪蘭的去留問題，當時地方官員所持反對的意見，於
楊廷理〈議開後山噶瑪蘭即蛤仔難節略〉和謝金鑾在〈蛤仔難記
略〉中，皆有提及。謝氏〈蛤仔難記略〉言：

> 而或者曰：臺灣雖內屬，而官轄之外皆為番土，還諸番可
> 矣，必欲爭而有之，以茲地方之事。或者又曰：蛤仔難之
> 民久違王化，其心叵測，驟欲馭之，懼生禍端。[46]

以上舉的兩個意見，為當時主要反對噶瑪蘭收歸版圖的論
點。第一種意見，認為臺灣雖然早已內屬，但是目前官方所治理
之外的土地，皆為番地，不應與番爭地，以免以起不必要的紛爭；
第二種意見，認為噶瑪蘭地區未經教化，人民蠻橫，民心難測，
如果貿然設官治理其地，恐怕引起民眾反感而生事端。

　　針對以上論點，謝氏也積極的提出他的見解來加以反駁，他
說：

> 不知今之占地而耕於蛤仔難者，已數萬眾，必當盡收

---

[46] 陳淑均，《噶瑪蘭廳志》，（南投：臺灣省文獻委員會，1993 年），頁
362。

之歸於內地，禁海寇勿復往焉，而後可謂之還番，否則官
欲安於無事，而民與寇皆不能也；非民之好生事也，戶口
日繁，有膏腴之地而不往耕，勢不能也；亦非寇之好生事
也，我有棄地，寇固將取之，我有棄民，寇又將取之也。

　　夫君子居官，仁與智二者而已，智者之慮事，不在一
日而在百年，仁者用心，不在一己之便安，而求益於民生
國計，倘敬事以愛民，蛤仔難之民即堯舜之民也，何禍端
之有？楊太守之入也，歡聲動地，驅為義勇，則率以從，
索其凶人，則縛以獻，安在其久違王化哉。[47]

　　由當時謝氏所作〈紀略〉六篇，可以看出一個知識份子對於
自己國家的關心，並希望能為人民創造一個安居樂業的社會，所
激發出來的使命感。

　　開疆拓土乃國之大事，非民間力量即可完成。因此，針對清
代噶瑪蘭地區設官治理的議題，官府方面的態度是極為重要的。
經整理現存多方資料後，顯示當時政府對於這個議題的主張，如
果將之分成三階段來加以探討，將更能在幾個轉折的關鍵時刻，
突顯出其中人與事所扮演的角色。

　　首先是乾隆末年，可用一句「弗允奏辦」來概括。乾隆末年
林爽文事件後，淡水同知徐夢麟感受到，噶瑪蘭如果能設治且移
民拓墾，不論是在治安上或經濟上，對於國家、百姓都有益處。
於是在乾隆五十四年（1789）提出將噶瑪蘭收入版圖的建議，這
是清代官員首次主動提此建議，但被當時的福建巡撫徐嗣曾，以

---

[47] 同前註。

「經費無出，且係界外，恐肇番叛。」[48]為由，批下「弗允奏辦」。

第二階段，時間從嘉慶元年（1796）吳沙入墾成功，直到嘉慶十一年（1806）間。此時期的地方官員，對於噶瑪蘭的移民拓墾，採取「雖不贊成，亦不反對，任憑生滅」的態度。

> 吳沙恐以私墾獲罪，嘉慶二年，赴淡防同知何如蓮呈請給札招墾，每五甲為一張犁。……所領之單，雖有編號，並未註出地名四至。……嘉慶四年，遂捏蘇長發名字，赴藩憲衙門，呈請給墾。……以該處係界外番地，……，三十六社生番散處其中，性同梟獍，恐難稽查，致茲叛端，勿庸准行。六年，又據吳沙之子吳光裔復赴遇陞道呈明：邀何繪趙隆盛等，仍在該處墾耕。七年，吉淡廳壽詳請照李前廳，仍不准行。奉批如詳銷案，均未議及現聚三籍人眾若干，及如何驅逐出山封禁事。[49]。

當年吳沙恐私墾獲罪，所以費盡心思，為獲得官方給墾正式許可，四處請命，可是答案大同小異「仍不准行」。地方官員既不准行，「奉批如詳銷案，均未議及現聚三籍人眾若干，及如何驅逐出山封禁事。」又不面對已經入墾的事實，一味推諉，致百姓身家性命於不顧，楊廷理對此態度仍以為不妥。嘉慶十一年（1806）以後，蔡牽、朱濆事件的發生，因事涉整體國家安全，使得朝廷中央甚至包括皇帝，開始介入噶瑪蘭設官治理的議題。於此之前，提議噶瑪蘭應該置官者，大多圍繞在給墾與地方公共

---

[48] 陳淑均，《噶瑪蘭廳志》，（南投：臺灣省文獻委員會，1993年），頁365。
[49] 同前註，頁366。

事務的管理層面，事屬地方性事務，所以權責多歸當地官員處理，地方官員若非勇於任事之人，加以經費不足或「多一事不如少一事」的辦事心態，則人民的需求，國家的利益，永遠得不到重視與照顧。

最後階段，在地方官員（福州將軍賽沖阿與臺灣知府楊廷理）、中央京官（少詹事梁上國）與仁宗皇帝的共同關心之下，政府設治態度轉為積極，水到渠成。

嘉慶十一年（1806）海賊蔡牽的為亂，可說是給了朝廷一個明確的警訊，奉命來臺彈壓的福州將軍賽沖阿，將蔡牽欲侵占噶瑪蘭的企圖上奏，引起仁宗的重視，噶瑪蘭土地與人民的問題已經不是單純的地方性問題，急需要朝廷來思考對策以因應。因此，嘉慶十一年（1806）四月，清仁宗下了一道諭旨，使噶瑪蘭的開發事宜有了全新的發展，諭旨是這樣的：

> 朕聞淡水、滬尾以北山內，有膏腴之地一處，為蔡逆素所窺視；年來屢次在彼游奕，希圖搶佔。著詢明此地係何地名，派令官兵前往籌備，相機辦理。[50]

有了仁宗諭旨，「派令官兵前往籌備，相機辦理」，地方官員對於開蘭事宜態度與思維模式開始轉為積極。同年九月，臺灣知府楊廷理，也向仁宗表示蘭地開發的重要性。

嘉慶十二年（1807）又有海賊朱濆想佔領蘇澳為其巢穴，經五圍居民陳奠邦的求援，楊廷理與王得祿火速由水、路二途夾攻而敗走，爾後楊廷理再次向賽沖阿提出建議。

---

[50] 陳淑均，《噶瑪蘭廳志》，（南投：臺灣省文獻委員會，1993年），頁367。

嘉慶十三年（1808），賽沖阿根據臺灣鎮總兵武隆阿、臺灣道清華所擬議之章程，奏請將噶瑪蘭收入版圖。賽沖阿奏曰：

> 奴才查蛤仔爛本係界外番地，今民人熟番越界私墾，本應驅逐治罪，惟是開墾有年，已成永業，一經驅逐，不惟沃土拋荒，而無業游民盈千累萬，實亦礙難辦理。因思該處民番久已相安，且經為官出力，自應歸入版圖，以廣聲教。雖番地初闢，設官安兵，均多窒礙，而為之有漸，可期獉狉日開。[51]

雖然這一次的奏請，其結果「奉部駁飭，事遂中止」。同年，幸好另有一份來自少詹事梁上國的奏摺，直達天聽，引起仁宗重視，並再次下了一道諭旨，否則噶瑪蘭的事不知道還要拖多久。諭旨內容：

> 少詹事梁上國陳奏：「臺灣淡水廳屬之蛤仔難地方，田土平曠豐饒，每為盜所覬覦。從前蔡牽朱濆曾欲佔畊其地，具為官兵擊退。若收入版圖，不特絕洋盜窺視之端，且可獲海疆之利」等語；並分別各條，詳悉具奏。梁上國籍隸閩中，於本省情形，自因素悉，所言不為無見。著將原摺撥交阿林保、張師誠、悉心妥議奏聞。將此諭令知之。[52]

仁宗皇帝看到「若收入版圖，不特絕洋盜窺視之端，且可獲

---

[51] 臺灣銀行經濟研究室，《臺案彙錄辛集》，（南投：臺灣省文獻委員會，1997年），頁173至174。

[52] 陳淑均，《噶瑪蘭廳志》，（南投：臺灣省文獻委員會，1993年），頁367至368。

海疆之利」，終於了解到噶瑪蘭的重要性，因此交辦眾人「悉心妥議奏聞」，眾人於皇帝的積極指示下，馬上交辦臺灣知府徐汝瀾。徐氏於覆查後，回稟阿林保等，照之前賽將軍原奏，積極推動相關事務。

然未及眾官復奏，嘉慶十四年（1809）正月，仁宗又下了一道諭旨，「自應收入版圖，豈可置之化外？況其地又膏腴，素為賊逆匪覬覦。若不設官經理，妥協防守，設竟為賊匪佔踞，豈不成其巢穴，更為臺灣添肘腋之患乎？」[53]。主政者由噶瑪蘭在國家安全上的考量為出發點，再次要求督撫要熟籌定議，就設官經理事宜要妥善規劃，期蘭地可長治久安。仁宗皇帝在「尚未復奏」情形下，自己就再下一道諭旨，可見對此事極為積極，雖日理萬機，但仍時刻掛心此事，此事算是拍板定案，只是時間遲速問題。然一波三折，好事多磨，皇帝雖已諭令，但終因臺地發生嚴重民系衝突，漳、泉二籍械鬥，事件波及蘭地，所以設官經理之事又給耽擱了下來。

嘉慶十五年（1810），閩浙總督方維甸奉命來臺查漳、泉械鬥案，行經艋舺，遇蘭地民番一同懇請收入版圖事，於是派楊廷理、武隆阿入蘭，對於蘭地種種現況逐一勘查紀錄，於該年四月上〈奏請噶瑪蘭收入版圖狀〉，具摺奏聞。五月二十九日，仁宗對於方維甸的奏請做出了明確的回應。

> 噶瑪蘭田土膏腴，米價較賤，民番流寓日多；若不設官治理，必致滋生事端。……至所設官職，應視其地方之廣狹，酌量議添；或建為一邑，或設為分防廳、鎮，俱無不可。

---

[53] 同前註，頁 368。

其應設官長及營汛等事，俟楊廷理等查稟到時，即會同張
師誠悉心詳議具奏。至臺灣窵處海外，諸務廢弛。今方維
甸到彼，於地方管伍，力加整頓，酌改章程。若地方官謹
守奉行，自漸有起色，第恐日久生懈耳。且該處俱係漳泉
粵民人雜處，素性強悍，總需令大員前往巡閱，使知敬畏，
嗣後令福建總督將軍，每隔三年輪赴臺灣巡查一次，用資
彈壓。[54]

　　因為臺地漳、泉械鬥案之激烈，讓仁宗再一次體會噶瑪蘭地
區急需設官治理；而且對於臺灣的政務也更加的關心，在稱讚方
維甸之餘，語重心長的告誡眾臣，臺灣人民素性強悍，眾臣不可
輕心大意。

　　嘉慶十七年（1812）八月，終於設噶瑪蘭廳，從此蘭地有了
正式的地方父母官，首任通判未到任前由楊廷理暫代，楊氏廣西
柳州人，由拔貢捐納知府，嘉慶十七年（1812）九月初八日接鈐
記任事，臘月初旬卸委，但真正首任通判為翟淦。

二、溪北的開發

　　雍正年間，臺灣南部與中部已開發完竣，乾隆中葉以後，北
部的墾務相當積極，幾近飽和，為順應移民的需求，噶瑪蘭成為
最好的去處。謝金鑾曰：「蛤仔難番既通貿易，漳、泉、廣東之
民多至其地墾田，結廬以居以食。蠶叢未闢，官吏不至，以為樂
土，聞風者接踵以至。」

---

[54] 清道光四年敕撰，《大清仁宗睿實錄》，（偽滿國務院影印本，1937年），
頁3383至3384。

　　早期漢人進入噶瑪蘭，無非擔任「番割」，獲取利益。最先招眾拓墾噶瑪蘭者，是乾隆三十三年（1768）的淡水業戶林漢生，不幸遭到番害，其事遂寢，或有繼續者，亦皆無功。

　　乾隆五十二年（1787），久居三貂，間嘗出與番交易的吳沙，「見蘭中一片荒埔，生番皆不諳耕作，亦不甚顧惜，乃稍稍與漳、泉、粵諸民，及其近地而樵採之，雖剪棘披荊，漸成阡陌之勢，番故不知禁也。而三籍聞風是逋逃藪，來此日益眾。」

　　嘉慶元年（1796），吳沙與其友人許天送、朱合、洪掌等商議入墾噶瑪蘭，苦於無資招募民壯，幸得淡水柯有成、何績、趙隆盛等人資助，於是率鄉勇二百餘人，善番（按蕃即指現今所稱原住民或先住民，以下同）語者二十三人，進據烏石港南方，而招募入墾的漳、泉、粵三籍移民達千餘人，合築土圍墾之，此即頭圍，乃奠定開發的基礎。

　　嘉慶二年（1797）十二月，吳沙病逝，子吳光裔不能服眾，由姪吳化代領其事。嘉慶三年（1798），有吳養、劉胎光、蔡添福等人來附，從頭圍據點，漸漸向南延伸。同時以頭圍的地名為準據，依序將新墾地命名為二圍（今頭城鎮二城里）、湯圍（今礁溪鄉德陽村）、三圍（今礁溪鄉三民村）。嘉慶四年（1799），漢人與先住民講和，進墾更為順利，拓展至四圍（今礁溪鄉四結村）。當時漳人佔移民人數的十分之九，粵、泉兩籍僅得十分之一。嘉慶七年（1802），三籍移民日眾，墾地不敷，漳人吳表、楊牛、林□、陳一理、陳孟蘭，泉人劉鐘，泉人李光等九人聯結為首，號稱「九旗首」，共率眾一千八百十六人，進佔五圍（今宜蘭市），並劃分勢力範圍，各得其所。嘉慶九年（1804），山前平埔番或因漢人移墾威脅，或懼官追捕，翻越內山逃至噶瑪蘭五圍，欲與漳人爭地，終無法得逞。嘉慶十一年（1806），山前

漳、泉分類械鬥，波及噶瑪蘭。泉人乃聯合流番、本地平埔及粵
人，合攻漳人，但以勢弱告敗。泉人除溪州外，盡失溪北墾地；
加之先前部分泉、粵人將溪北埔地售予漳人，於是溪北盡為漳人
天下，同籍相安，合力墾殖拓地日廣。

　　前述溪北開發的過程亦可分為點狀、帶狀、面狀三個時期。
嘉慶元年至嘉慶三年間，因番漢關係緊張，爭鬥時起，拓墾僅限
於頭圍、二圍、三圍等武裝據點。此點狀時期，由淡水富豪與吳
氏家族出資，率眾開墾。第二期是嘉慶四年至七年，由於番漢講
和，墾務進展迅速，形成帶狀的漢人社會，此時期人以吳氏家族
為首，然所附的吳養等三人和吳表的九旗首之崛起，使寡頭墾首
與資本家領導的方式，轉變成土豪分成大小結首的多頭領導。第
三期是嘉慶八年至嘉慶十五年，漢人激增，番人日蹙，移民大量
湧入，全面拓墾溪北，使之形成典型的漢人社會。

三、溪南的開發

　　溪南地區的開發，約略可以分為三個階段，第一階段是從嘉
慶十一年（1806）至嘉慶十三年（1808），以阿里史流番潘賢文
為首。第二階段是從嘉慶十四年，漳人佔領羅東至道光末年，係
三籍分區而墾的時期。第三階段是咸同年間，陳輝煌等開墾近山
地帶的浮州堡。而整個溪南地區的開發完全，大約在同治十三年
（1874）。

　　嘉慶十一年（1806），蘭地漳泉分類械鬥，由彰化遷來以潘
賢文為首的阿里史流番，協助泉人攻打漳人，結果泉人失敗，潘
賢文等阿里史流番不得不渡過濁水溪，移居到荒煙漫草的溪南。

　　嘉慶十二年（1807）七月，朱濆入蘭，計畫奪取溪南地區以

為巢穴,但被楊廷理與王得祿等水、陸夾擊下敗走。此一事件對溪南的開發,產生了重大影響。因為當時大家對溪南並不了解,經過此事件後,除增進了解以外,也引起官方對溪南的重視。

嘉慶十四年（1809）,噶瑪蘭因爭地再度爆發漳、泉械鬥案,此後漳人佔有羅東,而泉人則自溪洲開地至大湖一帶,粵人則移至溪南冬瓜山一帶開墾,從此溪南開發進展是越來越快。

噶瑪蘭入籍以後,經官府分地開墾的政策實施,三籍人士各於所分之荒地開墾,加上政府有三年開成的但書壓力之下,大家勤奮不懈,溪南地區開發一日千里。

道光年間,溪南、溪北平原地區較肥沃的土地大多開墾殆盡,往後新到的移民只好往近山邊緣區域尋找拓墾之地。近山地帶的開發,除了土地較為貧瘠外,還要擔心生番出沒的問題,因此當地需要有較強的武力來保護移民拓墾,陳輝煌就是在這樣的歷史背景下成為當地頭人,他率領一批番民進墾至叭哩沙喃一帶。同治十三年（1874）,已墾土地約八百多甲,大抵在今三星以東,大埔以西之地。

溪南近山地帶開發完成後,整個噶瑪蘭地區大致已全開發完畢,田園日增,生齒日繁,噶瑪蘭地區開始邁開步伐,迎向全新未來。[55]

第四節　移墾社會的發展

自吳沙帶領著三籍移民成功入蘭拓墾,原本是林深菁重、一

---

[55] 陳進傳,〈清代噶瑪蘭的拓墾社會〉《臺北文獻》,直字第 92 期,（臺北:臺北文獻會出版,1990 年 6 月）,頁 7 至 8。

片荒埔的噶瑪蘭，開始進入了以農業型態為主的社會。整個地區
的政治、經濟、社教文化等，各層面的發展，也在日漸興盛的社
會中，逐漸醞釀成形，蓄勢待發。

一、經濟方面

　　清代臺灣移民，主要大多來自東南沿海的閩南粵東，當初選
擇離開原鄉，來到蠻荒瘴癘的臺灣，除了部份乃為逃官而不得不
之外，大多因為原鄉地脊民貧生活不易，故對於臺灣這片新天地
抱持著一份大展鴻圖的願景，認為臺灣時雖蠻荒，但有沃野土地
千里以供發揮，有朝一日定能衣錦榮歸。當臺灣西部開發已經達
到飽和，而噶瑪蘭初闢，當時追隨吳沙入蘭，以及往後大量來到
者，大部分也都抱持著相似的想法，希望能靠噶瑪蘭這片新天
地，讓自己出頭天。所以來到臺灣各地的移民，大多有其經濟性
的考量，上焉者為圖謀巨利，下焉者為求衣食無缺。

　　從古至今，土地的開發伴隨的常常是經濟利益的獲得，此乃
一體之雙面。當年吳沙進入噶瑪蘭地區的拓墾行動，背後也隱含
著經濟方面的動機，察其拓墾資源的提供，乃是由淡水數位富豪
所組成即可明白。因此，清代噶瑪蘭的開拓基本上也算是一種經
濟活動，而非僅是單純的土地開發。

　　清代噶瑪蘭開拓後，大多以種植水稻為主要的作物。因此，
水稻成為蘭地當時經濟上的主要作物，除了能自給自足外，還成
為當時對外地出口的農產品大宗。道光年間，噶瑪蘭「惟出稻穀，
次則白芋，其餘食貨百物，多取於漳、泉。絲羅綾緞則取資於江、
浙。」至於稻米，歲有二冬，「不但本地足食，兼可以資江、浙

之乍浦、鎮海，閩之漳、泉。」[56]。自拓墾以來，土地膏腴，沃
野千里，素為大家所稱羨，但是水稻能成為蘭地重要經濟作物，
一切還是要歸功於完善的水利設施。根據王崧興的研究，於臺灣
經濟的發展中，水利開發乃是臺灣農業史上的第一次革命。其原
因可能是，土地關成之際，因地理環境區位的不同，有些區域沒
有河川流經，缺乏水源可以灌溉，有些則處低漥，排水不良。水
利設施的開發，即可以將水源導引至乾旱區域，擴大灌溉範圍，
若該地過於低漥，則可以利用完善之排水設施將多餘的積水排
出，以利水稻生產。如此，一方面擴大耕作面積，一方面提高水
稻生產量，凡此二者皆可以為農民創造更豐厚的收入，更甚則可
帶動一地之社會、經濟發展。

　　噶瑪蘭土地拓墾初期，水利設施未興，田園多屬旱田一類。
因此，民眾大多從事較為粗放的耕作型態，僅部份鄰近河川溪流
或池沼的田園，可以種植水稻。中國數千年來，一直是以稻米為
主食的民族，並且將稻米視為最重要的經濟作物之一。因此，稻
米生產常是生活經濟的重要來源，因此農民們都希望能將田園用
以生產水稻，獲取最大經濟效益，蘭地居民亦然。但水稻的生產
與水源豐沛與否乃息息相關，所以此時農民最為關心的就是如何
取得穩定與充足的水源，蘭地的眾多埤圳乃因應而開。據統計，
蘭地在清代所開之大、小埤圳有八十餘條。[57]以灌溉田地面積而
言，最大的是金結安圳，達一千七百餘甲地。

---

[56]　陳淑均，《噶瑪蘭廳志》，（南投：臺灣省文獻委員會，1993年），頁
　　　195。

[57]　盧世標，《宜蘭縣志・經濟志》，（宜蘭：宜蘭文獻委員會，1969年），
　　　頁12。

　　蘭地開發乃是「官未闢而民已闢」的型態，所以如此多的埤
圳，大多數屬於私有性質，所謂私有非指一般農民而言，而是來
自外地豪紳的外資所為。外資以出資開埤圳的方式參與蘭地的開
拓，並與用水的農民之間形成一個經濟網絡，一方出錢修埤圳水
路，一方出錢購買使用權力，並藉此創造出更大的經濟收益。臺
灣各地開發之中，出現許多因掌握土地開發利益而致富，並對地
方事務極有影響力的大家族，謂之「業戶」。蘭地初闢之時，因
楊廷理力裁業戶，所以這些外資便由土地的投資轉變為水利的投
資，埤圳的投資者取代業戶，同樣在地方事務上，擁有強大的影
響力，如板橋林家等。

　　當年吳沙接受了淡水富商的資助入蘭開墾，爾後外地豪紳繼
續以資金投資水利建設，除了為自己創造可觀的利潤外，也為蘭
地帶來了經濟的發展，經由「惟出稻穀，次則白芊，其餘食貨百
物，多取於漳、泉。絲羅綾緞則取資於江、浙。」，可以看出當
時蘭地對外貿易興盛外，部分民眾可能因經濟轉佳，生活漸漸富
裕，開始對於絲、羅、綾、緞等，較昂貴的布料用品出現需求。
經濟的發展，除了為人民帶來安樂的生活外，也可為日後社會文
教活動興起提供有利的環境。在臺灣土地拓墾初期，文治程度甚
弱，而社會俗化深，此時的拓墾者或商人多半偏重經濟活動及營
利目的，但在土地日闢，聚落日增，經濟繁榮之後，自然開始注
意到文教事業，這也正是未來文學活動興起的契機。

二、鄉紳文人的出現

　　噶瑪蘭初闢之時，跟隨吳沙入蘭的三籍移民大多目不識丁，
依靠勞力謀取生活的社會下層民眾，文化素質略低，加上當時社

會上居領導地位的頭人，如吳沙、吳化、「九旗首」或入蘭投資
的商人等等，大多以商業或土地利益為目的。因此，蘭地文教發
展並未受到重視，鄉紳文人亦未出現，地方上擁有影響力的人僅
是少數拓墾領導者。但是因為拓墾者的努力，已為文教社會的發
展，提供了絕佳的土地資源和經濟環境，這時也促進未來地方鄉
紳文人階層的出現。

　　蘭地是一新開闢的天地，在一連串的土地拓墾與社會發展過
程中，社會領導權力結構也隨之改變。中國是一個重視「文人」
的社會，傳統地方上的鄉紳文人備受敬重，並對地方事務有某種
程度的影響力。但蘭地是一新開闢的天地，移墾社會裡，一開始
掌握社會領導權力的大多是率領拓墾的頭人。因此，要等到一段
時日過後，開發完成，社會、經濟等方面繁榮富庶，當地鄉紳文
人才漸露頭角。依據廖風德研究，清代的噶瑪蘭，隨著土地的開
發與社會的發展，掌握當地社會領導的家族結構可以分成，嘉
慶、道光、咸同、光緒四個階段。這樣的發展演替過程和蘭地鄉
紳文人出現的過程，相吻合之處甚多。

　　嘉慶時期，噶瑪蘭土地新闢，最有勢力掌握社會領導權力的
家族，當推率領移民入墾的吳沙家族，吳沙死後，其姪吳化繼承
其業。但後因官府勢力的增長與力裁業戶政策，吳氏家族的影響
力逐漸式微。此時期社會僅以土地開拓和商業利益為目的，或文
教初興，故具影響力的鄉紳文人尚未出現。

　　道光時期，由於土地開發趨於完成，生齒日繁，聚落增加，
於經濟條件改善之後，人民希望追求更好的生活品質與社會文化
的提升，中國本是文化大國，人民在這樣的大傳統的薰陶之下，
行有餘力當不忘本，因此促使部份經濟能力較佳的家族或人士，
開始轉而注重文教事業。於是蘭地以科舉起家的家族開始出現，

鄉紳文人也開始在社會上展露頭角，如舉人黃纘緒家族。黃氏於道光二十年（1840）中舉，是為開蘭舉人，除由於科舉而獲社會地位外，也因科舉得以累積財富，使黃家成為蘭地望族之一。

咸同時期，「萬般皆下品，唯有讀書高」與傳統科舉的誘因下，大部分家族，為了獲取科舉功名光耀門楣，都非常重視子弟的教育。在此時期名列地方重要家族共有十三個，以科舉起家的家族佔有八個，比例之高，[58]可想見當時鄉紳文人開始大量出現，並在社會上具有一定的影響力。

光緒時期，蘭地文教昌盛，科舉之路仍然是多數家族子弟所追求的。此一階段重要家族共有十二個，以科舉起家的佔有九個，比例更高於咸同時期。[59]

社會本是一個由多重且複雜的權力結構所共織而成的領域，話雖如此，但是有錢即相對能掌握權與勢乃古今中外皆然的現象，臺灣各地開發時的社會結構也存在著這樣的現象。各地區的豪紳在當地社會結構裡往往佔據主導的位子，如噶瑪蘭初闢時期吳沙家族就是一例。但中國自隋唐以後，社會上出現了一個階層流動的機制，那就是「科舉取士」的產生，讓一般人民可以透過此一途徑創造自己的社會地位與權勢。道光時期，噶瑪蘭的各地開發以近完成，人民生活漸漸安定下來，「科舉取士」的機會再度受到重視，自古科舉、文人、文學、文教等，就是相互結合一體多面，因此造就了新的一批，因「科舉」而出現的鄉紳文人，也同時帶動地方上的文教風氣與文學發展，且此時開始，透過科舉而取得社會影響力與財富的文人開始活耀在噶瑪蘭的社會之

---

[58] 廖風德，《清代之噶瑪蘭》，（臺北：正中書局，1990年），頁223。
[59] 同前註，頁224至225。

中，如開蘭舉子黃纘緒等，往後的時期，噶瑪蘭地區文風更盛，鄉紳文人在地方上影響力日增，逐漸在以土地與金錢為後盾的豪紳之外，形成一股新的社會主流力量。

第三章　噶瑪蘭地區的文學環境

　　全臺而言，噶瑪蘭的開發起步晚了一些，但若就文學發展而言，卻展露出有別於文教較早發展的其他區域，蘭地所獨有的特色與風格。道光元年（1821）曾任通判，後來升任臺灣道臺兼學政的姚瑩，為了幫噶瑪蘭廳爭取增加學額，於奏摺中曾經寫下這樣一段話：「噶瑪蘭廳，自嘉慶十七年歸入版圖，計今三十餘載，戶口蕃滋，經該廳清查現有九萬三千零，內應試文童三百一十八名，文風日盛」。[1]噶瑪蘭的開發，約始自嘉慶初年吳沙的入墾，逮及道光年，僅三、四十年間，蘭地的生童人數已達三百多名，可見文教之盛。

　　一地之文教風氣興衰，部分因素取決於當地人士對於文教發展之態度，亦淵源於當地歷史人文之背景。依蘭地文教發展的速

---

[1]　陳淑均，《噶瑪蘭廳志》，（南投：臺灣省文獻委員會，1993年），頁158。

度之快，噶瑪蘭應是一具高度人文歷史的區域，或人口組成為富含文教氣息之士紳階層。但證之史實，並非如此。不論當年隨吳沙入墾的人口或之後陸續進蘭謀生的移民，大多屬勞動階層，或根本就是慓悍的流民之類。道光三年（1823）呂志恆署噶瑪蘭通判，他在處理當時噶瑪蘭廳的稅賦問題及其他廳政時，條列應造冊者十事，議行及停擺者二十事，其中關於蘭地治安的管理有如下敘述：「蘭民皆係山前廳、縣移徙而來，隻身遊蕩，不安本分，每因鼠牙雀角細故，輒行兇互鬪，滋生事端。」[2]可見初期蘭地的漢移民，大多身分卑微，智識平平，後來卻能注重後代子弟教育，間接促成當地文教之發展。沈葆楨就曾以「淡蘭文風冠全臺」來形容當時北臺的淡水廳、噶瑪蘭廳的文教發展。甚至當時地方要員姚瑩，還為獎勵文風而上奏疏，建議增列科考錄取名額及在淡水廳增設科場，以方便北臺士子就近應試，免去長途奔波之累。

地理上一山之隔的淡水廳，不論是開發、設治、幅員、社會、經濟、文教環境等等條件，都遠遠超越當時的噶瑪蘭廳，但是根據嘉慶二十年（1815）的一段記載，我們可以清楚的了解到，當時噶瑪蘭廳雖因種種環境的不利，但文教發展上卻從未落人後。「竊以人文不囿於山川，而士氣端資於培植」、「自開廳之初，置有仰山書院，按期課考；二十載來，疊荷新舊廳主栽培，漸有起色。現入書院肄業者，陸續有一百四十餘名，其未入書院而遠鄉教讀者，有三、四十名，又有初學詩文漸可應試者六、七十名不計外，實在蘭屬童生，確有一百八十餘名，較之淡水廳試童歷

---

[2] 陳淑均，《噶瑪蘭廳志》，（南投：臺灣省文獻委員會，1993年），頁359。

屆甫及百名，委係有贏無絀」。[3]設廳後二十年間，噶瑪蘭廳的應試的童生達一百八十餘名，與淡水廳應試童生歷屆甫及百名，委係有贏無絀。可見蘭地文風與淡水廳相比，毫不遜色；當時的噶瑪蘭廳的文教發展，從不因種種的文化不利而落人後。

　　另一原因，文教起步雖晚，但因地方的頭人、士紳們，都非常重視家族子弟的教育問題，往往有自己出資建書院，如擺里陳家、員山堡的陳正直，教育子弟使其能知書達禮，甚至參與功名，光耀宗族，都有助於文教事業的推動與發展。

　　本章試著就當年噶瑪蘭地區的整體文教環境進行探討，以明瞭清代噶瑪蘭地區漢人文學的發展背景狀況，並且加以勾稽當年文人所面對的大環境，如何於此大環境下蘊育出噶瑪蘭的漢人文學。

第一節　潛意識的觸動與引發

一、傳統文化意識下的文人階層

　　文人階層有時常與文官階層相疊合，有時則否，有時與縉紳階層結合，有時卻是以山林布衣為主。而同樣是讀書、受教育、作文章，讀書人又不盡皆為文人。對於這個複雜的狀況，或許我們應該從歷史發展脈絡中去尋找答案。文人乃是由春秋戰國時期的士階層演變而來。

　　中國早期社會制度，在春秋之際，大抵以士庶之分為其大別，士以上為王、公、大夫、士，以下為皂、輿、隸、僚、僕、

---

[3]　同前註，頁157。

臺及工商農民。士以上為貴族，其餘皆為平民階級，身分具為世襲。士是貴族的最低層，有食田與俸祿，但是在春秋戰國期間，卻是身分變動最大的一群；他們或上升為執宰，或因時局凌夷而降為平民，士的身分開始走向分化現象。如春秋中期以後，士獨立四散謀生，或辦學，或充當婚喪典禮之　禮，或從政，形成分化現象；在士上加指示語或限制語，如方士、策士、謀士、隱士等詞彙也即出現於這個時代。於此同時，士階層之中也發生了上下流動的現象，士因貴族凌夷，而降為庶民，一般庶民或因有地、有功、有學，亦可以上升為士。士乃成為一種介於貴族與庶民之間的中介階層。

　　文士本來也是士的一類，是專指士中具有文辭才能且較一般人優越的這一類人。這些文學之士身分可能來自平民，如司馬相如本來在四川開店舖兼跑堂，但他具有文學才華，因此他便與一般民眾不同，可以憑文學能力上升為梁國之賓客，為武帝之文園令，成為文學侍從之臣。言語辭令歌賦之能，效力如此，自然會引來許多仿效者，爾後讀書為文者莫不望風景從，影響深遠。

　　於宋元明清時期的中國社會中，文人的狀況又是如何的呢？文人當然是社會上的一類人，文人們形成一個階層，所以不難指明某人為文人、某些人為文人群，然而文學作為一種價值，卻早已成為社會共同的意志。對於文學的崇拜使得這個社會，成為一種文學的精神共同體。在這些時代中，固然未必有著文明的契約、法律、制度規範著文學或文人的尊貴地位，但社會中人默會致知，無不如此。因為他們根本就活在一個文學化的社會，無所不在的楹聯，每個人都用的印章、姓名之外取的字號，口中隨時會講到格言，生活中遊賞的戲文酒令，居家牆壁上所掛的字畫，學習文人生活的文化生活方式等等，使每個人都屬於文學的享用

者與共同秩序的創造者，也都尊重文人。[4]

　　臺灣移民多數移居自福建、廣東等地，閩粵地區乃是東南沿海文風鼎盛的區域，所以移民們的潛意識裡，早已在此環境下接受薰陶與潛移默化，認為讀書學文是人生一件大事；自己雖然無法實現，但是還是希望自己的子弟能夠成為社會上，不論身分地位或前途都較務農、做工更受尊崇的讀書人，更希望能有機會一舉成名天下知，考取功名，成為社會上人人欽羨的文士，脫離農、工一切須靠勞力的艱苦生活，進入文人階層，得以享有舒適悠閒的幸福日子。因此，早期來到噶瑪蘭墾殖的先民，雖然部分出身粗魯草野，但是他們身處在當時這樣的大文化背景環境之中，在能力範圍可及之下，無不積極培養子弟上進。

　　噶瑪蘭文人在如此的文化大環境之下，皆能時時自我勉勵，警惕自我，修身養性且潔身自愛，重視品德操守，期望自己在學問與品德的路上，都能有傑出的成就。這樣淳樸的風氣之下，無形之中使得文人個個都潔重身家。做學問方面，除了積極砥礪自己外，更有為尋得真理，親近智者，不惜千里，四方載酒問奇。也透過相互間的切磋交流，提升學問，陳淑均《噶瑪蘭廳志》有這樣的一段詳細的描述。

> 蘭士愛惜名器，最重身家。一衣頂不容冒濫，一簪紳必加敬恭。歷試采芹，固無一捉刀之誚；即逐隊童子軍中，亦無不家世清白者。蓋平日於書院內另置一社，亦曰「仰山」。每於玉石攻錯之中，寓涇渭別流之意。蘭士四仲月、必聚會於「仰山社」，樽酒論文，不勞刻燭。各競一日之

---

[4]　龔鵬程，《中國文人階層史論》，（宜蘭：佛光大學，2002 年），頁 19。

長，就正甲乙；然不輕於投贄也。擇其品端學裕、遠在几
席之外，四方肯載酒問奇。故千里負笈，至今尚復有人。
[5]

二、孔孟儒家的文化傳承

子曰：「弟子入則孝，出則悌，謹而信，泛愛眾，而親仁。
行有餘力，則以學文。」中國是一個以儒家傳統為安身立命的社
會，數千年來，孔孟儒家所傳下的倫理綱常，早已化為民眾日常
生活中的繩墨。孔子當年將貴族階層所獨占的知識解梏，且設教
於地方有教無類，無非期許經由教育來陶冶人的心性，使之成為
君子，懂得忠孝仁義，一方面挽救禮樂日益崩解的社會，一方面
由此促進世界之大同。而這樣的儒家理想，在爾後世世代代的中
國社會被上位的主政者、知識份子與平民百姓所繼續提倡與重
視；因此傳統中國儒家重視子弟教育的思維，也就在時間與空間
的不斷轉化與血脈承繼下，深深印入中國世世代代子子孫孫的意
識之中。

明清時期的臺灣移民來自大陸，血脈之中承繼著，來自數千
年傳統的意識與思維。而且多數移民的祖籍地為福建、廣東一
帶，此區域在明清時期是文教風氣非常興盛的地區；所以多數移
民雖身為粗野草介，但於自我內在意識裡，如何讓自己或家族子
弟能有好的生活過，能夠脫離艱困生活，能夠成為一位符合社會
期望，學識豐富，品德高尚的君子，並且提高自己與家族的社會
身分地位，為追求目標。因此，千里迢迢不畏艱難，渡過險惡的

---

[5]　陳淑均，《噶瑪蘭廳志》，（南投：臺灣省文獻委員會，1993 年），頁
187。

黑水溝來到臺灣打拼，期望能在這片新天地找到機會，臺灣土地沃饒，於移民們努力拓墾下，土地的開闢與商業活動的繁榮，使這些移民得以豐衣足食安身立命。生活安定、經濟無虞之後，人們開始希望能一如祖居地般，能有文教機構提供子弟教育機會，使得子孫能夠在教育的薰陶之下，成為知書達禮、品行兼優的君子，甚至求取科舉功名，光耀門楣。如孔子當年所說：「子適衛，冉有僕。子曰：「庶矣哉。」冉有曰：「既庶矣，又何加焉？」曰：「富之。」曰：「既富矣，又何加焉。」曰：「教之。」」《論語·子路》，因此，全臺各地的移民，不論身處何地，即使鄉間小山村中，總不忘記子弟的教育問題。清中葉貓裡儒士吳子光云：

> 由貓裡東行五里至坪頂山，……又一里至銅鑼灣，有聚落，……。由街東行八里至老雞籠莊，有小村，溪水環繞，左右人煙百餘家，書塾設焉；雖山徑蹊間，然路頗平坦，可以通轎馬者止此。[6]

由吳子光的記載可知，先人到邊陲蠻荒之地開發移墾，一但稍有成效之後，即使此地位處深山僻野，總不忘延師以教化子弟，期使新建立的住居地也能如自己的原鄉一般，是屬於孔孟文教普及的地方，這一份重視子弟教育的心，也就是臺灣各地於開發完成後，文教得以發展的根基所在。

臺灣西部較早開發地區各地文教興盛由此而起，當年噶瑪蘭初闢，先民除了在這片土地上辛勤墾殖，生活穩定經濟改善後，對於子弟的教育問題也顯得積極與用心，如嘉慶元年入臺，參加吳沙組織的噶瑪蘭墾殖隊伍的漳浦人陳藍、陳城兄弟，他們入蘭

---

[6] 潘朝陽，《明清臺灣儒學論》，（臺北：學生書局，2001年，）頁38。

後在員山堡中和地區開拓墾殖，生活經濟無虞後，為了培養子弟成才，曾經在地方上設有「問心齋書院」，人才輩出。[7]

另一位也是為了培養族中優秀子弟，亦設置書院的是，漳浦人陳正直。陳氏是個秀才，楊廷理任臺灣知府時曾是楊氏幕僚，嘉慶十七年楊氏任噶瑪蘭廳通判，陳正直跟隨入蘭，爾後楊廷理調升建寧知府，陳則回漳浦縣西門外的梅林村召集三十多戶一百多名男女老少來臺灣，同時也將妻子黃氏等接來，在噶瑪蘭廳員山堡落地生根，命名為「復興庄」。道光元年（1821）已開墾土地一百多甲，陳氏還開設「金漳興」水郊行，同大陸、南洋等地做生意；另外還建有「省三齋書院」，培養陳氏子弟。[8]

三、科舉制度的吸引力

（一）科舉制度的演進

「貢舉之制，自周始於鄉大夫，而升之司徒、司馬，已有選士、俊士、造士、進士之名。」[9]，中國社會中的選賢與能制度由來已久；自三代起，雖未有科舉之名，但早已運用選才方式來為國家挑選優秀人才，管理眾人。如此的舉才方式，往後歷經先秦（僅貴族子弟能學習知識並任為官）、兩漢（選材與學校制度相結合，由太學培養人才，另一途徑是地方察舉推薦）、魏晉南

---

[7] 石奕龍，〈臺灣宜蘭與福建漳浦關係初探〉，《1998 年第二屆「宜蘭研究」國際學術研討會論文集》，（宜蘭：宜蘭縣文化局，1998 年），頁64。

[8] 同前註，頁 63。

[9] 商衍鎏，《清代科舉考試述錄及有關著作》，（天津：百花文藝出版社，2003 年），頁 1。

北朝（時代動盪，魏文帝沿用東漢太學課考制度，曹丕採用九品中正官人法搭配似漢代之察舉制度來選材；晉代與南北朝，大略採用地方察舉，再入京考試方式）等，時空的轉換，科目或方式雖各有所新創與增減，但是大致上不離品行與學識為其取捨範圍。直到隋代統一中原，舉才任人的方式才開始有較大的轉變，開始朝著以分科考試為主，人品方面僅在報名參加考試時，做為一個資格審查項目，不再是影響成績的因素之一。經由這套新制度，錄取和任用權完全集中在中央，錄取標準專憑試卷，專重資才，這是中國古代選士制度的一次變革與進步；但是科舉制度的發展一直要到唐朝才趨於完善。對於中國考試制度用力頗深的鄧嗣禹說，「唐以後之科舉，令士人投牒自進，公同競爭，高低貴賤，一以定之。且普遍施行，垂為永制，沿襲千餘年而不變，使天下士人共出於一途，斯為考試之極軌」，[10]爾後歷代的科舉考試精神大略沿襲唐制，僅在方法與科目上稍加更異增減而已。

　　清朝建立後，實行薦舉與科舉兩種制度選拔人才，但薦舉效果不佳，士人也多鄙視薦舉，故清朝選官取士仍以科舉考試為主。科舉形式與內容基本上因襲明代制度，一切到乾隆時期基本定型，考試突出進士一科。如果從最基層的地方開科到最後狀元的殿試，總共可以分為四個階段，依序即「童試」、「鄉試」、「會試」、「殿試」。[11]

　　1.童試
　　童試，未有功名的考生，無論年齡大小皆稱「儒童」或「童

---

[10] 鄧嗣禹，《中國考試制度》，（臺北：學生書局，1967年），頁1。
[11] 郭齊家，《中國古代考試制度》，（臺北：臺灣商務印書館，1994年），頁110。

生」，欲取得功名首先要參加州、縣級考試，即「童試」；通過後稱為「生員」或「庠生」，俗稱「秀才」。「秀才」又分三等，成績最好的稱「廩生」，由國家按月發給伙食補助費；其次稱「增生」，沒有任何補助；以上二者名額固定；另一稱為「附生」，初進學的附學生員。獲得「秀才」資格之後才能參加高一級的考試，即「鄉試」；其地位比老百姓高一等，見了知府可以不下跪，官府亦不可以隨意對其動用刑法。

2.鄉試

鄉試，是省級的考試。每三年舉辦一次，叫「大比」，一般在子、卯、午、酉年舉行，稱為「正科」，因為考期定在農曆八月，故又稱「秋闈」。若遇皇帝即位或皇帝慶典而加科，則稱為「恩科」，「恩科」一般是單獨舉行，有時與正科合併，稱為恩正開科，按兩科名額錄取。[12]鄉試通過者，稱為「舉人」，鄉試中舉稱「乙榜」，也稱「乙科」。第一名為「解元」，「解」，發送也，意思是說由地方考取了，將發送京城去參加「會試」，「元」是第一。第二名叫「亞元」，三、四、五名稱「經魁」，第六名稱「亞魁」，其餘皆稱「文魁」。中舉以後，照例要報喜，報喜之人叫報子，頭上頂著紅纓帽子，騎著馬，敲著鑼，帶著報條，到中舉的人家門口去張貼。報條貼過之後，便由考中的人家出來招待報子。考中了「舉人」，不僅可以進京參加全國性的「會試」，即使「會試」未能考中「進士」，也具備了做官的資格。

3.會試

會試，是中央級的考試。在鄉試後的第二年，即丑、辰、未、

---

[12] 李茂肅，《科舉文化辭典》，（山東：明天出版社，1998 年），頁 55。

戌年之春季，農曆二月在京城舉行，故又稱為「春闈」或「禮闈」。
會試由禮部主持，皇帝從翰林和教官中任命主考二人，同考八人
負責。參加會試的是來自全國各地的舉人，人才濟濟，所以錄取
的名額沒有定制，有時只有三十餘人，有時多達四百餘人。會試
錄取後稱為「貢士」，第一名叫「會元」；朝廷為了照顧各地區
的利益，採取了「分地而取」的原則，即分北、中、南三卷，分
配會試錄取名額，一般大約按二十名考生錄取一名的比例分配，
乾隆三年（1738），特准臺灣來京會試舉子，能夠十名便可取一
名，以示關照、鼓勵，錄取總額由皇帝臨時決定。如果會試未被
錄取，亦可改入國子監做監生，待以後有條件時可授予京師小官
或府佐、州縣正官等。當時會試還有副榜，凡上副榜的舉人，不
算正式錄取，但大多數可授予學校教官。

　　4.殿試

　　殿試，或稱廷試。在會試之後舉行，由皇帝親自主持，由大
學士、尚書、都御史、通政使、大理寺卿、翰林學士、詹事等擔
任讀卷官，以禮部尚書、侍郎任提調，由御史監試。殿試只試策
問一場，要求考生當場交卷，彌封後送讀卷官審閱。殿試並不淘
汰，參加殿試的貢士均能獲取進士的資格。殿試考中稱「甲榜」，
也叫「甲科」。出榜分三甲，一甲進士及第，只有三名，為狀元、
榜眼、探花，合稱三鼎甲。二甲賜進士出身若干名，其第一名為
傳臚。三甲賜同進士出身若干名。二、三甲的進士可以參加翰林
院庶吉士的考試，叫「館選」，考取後稱「庶吉士」，學習三年
然後補授重要官職。館選為考取的進士可能被授予給事中、御
史、六部主事以及諸府推官、知州、知縣等官。殿試之後，在揭
曉錄取結果時，要在殿前舉行一次隆重的唱名典禮；殿試後，皇

帝要親賜諸進士宴，當時士人中了進士，可說是功成名就。

清代進士經過殿試取得出身後，仍須再應一次殿廷的考試，叫「朝考」，朝考由皇帝特派大臣閱卷，然後按照成績並結合殿試名次，由皇帝決定授予官職。[13]

（二）功名利祿的追尋

科舉制度由來已久，雖然早年未以科舉之名稱之，如先秦兩漢，但其箇中精神乃已行之有年。以上位統治者而言，科舉可以為國家選舉良才，協助管理國家，造福百姓生活，如清代光緒三十年（1904）甲辰恩科會試及殿試一甲探花郎商衍鎏所言：「世之言科舉者，為其使草野寒酸，登進有路，不假憑藉，可致公卿。然究其旨，實欲舉天下之賢智才能，咸納於其穀中，舍是即難以自見。」[14]；但若以社會大眾角度，科舉是一介平民百姓，能夠靠著自身的努力與天才，獲得身分地位的提升，進入上流社會，光宗耀祖，平步青雲。俗話說：「十年寒窗無人問，一舉成名天下知」，隨之而來的常常是榮華富貴。

先民大多來自於福建、廣東兩地，這個區域的較大規模開發約從晉室南遷開始，中國歷史上因為政治與兵戎緣故，使中原地區陷入兵荒馬亂，民生凋敝，因而導致數次人民往南遷移的移民潮；大陸東南沿海一帶就在這樣的因緣下，隨著大量北方移民進入，開始大規模的開發，將東南沿海數省從荒堙漫漫一變成人家處處，社會大開，文明日盛。宋代起，東南沿海的經濟發展開始

---

[13] 李茂肅，《科舉文化辭典》，（山東：明天出版社，1998 年），頁 52。

[14] 商衍鎏，《清代科舉考試述錄及有關著作》，（天津：百花文藝出版社，2003 年），頁 2。

起飛，明清後發展更是迅速，沿海許多口岸都成為對外貿易的國際商港。東南沿海因為移民潮致使土地開發，經濟富庶之外；人文方面，傳統中國禮教與儒家的思維與精神，亦隨著文人士子大增而傳佈各地，使得文教興盛；加上國家統治機構仍然大力推行科舉取士的機制，取士的基本標準是熟讀聖賢詩書，除了達到為國舉才之外，也將儒家聖賢經典的教化推行到人民生活之中，因此，福建、廣東素來是文教興盛之區。

早期來臺移民大多是社會中下勞動階層的民眾，家鄉生活清苦，知識有限，但在原鄉的文教大環境中歷經薰陶，與期望子弟能青出於藍更勝於藍的想法下，在新天地臺灣立定腳根，生活無虞後，大多注重子弟後輩的教育問題，有能力者延請內地名師於自家設立書院施教，地方人士亦有設立私塾聘請先生設教，以讓子弟有機會受教育。清朝治臺期間，政府早期於推行地方教育上雖未盡心盡力，但府、縣儒學、文廟等的設立，對於文教的推展亦發揮其助力。另外一方面，一千多年來，科舉就是文人甚至整個家族飛黃騰達的機會，富者得以結合政府權勢，可以擴充勢力或者維持其社會身分地位於不墜，貧塞者不論是個人或家族，獲取功名是出人頭地，光耀門楣，登進上流社會的好機會，爾後隨之而來的則是名譽財富。所以不論是個人或家族無不重視這個機會，費盡心思，終其一生精力想一舉成名天下知。

科舉也是促使文人階層擴大並且建立獨立地位的一種制度。因為科舉掄才，本為甄拔技術官僚而設，乃竟演變成為文學上的競技，顯示文學的價值已經成了社會主流的追求，文人則是那個社會的主要人格典型。而這樣的社會集體價值追求下，導致

文人階層的擴大、鞏固且瀰漫遍及整個社會。[15]

第二節　清代科舉制度與文學發展

一、科舉文體與文學發展

　　歷代科舉選材的方式，大多以考試為主；在科舉考試中，統治者選取了一些在他們視為最能體現人才、品德、知識、才學、能力的文章體式，做為選拔人才的考試科目。一個時代的選材制度，如何彰顯出其時代個性呢？我們可以試著透過幾個層面來觀察它。首先，社會價值觀方面，千年來朝代更迭，但中國傳統社會的孔孟思想，從未隨著時代有所改變，因此儒家思想，一直佔據科舉制度的核心，歷久不褪。其次，文體的選擇反映出當代人才觀點的標準。因為各朝代選材標準不一，所以選用的文體與考試方式，亦每每更異。最後，所選文體也是當代文學觀念在國家制度上的一種反應；就考試文體與當代文學發展而言，兩者之間存在著微妙的互動與促進作用。因此，經由科舉文體的選擇與考試方式，可以從中瞭解各個時代，如何在其獨有的社會文化背景下，選擇該文體與考試方式來進行人才選拔。

　　八股文，又名制義、四書文、四書義，是清代科舉考試所採用的文體。作為科舉考試的工具，八股文以四書、五經為出題範圍，以程頤、朱熹的注解為主要標準，形式上有嚴格的要求，每篇文章由八個部分組成，破題、承題、起講、入手、起股、中股、後股、束股等，其後以大結收尾。它是多種文體的綜合體，其中

---

[15] 龔鵬程，《中國文人階層史論》，（宜蘭：佛光大學，2002年），頁17。

兼有經學、理學、古文與詩賦的各種特點。八股文雖然是數種文體的綜合體，但是其功能卻是很單一，即是「載道」之文，代聖賢立言；其本為避免詩賦之空疏無用，策論的各出己見而游談無根，只是作為一種科舉考試之用的功利用途，使得在往後發展與流變之中，與當初的理想背道而馳。

清代以八股取士，八股之文在作為選材標準之外，對於當代文人與文學的發展也產生了一些影響。首先，科舉考試作為人們普遍追求的仕進之路，吸引了社會上許許多多的人，使他們習而誦之，講究詩賦文章，社會形成一種濃厚的文學風氣與氛圍；雖然科舉文章中不大可能產生那種流傳千古的優秀之作，但卻為優秀之作提供了生長的土壤，促進文學的發展。

其次，八股的評點影響了當代文學評點的方式與觀點。八股的舉業由於有強大的吸引力，影響到士子的學業，學校與家庭就不得不以舉業為主，各種選本評點應運而生。這些程卷、墨卷或社稿、房稿，都有詳細的批點。圈點佳處，略評數語，以示做法，這些選本就是所謂的「新科利器」，是揣摩誦讀的對象，也是一般讀書人接觸最多的文學形式。這樣的點批從八股進而擴延到其他文學作品，文人用這種方式去評點諸子、史傳，甚至古文、小說、戲曲，都可用評八股的方法概之。明清兩代評點特盛，原因可能與此不無關係。

復次，八股形式的內在精神與文章的理路章法，乃是一脈相通。一般文人大多以追求功名為一生職志，所以自來弟師經師相戒，舉業而外不准泛覽詩、詞、小說等雜學；但秉性天才的文人往往能將八股與一般文學相融貫，於八股制義外，寫出一手好文章。這樣的能力除了要文人自己的天才外，八股文的相關訓練也是重要的，如王士慎《池北偶談》卷十三說：「與嘗見一布衣有

詩名者，其詩多格格不達，以問汪鈍翁。鈍翁云：「此翁坐未嘗解為時文故耳；時文雖無詩古文，然不解八股，即理路終不分明。」說明八股可以使人更懂得文章寫作的理路與章法，進而寫出優秀作品。[16]

以唐代為例，由科舉文體文化看，這又是對士子評判標準的一個新認識。當時認為，很多考生對經義和對策掌握的不錯，但由於是靠死記硬背而考出來的，所以缺少真才實學，因此應當在經帖之外增加一些標準，於是選擇了詩賦。詩賦進入科舉考試，成為文體之一，這是唐代詩歌繁榮對科舉文體的貢獻。但是，當詩歌成為科舉文體之後，由於科舉制度對士子的特殊性，人們對詩歌的看法與熱情又有了新的內容。也就是一方面，詩歌豐富了科舉文體，另一方面看，科舉文體對於詩歌的發展也是一個促進，當代的思維也承認文人的才學能夠從詩歌中得到展現。

二、清代臺灣的開科取士與噶瑪蘭文人的科舉之路

數百年前，中國一千多年傳統的科舉制度，隨著移民的到來與清朝統治，在臺灣這片曾經蠻荒瘴癘，化外番屬之地，漸漸生根茁壯且開出燦爛的花朵。

臺灣最早開科，根據文獻資料記載，臺灣在明鄭時代，已經有了科舉考試的雛形。明永曆十九年（1665）八月，諮議參軍陳永華對鄭經提出建聖廟立學校的建議，而在翌年（1666）正月設了儒學，辦理考試，取進生員。但因政局不穩等因素影響，似乎

---

[16] 汪小洋、孔慶茂，《科舉文體研究》，（天津：天津古籍出版社，2005年），頁12。

未及進行舉人、進士的鄉、會試，明鄭便告瓦解。[17]

爾後，朝廷在康熙二十五年（1686）接受了首任分巡臺廈道周昌的建議，「臺灣既入版圖，推廣文教自為海天第一要務」，首次舉辦生員的歲、科考試，臺灣一府三縣取進生員俗稱秀才，共五十六名。

康熙二十六年丁卯（1687）則是臺灣鼎新開科之年，亦是臺灣一府有科目之始，「陸路提督張雲翼疏稱：「二十六年丁卯大比之年，在臺灣為鼎新開科之日。請照甘肅寧夏生員事例，於闈場另編字號額中一、二名；行之數科，俟肄業者眾，造詣者精，仍撤去另號，勿復限以額數。」奉旨：「臺灣一府三縣生員另編字號，額外取中文舉人一名」。」[18]，臺灣初闢，文教未盛，為鼓勵臺灣地區文教發展，朝廷特別下令保障臺籍名額。是年，鳳山縣文士蘇峨高中，成為臺灣第一位正式取得科舉功名的第一人。

清初的半個世紀間（1683~1735），臺灣無人中文進士，中文舉人者亦區區十五人。因此，1738 年巡視臺灣江南道御史諾穆布等奏稱，海外僻處豈能與內地子弟一體較量，且自臺抵都，經萬里之遙，歷重洋之險，辛苦十倍尋常，迨不第歸來，徒勞跋涉，故請於會試之期，臺郡士子照鄉試例，於福建省中額內編臺字號取中一名，清廷議准俟臺士來京會試舉人達十名以上時，給予一名進士保障名額。乾隆二十二年（1757），臺灣諸羅縣王克捷首中進士。而臺灣本土出身之文人首中進士者，乃道光三年（1823）

---

[17] 林文龍，《臺灣的書院與科舉》，（臺北：常民文化出版社，1999 年），頁 4。

[18] 陳夢林，《諸羅縣志》，（南投：臺灣省文獻委員會，1984 年），頁 184。

癸未科會試,臺灣淡水廳人鄭用錫,有「開臺進士」之稱。

　　臺灣入清版圖之際,除臺南附近因明鄭時期頗有開發外,其餘各地大多還是停留在土地初墾階段,多數移民來自社會基層勞動人口,且正值蠻荒初闢,所以文教不太興盛。而清政府方面,治臺之初,因對臺治理政策的消極,所以相關文教機構如文廟、學宮等,建立也不夠積極,臺地文化教育端賴民間之力,而以民之力,行國家之事,力所未逮,理應當然,所以清政府治理下,並未迅速的將臺地文教風氣、水準提升。此外,康熙年間諸羅縣令周鍾瑄曾經針對當時民情有過如此地分析,「諸羅建學三十年,最初多內地寄籍者。庠序之士,漳泉居半,興福次之,土著寥寥矣。夫士農工賈各世其業,故易有成也。諸羅之人,其始來非商賈則農耳;以士世其業者,十不得一焉。兒童五、六歲亦嘗令就學,稍長而貧,易而為農矣,商與工矣或吏胥而卒伍矣,卒業於學者十不得一焉。」[19]當時文教的不興,由周氏之說,我們又看到了另一個原由。

　　噶瑪蘭地區由嘉慶元年吳沙入墾,開啟了文明的新頁;當時臺灣西部已經大致開發完成,且政治、經濟、文教的發展也已有多年和進步,而噶瑪蘭開發雖晚,但社會各方面的發展卻很迅速;關於文教之發展,究其緣由,誠如當年署篆通判翟淦所言:「地雖初闢,而其遷居士民,即係淡水、嘉、彰等廳之人,隨其父兄挈家入山,延師訓課。」[20]噶瑪蘭初闢,子弟教育完全要靠民間力量來支持與推動,可以想見先民,一旦在地方上立定腳根

---

[19] 陳夢林,《諸羅縣志》,(南投:臺灣省文獻委員會,1984年),頁80。
[20] 陳淑均,《噶瑪蘭廳志》,(南投:臺灣省文獻委員會,1993年),頁156。

後，就必定用心計較讓子弟接受教育，帶動地方文教興起。所以
噶瑪蘭開發晚，但文教得以迅速發展，甚至不出數年，文童人數
已和鄰近的淡水廳相當。

　　噶瑪蘭地區文教漸漸興盛，甚至後來有「淡蘭文風冠全臺」
的美稱。可是蘭地文士的科舉之路，卻是備極艱辛，除了要克服
文教起步晚、資源少的文化不利因素和噶瑪蘭的先天地理環境與
地形之外；在政府政策的規劃之下，也造成蘭地文士與文教很大
的不便與打擊。不論是當地文人或署篆蘭廳的歷任父母官，都屢
屢為了政策上的不當，如未能自廳開考，學額太少等，提出建言。
道光十年（1830）陳淑均書〈仰山齋壁〉一文，文中陳氏利用與
蘭廳士子對話的書寫形式，將當時文士科舉之路是如何的艱辛，
經由地方士子之口，提出來自本地文人的觀點；一方面也間接呼
籲政府，要積極正視噶瑪蘭地區的需求，處處為黎民百姓著想。
往來言談之間，陳氏確實將噶瑪蘭當年科考困境，揭露無遺。

　　　　言未訖，有老宿軒渠於側，曰：「先生休矣！先生獨非自
　　　　郡國上計來耶？淡水初合試於彰化，額則十有三。當是
　　　　時，竹南人士越宿至矣，而艋川則無有應之者。自嘉慶壬
　　　　申，一建專學，加撥府額，艋川無案不朋進。今且給廩、
　　　　輪貢，薦賢書者，旁見側出，豈非以近者易從，而遠者難
　　　　赴乎？蘭陽距郡將千里，往返二十六程，祇撥一名耳；又
　　　　必先試於竹塹，多一往返十二程，則跋涉已自困頓；加以
　　　　籌備盤川、預料家計，約輸七、八十金，然後出而逐隊，
　　　　又誰將以難得之經費，求無定之功名者？故自開蘭至道光
　　　　初年，始有一、二土著叼附膠庠，而童生則前後相望；不
　　　　獨此期課百數朋輩可抵淡人試數已也」。均曰：「誠如是

乎？蓋籌公費」！曰：「有書院膏火田，人站四金，未足
也」。「盍計私蓄」！曰：「私蓄不足恃。歲訓蒙三、五
十金，唯衣食無待給者，積歲差堪一試。而試必權教，則
潤分於友。歸不逢時，則招乏其徒，以此一停頓，又延三
載，而待給者無論已」。均曰：「是也。如君言，豈敢憚
行，畏不能趨；然獨無登舟之一法乎」？則曰：「蘭之與
臺，自泖鼻山南北異風，潮汐反汛，雖澎船來鹽貨，回空
可以抵郡；然或限於滬尾、止於雞籠，非夏月不入港矣」。
均曰：「何不駁載」？則曰：「澎船回載匠料，南去紆遲，
北來則輕颺矣。而嘉、漳一帶，時有劫奪孤客之危，恐舟
行之苦，反甚於陸。故事，臺觀察歲一按所部、得至蘭，
或請就試，惜蘭不由本廳錄送，而順試固無其例」。均曰：
「無例不可行。然有一問：初設廳，諸制準澎湖。澎廳得
自試送道，由一名酌撥至四名，諸生何不請以澎例者例蘭
乎？抑蘭之附試於淡也，又何不以淡、彰合試之例，通同
去取，勿庸另為限額乎」？則皆曰：「否，否。澎廳著有
成例，半帆抵郡日未西。蘭則自初設廳，議附淡學，此後
無復肯以澎例為援者。即援，未必濟，濟，亦非一葦之可
航，此其限於地乎？若附試而不限額，諒又非淡士所能
容，此其限於人乎？則亦相安於當日之為淡、艋者而已」。
語畢，諸生揖退，乃仿孫可之書褒城驛，條其言於壁。[21]

經過仔細梳理一番，可見有盤纏難籌、道途險遠、名額不多、

---

[21] 陳淑均，《噶瑪蘭廳志》，（南投：臺灣省文獻委員會，1993年），頁
155至156。

匪徒劫奪等等艱險。當年噶瑪蘭文人的科舉之路真是坎坷，徒有天才又有何用；地方人士雖然重視教育，文童生員平日亦甚進取，「而其肄業在院，夕考而朝稽者，由實地於淡、艋。」[22]，但現實的種種阻礙，難怪導致噶瑪蘭的文人，生起如此慨歎與不平之鳴。

　　道光十一年（1831）辛卯冬，監生楊德昭爲了爭取能以加撥學額或由自廳開考等方式，協助噶瑪蘭文士爭取更多參與功名科考的機會，以蘭屬童生較之淡水試童，委係有瀛無絀，但每當開科之時，到考人數奚落，乃因蘭籍名額過少，以他籍取進之途較廣於蘭，所以紛紛四散，冒入他籍應考之故，呈請臺灣道薩簾能准奏所議。

　　道光十九年（1839）蘭屬拔貢生黃學海，也以可應試蘭童人數倍於淡水與澎湖兩廳，與蘭境徵糧之數多於澎湖與淡水相若，和科考路途遙遠爲由，爭取自廳開考和增撥學額，且應速建立學宮，修文廟，以寬上進之階，伸海滋士氣。同年，臺灣道兼學政姚瑩准蘭廳援照澎湖廳例，將府、縣兩考併歸蘭廳，就近錄取，逕送道考。二十年（1840）春，通判徐廷掄因就膏火田盈餘項內，每名應考者資送八金，時赴道試者百有五人，與淡童人數不相上下。取進黃纘緒等三名，皆撥府額，爲開蘭未有之盛況。爾後，蘭廳每科學額都略有增加，二十六年（1846），加撥一名，二十七年（1847）後，增至五名，三十年（1850）則有七名。

---

[22] 同前註，頁154。

三、清代噶瑪蘭文人的科舉成績單

以下就將歷年中舉諸人，整理如表：

進士名單：

功名	姓名	金榜題名	備註
進士	楊士芳	同治七年戊辰科	洪鈞榜一百八十名

舉人名單：

功名	姓名	金榜題名	備註
舉人	黃纘緒	道光二十年庚子科	池劍波榜
	李春華	咸豐元年辛亥恩科	孟曾毅榜
	李春波	咸豐九年己未恩科	補行戊午正科
	李春瀾		不詳
	李春濤		不詳
	李望洋	咸豐九年己未恩科	補行戊午正科
	楊士芳	同治元年壬戌恩科	王彬榜一百六十八名
	陳望曾		不詳
	林步瀛	同治元年壬戌恩科	王彬榜一百四十八名
	林師洙	同治九年庚午科	趙啟植榜
	連旭樁	光緒二年丙子科	
	林廷儀	光緒十一年乙酉科	中式五十一名
	林以佃	光緒二十年甲午科	中式六十六名
	戴宗林	光緒二十年甲午科	

貢生名單：

功名	姓名	金榜題名	備註
恩貢生	林超英	嘉慶二十四年	己卯科原籍同安
拔貢生	黃學海	道光十七年丁酉科	由淡水學廩生
歲貢生	黃 鏘	道光三十年庚戌科	由蘭屬廩生
恩貢生	江有章	咸豐十年庚申恩貢	
拔貢生	李逢時	咸豐十一年辛酉科	

貢生	楊德英		不詳
貢生	李葆英		不詳
貢生	李雪嵐		不詳
貢生	黃友璋		不詳
貢生	李紹宗	光緒年間恩貢	
貢生	李挺之	光緒年間歲貢	
例貢生	盧永昌	道光年間	
例貢生	林逢春	道光年間	

廩生名單：

功名	姓名	金榜題名	備註
廩生	蔣昭常	道光年間	
	李際春	道光年間	
	朱長城	道光年間	
	郭明亮	光緒七年辛巳	
	呂柱芬	光緒年間	
	張俶南	光緒年間	
	陳朝楨	光緒八年壬午	
	王及春	光緒十三年丁亥	
	林巽東	光緒十三年丁亥	
	張捷元	光緒十四年戊子	
	林拱辰	光緒十五年己丑	

生員名單：

功名	姓名	金榜題名	備註
生員	李祺生	道光年間	
	張四維	道光年間	
	林瑞圭	道光年間	
	黃肇昂	道光年間	
	林李成		不詳
	黃握芝		不詳
	林以時		不詳
	林　欣		不詳
	林煥彩		不詳
	林舜如		不詳
	陳汝舟		不詳

	康懋華		不詳
	陳朝楨		不詳
	陳鳳翔		不詳
	吳如洋		不詳
	張廷麟	光緒二年丙子	
	孫騰雲	光緒四年戊寅	
	吳本源	光緒十年甲申	
	張鏡光	光緒十一年乙酉	
	林錦成	光緒十一年乙酉	
	陳蔡庸	光緒十二年丙戌	
	蔡王章	光緒十五年乙丑	
	張達猷	光緒十五年乙丑	
	陳以德	光緒十六年庚寅	
	賴義楨	光緒十八年壬辰	
	鄭騰輝	光緒十八年壬辰	
	黃　熾	光緒十八年壬辰	
	林維新	光緒十九年癸巳	
	莊及鋒	光緒二十一年乙未	
	蘇壁聯	光緒年間	
	陳　書	光緒年間	
	林蔭萱	光緒年間	
	陳濟川	光緒年間	
	陳蔡輝	光緒年間	
	林炯南	光緒年間	
	林廷綸	光緒年間	
	陳授時	光緒年間	

以上資料源自《宜蘭縣志‧人物志》。[23]

---

[23] 盧世標，《宜蘭縣志》，（宜蘭：宜蘭文獻委員會，1969 年），頁 25
至 30。

第三節　文教機構與文學推展

一、清政府治臺前的文化啓蒙

十六世紀末及十七世紀初，西班牙國王飛利浦二世與三世，皆以傳教於異教地方為神聖使命，民間亦以「我的宗教、我的祖國、我的國王」為信條，進出於未開發的新天地。就臺灣而言，在西班牙佔領基隆、臺北與宜蘭等地的十六年間（1626~1642），傳教士前來臺灣居留者達三十人以上，如果包括欲赴中國或日本傳教而暫時寄留臺灣者，則為數更多。惟自一六三五年後因經費問題，來臺者漸少。[24]

噶瑪蘭當年在西班牙統治之下，有多位傳教士入蘭來，如加西亞（Garcia）其留臺期間為（1632~1636），曾經進入當時以強悍出名的蛤仔難地區傳教，並且獲得許多信徒。另一位神父是基洛斯（Teodoro Quiros de la Madre the Dios），明崇禎六年（1633）來臺傳教，初駐淡水，後又在今臺北縣新莊、八里，臺北市大稻埕、大龍峒一帶巡迴傳教；崇禎七年（1634），深入噶瑪蘭地區，建聖老楞佐堂，又再蘇澳建二座小教堂與司鐸住宅。據說在其傳教不及十年間，信教受洗者多達六百餘人，基洛斯神父尚且計畫創辦神學學校，培養神職人員，結果如何，惜不見於史籍記載。崇禎八年（1635）復有神父慕洛（Luis Muro）到噶瑪蘭來傳教。[25]

當年西班牙人在噶瑪蘭地區的活動，雖多限於宗教的傳佈，但是從短期間內受洗人數觀之，這樣的宗教傳佈活動，對當地社

---

[24] 戚嘉林，《臺灣史》第一冊，（臺北：著者發行，1991年），頁76。
[25] 同前註，頁77。

會的衝擊是很大的，且於傳教過程中，神父們除了以口語傳遞福音外，亦可能同時教導噶瑪蘭人識字，或進而閱讀宗教經典，所以說西班牙傳教士是噶瑪蘭地區近代文明的啟蒙導師之一，亦名實相符。

二、儒學

臺灣初為福建省之一府，由於相隔一水，福建省之學政無法在臺行使職權，乃命臺廈道兼理；雍正五年（1727）改由巡臺漢御史兼理；乾隆十七年（1752）又改為臺灣道兼理，光緒三年（1877）福建巡撫首開每年春秋兩期駐臺之例，學政使職務遂改由巡撫兼理，光緒五年（1879）復以福建巡撫未能整年駐臺，對臺灣學政難免有所耽誤，又改由長期駐臺之臺灣道兼理；光緒十一年（1885）學政之職，再歸由巡撫兼理。清代之官立學校制度，曾有具體規定，即京師立國子監，曰太學。直省、府、州、縣各於其所治立學，皆曰儒學。

設置府、縣儒學的目的主要有二，首先是建立學宮，以祭祀先師，示崇矩範，兼行釋奠，使生員知教學之淵源。其次，設置明倫堂，指導生員兼施月課，以為科考之準備。

儒學生員通稱秀才，其入學考試，每三年舉辦一次，考生須經縣、府、院，三次考試及格後，方得入學肄業，通稱入泮。入泮生員，每年考試一次，成績優等者，官給廩繕費，謂之廩生。成績次等者，錄取為增生，遇廩生出缺時，即於其中升補。廩、增生各有定額，謂之泮額。

施琅平臺，康熙廿三年（1684）入清版圖，建臺灣一府三縣，依據成書於康熙三十三年（1694）高拱乾編修的《臺灣府志》，

其時學屬的設置，臺灣府本身無載，而在鳳山縣學署條下則註明「在興隆莊學宮內，廨舍未建」；於諸羅縣學署條下則註明「在目加溜灣學宮內，廨舍未建」。

嘉慶十七年（1812）噶瑪蘭廳正式設治，但是噶瑪蘭廳儒學的建立，卻是要到多年以後，因為「蘭廳之制，一視澎湖，而初猶附試於淡水；則以人文必盛，乃建專學，非故緩也，蓋有待也」。[26]因此，學額的分配上也一樣依附於淡廳，「蘭以未建專學，不設學額，向附童子試於淡水廳。歷屆歲、科，酌撥一名，附隸淡學。自嘉慶丁丑年奏定，後至道光元年辛巳，始有林濱州一名入學。迨己丑、癸巳、丙申，有三次加撥府額，酌進二名，亦或竟有不取進者。」[27]，結果導致噶瑪蘭文士功名之路的多乖。

爾後很長一段時間，噶瑪蘭地區一直未建儒學，於道光十九年（1839）拔貢生黃學海等，還曾為此上書，提出自願按畝捐資修建學宮、文廟，兼置學田的請求。

時間來到同治十一年（1872），噶瑪蘭廳儒學的設立出現了一絲曙光，「淡水水廳、噶瑪蘭廳人文日盛，所有淡水廳學額八名，除噶瑪蘭三名，實止五名。今以八名專為淡水學額，勿庸分給噶瑪蘭取進；至噶瑪蘭廳另立專學，以五名為該廳學額。其廩、增各缺，淡水廳仍然舊額定為廩、增各六名，噶瑪蘭廳訂為廩、增各四名，均四年一貢。」；噶瑪蘭地區的儒學，一直要到光緒二年（1876）才得以建立，其制一如其他內地縣儒學。其教材為御纂經解、性理、詩、古文辭，以及《十三經注疏》、《二十二

---

[26] 陳淑均，《噶瑪蘭廳志》，（南投：臺灣省文獻委員會，1993年），頁139。
[27] 同前註，頁153。

史》、《三通》等書。[28]

三、書院

　　書院是一地方文教活動重要的推展中心，其設立的目的，有補正式官方的府、縣儒學不足的功能。臺灣的書院，自康熙二十二年（1683）由施琅創建西定坊書院，至康熙四十三年（1704）知府衛臺揆建崇文書院，確立規模，是為臺灣書院教育的嚆矢。在清朝統治的二百一十二年間，全臺設有六十餘所書院。就地域分佈而言，以臺南最多，就發展的情形看，早期南部書院林立，晚期則以中、北部為盛，顯然與政治、經濟中心的移轉有關。[29]

　　噶瑪蘭地區書院設置，則是在嘉慶十七年（1812），由委辦知府楊廷理所創建，名為仰山書院。[30]其所在位置與創建沿革，陳淑均所編修《噶瑪蘭廳志》有如下記載：

> 　　仰山書院，在廳治西文昌宮左，以景仰楊龜山得名。嘉慶十七年委辦知府楊廷理創建三楹，旋圮。[31]
>
> 　　道光五年三月，呂志恆存記：照得蘭廳雖設有仰山書院名目，因乏經費，並未創建。本廳於道光三年七月履任，查知各生童每逢課期，俱在文昌宮作課；……連年以來，差務頻仍，又無力為之建造；乃延請林山長居於署內主講，亦非久遠之計。因恭請關聖帝君神像供於前廳，以文

---

[28] 葉高樹，《宜蘭縣學校教育》，（宜蘭：宜蘭縣政府，2002 年），頁 18。

[29] 同前註，頁 20。

[30] 陳淑均，《噶瑪蘭廳志》，（南投：臺灣省文獻委員會，1993 年），頁 20。

[31] 同前註，頁 139。

昌帝君神像移居後廳，重加修茸。廳上安置門牕，兩旁加
以土牆、木柵，並於東首臨街建一門樓，上顏「仰山書院」
匾額。……於歲次乙酉，從諸生之請，聘延山長，安硯於
文昌宮內，主講仰山書院，師生稱便。[32]

　　根據《大清會典事例》的規定，各地書院多由道臺、知府、
知縣等地方首長掌管，對於院長及監院的人選亦擁有任命權。書
院山長乃領導書院學風的靈魂人物，因此，掌教主講不僅需要學
識豐厚，也要有高尚的品德才得以適任。噶瑪蘭當年雖然存在著
種種文化不利因素，但是由於對文教的重視，所以仰山書院歷任
所聘的山長，多為一時之選的人才。首任仰山書院主講為嘉慶二
十四年（1819）隨通判高大鏞入蘭的文士楊典三，自嘉慶年入蘭，
迄道光元年（1821），典三足不出署，寬以待諸生，恕以衡文字，
於是入獎賞者皆得其意以去。道光元年，姚瑩任通判，延請臺灣
縣人李維揚任山長。道光三年（1823）呂志恆署蘭篆，乃聘任林
姓山長主講於廳署內。道光十年（1830），陳淑均應聘入蘭主講
書院，其後並修有《噶瑪蘭廳志》一書。道光二十年（1840），
本地文人黃纘緒中試庚子恩科舉人，反籍後即任教於書院。爾
後，任書院山長職乃出生於本地之拔貢生黃學海。道光二十五年
（1845），通判朱材哲到任，捐修書院，並改建左右文武二殿，朱
材哲自兼山長。道光二十九年（1849），通判董正官兼山長，獎
勵學事，因而文風大盛。咸豐五、六年之季（1855~1856），請淡
水舉人陳維英擔任山長。咸豐九年（1859），羅東堡人李春波中
試舉人返臺，原任山長陳維英力薦掌教書院，時年僅二十五歲。

---

[32]　同前註，頁 141。

咸豐十年春（1860），任山長的朱珍如歸里，其到任為何時則不詳[33]。咸豐十一年（1861），聘鹿港舉人蔡德芳為山長。同治三、四年間（1864~1865），復以福建省建寧府貢生何雲龍代之。同治九、十年之際（1870~1871），改由福州秀才姚寶年接任。光緒元年（1875），由蘭廳歲貢黃鏘任教書院。另一位於光緒初年，曾負責掌管院務的人士為開蘭進士楊士芳，惜未能考得確切年日。張鏡光也曾於光緒初年，受楊士芳之推薦主講過仰山書院。光緒年間，院舍整建完竣後，則以福建福州舉人林壽祺任山長；院舍整建起因於同治五年（1866），颶風大作，以致門龍、涼亭、廂房、圍牆、左右文武兩殿全部崩壞。光緒十一年（1885），則以李望洋繼之。光緒十二年（1886），則由黃友璋掌教書院。由上述歷任書院山長的選任可以看出，書院初建之時，或許因為當時噶瑪蘭地處偏遠，入蘭交通不便，復以經費不足，故難以延聘名師大儒前來，甚至有時候地方父母官只好自兼；但咸豐年後則漸漸改善，開始由一般文人名流出任之。

　　關於支援書院運作的經費來源，噶瑪蘭廳於阿里史社設有膏火田，膏火田年折收番銀一千六百圓有奇，以支應書院各項開支，如脩金、膏火、禮書紙張筆費、院夫飯食、拾字工資、小修、歲修等。運用情形略述如下，每課生員三名，賞銀貳元，生童上取十名，賞銀伍元伍角；為冠童生四名，合賞銀貳元。課期每八人，備席一張，發錢五百文。每卷一本，發錢十文。院長束脩與盤川，隨時無定；惟聘金陸元，膳金月各拾元，年節三次儀各肆元，附敬使冰敬炭敬各壹元。又兩節及開館撤館，各折席銀叁元，

[33] 李逢時，〈庚申之春贈別朱山長珍如歸里賦〉，《泰階詩稿》，（臺北：龍文出版社，2001年），頁30。

俱有定數。每月官課一次，大率以初二、十六等日為期。年給禮書紙筆資銀貳拾肆元。院夫工食銀拾貳元，又拾字紙工食銀貳元。又定歲、科各試，支給盤川，童生各肆金，取進者再賀拾金，生員一名陸金，鄉試各捌金，取中者再賀，兩榜者再賀。[34]

四、義學

　　義學、社學、民學等，相當於今日的初等教育；義學多由官方設立，以教育貧苦幼童，亦有富紳捐資倡建者，俗稱「義塾」。義學設於各府、州、縣內，以「延請名師，聚集孤寒生童，勵志讀書」為目的。

　　臺灣義學的淵源，原起自社學。社學率由諸士子結合設立，為敬業樂群之所，而以康熙二十二年（1683），臺灣知府蔣毓英建立臺灣縣社學兩所，以教育貧寒子弟而無力從師者為其濫觴。至康熙末年，因受「朱一貴事件」影響，原有的社學悉告廢絕。迨雍正初年，為謀事平善後，政府對於文教事業的振興用力甚多，義學方再度興起，而倡議者為藍鼎元。

　　噶瑪蘭地區因開發較遲，義學的設立亦較晚；當年漢人入蘭拓墾之時，當地原住民族群生活型態原始落後，所以義學設立目的大多以鼓勵原住民族群能學習漢人文化，以改變其生活型態，其中亦蘊涵著族群融合，降低漢番之間摩擦的意圖。嘉慶末年，原住民進入各地公、私立義學或私塾讀書習字者日益增多，因此主管官員認為此後於土著，勿需加以特殊教育的必要，土著社學之制，由是遂告中絕。對於當時新附的噶瑪蘭平埔族，當局增採

---

[34]　陳淑均，《噶瑪蘭廳志》，（南投：臺灣省文獻委員會，1993 年），頁140。

教化措施，其法則專依私學。咸豐年間，噶瑪蘭通判董正官對地
方文教的推行，甚為用心；在任期間，振興學風，並實現「熟番」
子弟與漢人同在一書院同一教育的理想，鼓勵全民向學；其後土
著子弟取進生員者不乏其人，如咸豐六年（1856），加禮宛社陳
昭仁、咸豐八年（1858），加禮宛社林向清、咸豐九年（1859），
美抵美社振金聲、咸豐十一年（1861），武暖社潘種夏、同治六
年（1867），哆囉美遠社林國珍等人的功名，皆與此措施有高度
相關。

　　光緒十四年（1888），清廷征剿宜蘭「溪頭番」後，強制將
部份新歸附土著，移墾叭哩沙「番界」草地。凡移居的原住民，
由官方發給伙食，授以耕織，以期日後能成為「熟番」；同時設
有「番童」教育學堂於浮州堡頂破布烏庄，招募歸附番社之幼童，
免費接受教育，當時招募幼童約有二十名；然「生番」水土不服，
患病死亡者眾，因此紛紛遷徙回到山中生活，而就學幼童亦僅剩
八、九名。光緒十六年（1890）夏，宜蘭復遭洪水侵襲，學堂全
被沖毀，於是廢絕。[35]

五、民學

　　民學，可以說是由民間力量，不論是個人或團體共同出資設
立的教育場所，也有老師自設帳教讀者。地方上對於這種型態的
教育場所，有不同的稱呼，如書房、學堂、書塾、鄉學等，也有
自稱為書院者，如擺里陳家所建之登瀛書院，但其性質乃與一般
之民學相同。教授地點則依出資設立者的選擇而異，如教師自

---

[35] 葉高樹，《宜蘭縣學校教育》，（宜蘭：宜蘭縣政府，2002年），頁24。

宅、或家族書院或借宮廟等皆是。

　　一般而言，民學設立的目的，大多爲家族或鄉里子弟，能夠有機會受教育，除了具備識字能力，懂得傳統儒家天道人倫之常，學習做人處事道理；也往往希望同時培養子弟參與科舉考試，求功名富貴所需的能力。

　　民學學生開始入學的年齡大約在七歲左右，稱為破筆。最初的學習乃臨摹習字，一日一開，名曰課字。每押尾遇各日辰，必教之自填庚甲，週而復元。修業年限則不定，因為部分學生因經濟因素，可能中途輟學，亦有個人天資聰穎與駑鈍的差異，而影響學習進度。關於師資的延請，任教者大多以儒學生員、貢生為最多，舉人以上者常不肯俯就，而未入儒學的童生則因學識與資歷問題，能力受質疑。

　　課堂所上的課程，大致以讀書、寫字為主要重點；日常生活常規方面也注重人格品德的培養，希望能培養出有高尚品德的知識份子。學童入學，首先授以容易頌讀的《三字經》，次及不加句讀的《四書》與《幼學群芳》，進而研讀《五經》、《四書集注》，以及古文詩賦之類。總之，由初級簡易的《四書》背頌，漸進於高級深奧的經史文章詩詞等。課堂教學的方式，要求學生先點讀，再背頌和默寫內容，然後由教師講解書中字義與文義，並非逐句翻譯；有問題可以提出和老師、同學一起討論。

　　噶瑪蘭地區的民學的設立，最早應該可以朔及吳沙入蘭的嘉慶初年，「竊以人文不囿於山川，而士氣端資於培植。噶瑪蘭僻在臺灣高山之後，自嘉慶十五年歸入版圖，文物丕變。至二十年翟前廳因於覆奏案內，附請考試一著，詳稱：地雖初闢，而其遷居士民，即係淡水、嘉、彰等廳、縣之人，隨其父兄挈加入山，

延師訓課。」[36]，這是道光十一年（1831）生員楊德昭，為蘭童
進階，廣求便益，上書懇請臺灣道薩廉能恩准，期改善噶瑪蘭文
人應科舉的種種不利條件，以鼓勵文教發展。由此觀之，早年入
蘭墾植的先民，本身文化水準或許不高，但多能重視子弟教育，
延師訓課，此乃民學之初始。

　　爾後，隨著土地開發的腳步，越來越多的地方上墾拓成功的
頭人，設立屬民學性質的書院來教導家族子弟，讀書認字外，並
希望能取得功名，光宗耀祖。如嘉慶元年來臺，參加吳沙組織的
蛤仔難墾殖隊伍的漳浦人，陳藍、陳城兄弟，他們入蘭後在員山
堡中和地區開拓墾殖，生活經濟無虞後，為了培養子弟成才，曾
經在地方上設有「問心齋書院」。[37]

　　另一位早年於噶瑪蘭土地開發成功，為了培養族中優秀子弟
亦建有書院的是，楊廷理的得力幕僚漳浦人陳正直；陳氏是一個
秀才，楊廷理任臺灣知府時曾為楊氏幕僚，嘉慶十七年（1812）
楊氏任噶瑪蘭廳通判，陳正直跟隨入蘭，爾後楊廷理調升建寧知
府，陳則留下，並回漳浦縣西門外的梅林村召集三十多戶一百多
名男女老少來臺灣，同時也將妻子黃氏等接來，在噶瑪蘭廳員山
堡落地生根，命名為「復興庄」。道光元年（1821）已開墾土地
一百多甲，為培養陳氏子弟，陳家也建有「省三齋書院」。[38]

　　道光三年（1823）由苗栗遷居噶瑪蘭的擺厘陳家，在開墾有

---

[36] 陳淑均，《噶瑪蘭廳志》，（南投：臺灣省文獻委員會，1993 年），頁
156。

[37] 石奕龍，〈臺灣宜蘭與福建漳浦關係初探〉，《1998 年第二屆「宜蘭研
究」國際學術研討會論文集》，（宜蘭：宜蘭縣立文化中心，1998 年），
頁 64。

[38] 同前註，頁 63。

成，家族興盛後，為鼓勵家族子弟投身科舉，於光緒三、四年間，由陳掄元與其兄陳添壽合力籌建登瀛書院，該書院曾經延請張鏡光等知名學者為師，分科文武，教授諸生。

　　咸、同年間，噶瑪蘭出身的拔貢李逢時，在功名舉業未成之前，也曾經在鄉里安硯設帳，訓蒙課讀；於其所傳下作品集《泰階詩稿》中，留有多首相關的詩作，可資證明，如〈己未春之作〉云：「故人謬推許，請以束脩見，延我坐山齋，殷勤為安硯，從遊十數輩，朝夕授經傳。」[39]，〈癸亥書齋題壁〉云：「食力全憑此硯田，舌耕難得是豐年，……，野性兒童不就羈，誰教長大讀三餘，多才僅可師村塾，風雨難窗聽讀書。」[40]但其私塾位於何處，書齋之名為何，何時由何人開始設立，存續時間，師生資料等等，則付之闕如。

　　光緒年間，噶瑪蘭人，曾經授業於宿儒陳占梅，精通經史，遠近馳名的張鏡光，字恆如，弱冠即設帳於員山莊枕頭山館，講經授徒。未幾為進士楊士芳所悉，力薦主講仰山書院。[41]

　　民學在全臺各地算是最為普遍的教育機構，依專家學者研究指出噶瑪蘭地區，當時有書房數十三處，[42]然尚未得以證實的書房為數應該還有不少，這些書房的相關詳細資料未能留下，甚為可惜。光緒年間，噶瑪蘭士紳相當熱衷於扶鸞活動，根據曾經興盛一時的鸞堂資料判斷，推測這些鸞堂很多應該都是由當時文人

---

[39] 李逢時，《泰階詩稿》，（臺北：龍文出版社，2001 年），頁 17。
[40] 同前註，頁 70。
[41] 林文龍，《臺灣的書院與科舉》，（臺北：常民文化出版社，1999 年），頁 91。
[42] 東海大學中國文學系編，《臺灣古典文學與文獻研討會論文集》，（臺北：文津出版社，1999 年），頁 154。

的書房、書齋所改成的，如林以佃在坎興街成立的鸞堂「未信齋」
等。

第三節　文學活動

一、文學社團——仰山社

　　傳統文人結社以相唱和的情形古已有之，而所形成的文人集
團，對於一地甚至一代之文學，有時具有非常大的影響力。清初
由於天下甫定，民間很多文人，仍然存有些許「反清復明」的意
識，其中部分文人即借由「詩文社」的方式繼續活動。於是朝廷
嚴禁士子，枉立社名，糾眾會盟之情事。道、咸以降，光緒年間，
由於國家屢屢受到外國勢力的侵擾，朝廷對於地方的控制力稍稍
減弱，詩社組織與活動才漸漸活絡起來。所以清領初期，臺灣詩
文社的數量很少。臺灣文人結社風氣的肇始，始自成立於康熙二
十四年（1685）的「東吟社」，由沈光文與當時地方官員季麒光、
林起元等，共同參與成立。當年噶瑪蘭的仰山書院亦附有一仰山
社，作為士子切磋文藝，敬業樂群之所。《噶瑪蘭廳志》云：

> 蘭無所謂義學，並社亦不得為學。惟蘭士百數十人中自相
> 定盟，捐有簿置。每歲四仲月，即在仰山書院內一會，文
> 酒盡日。完篇，擇其品優學裕者，請定甲乙。七名以內，
> 贈筆硃墨有差，名曰仰山社。[43]

---

[43] 陳淑均，《噶瑪蘭廳志》，（南投：臺灣省文獻委員會，1993 年），頁 152。

　　噶瑪蘭地區的文人深知開發較晚，又地處僻遠，對於文教的推展，單靠官方力量緩不濟急。所以為了提振鄉里的文學風氣，也為了能讓讀書人能有一個互相切磋與觀摩學習的機會，大家出錢出力，運用仰山書院的場地成立仰山社；固定每年一次盛會，眾人賦詩飲酒，相互砥礪，且擇其優秀者公開表揚讚賞，激勵士氣。吟詠風月本為文人雅士所喜愛，透過仰山社這樣的機會，除能滿足文人雅士自古以來的文人生活氣息之展現，也可以說是透過詩社的聚會，培養與展現自己的文學能力；凡此種種，無不希望本地文士能認真積極進取，於文學領域能更上層樓；參與這樣的場合也是當地文人間的一種交際、往來的形式，可以增廣視野與拓展彼此間的人際關係。

> 蓋聞五步之澤，必有香草；十室之邑，必有忠信。況噶瑪蘭環山面海，幅員百三十里，雖地屬新闢，而間氣所鍾，秀靈所聚，將來必有大發其祥者。蓋上天之降才，原不限於遐域也。余以乙酉夏來攝斯土，訪其俗，樸以醇；問其民，直以愨；察其學校之設，則有仰山書院。每於公餘之暇，按月課考，因得與諸生相接。而仰山社附焉。則見多士濟濟，蔚然挺秀，有蒸蒸日進之風。苟稍激勵而裁抑之，庶泮水芹藻之休，小大從公之盛，無難復見於今茲焉。雖然，文教之興，倡率在上，而輔翼在下。使無首事之人以約束而董勸，則成人小子，廢棄而無成，文運亦靡靡而不振。無他。其始不立，其卒不成，有由然也。今得首事諸生，毅然以扶持文教為己任，捐金置田，議立科條，加以獎勵，並丐余為文以志其盛。余思：棫樸、菁莪，廟中著作人之化；山陬、海澨，俊英招從文之風。將見誘掖獎勸，

鼓舞奮興，郁郁彬彬，咸吟風而咏月；魚魚雅雅，亦咀華
而含英。折桂苑之枝，斧修月殿；預杏林之宴，人醉春風。
從此甲第連科，人文蔚起，何莫非諸生之義舉，有以獎勵
而玉成之也哉！余幸文教之日興，而喜首事之有人也。於
是乎序。[44]。

此文是仰山社成立當時，署倅烏竹芳受邀所為，他認為一地
文運興衰，官方力量之外，還要有多項因素配合；就他所見，噶
瑪蘭除了人才濟濟外，還需要有一些熱心，且勇於任事，積極推
動之領導者來主其事。烏氏心中慶幸，「喜首事之有人也」，本地
文人為了文教的興盛，可以「毅然以扶持文教為己任，捐金置田，
議立科條，加以獎勵。」，這樣無私的精神，實在令他欽佩。所
以他認為，噶瑪蘭的文運，將「折桂苑之枝，斧修月殿；預杏林
之宴，人醉春風。從此甲第連科，人文蔚起，何莫非諸生之義舉，
有以獎勵而玉成之也哉！」，這些都是地方眾人無私付出所將獲
得的回報，身為地方父母官，也深深期許之，滿心歡喜為之作序。

二、藝文活動

文人雅會自古就是傳統文人交遊往來的形式之一，噶瑪蘭文
教延續中國傳統而來，所以每當麗日佳節，總會舉辦詩酒文會，
互相往來酬唱一番。《噶瑪蘭廳志》對於當年噶瑪蘭地區的文人
酒會，有這樣的記載：

八月中秋夜，遞為讌飲賞月，製大月餅硃書元字，骰擲四

---

[44] 陳淑均，《噶瑪蘭廳志》，（南投：臺灣省文獻委員會，1993 年），頁
152。

紅者奪之。取秋闈奪元之兆也。更有硃墨紙筆瓶袋香囊諸
物，羅列几案，掛一燈牌於門首，以猜取詩謎者，亦雅致
也。[45]

　　中秋佳節是傳統社會的重要節慶，也是家人團圓的日子，傳
說這一天晚上的月亮將特別圓，特別美麗。文人生活總是充滿藝
文氣息，月亮也總是給予文人無限的遐思，因此傳下許多與之相
關的浪漫傳說與佳話，如李白邀月對飲、水中撈月，蘇東坡但願
人長久千里共嬋娟等詩句。當年噶瑪蘭地區的文人雅士在月圓的
引動下，也在中秋夜晚舉行文酒會，會中文人興致一來，難免吟
詠一番，說風道月。此外，為了增加聚會的趣味性，還規劃了擲
骰奪元與猜燈謎的活動，一來預祝與會的文人能在科舉之路一舉
奪元，平步青雲；一來增加聚會者的興致，展現個人機智文才，
讓整個聚會熱鬧非凡，賓主盡歡。

三、文學著述與出版

　　噶瑪蘭地區文教隨著土地開發的進展，當時很多受邀來到噶
瑪蘭地區，或者本身亦是到噶瑪蘭來找尋發展機會的文人，對於
當時文教蔚起貢獻很大，因此開發初期的嘉慶、道光年間，活耀
於噶瑪蘭的文人雅士，大多是入蘭遊宦之人；本地的文人，要等
到咸豐、同治年間，才有較著名的文人與作品出現。文風鼎盛，
人才濟濟，有清一代，本地文人所創作之優秀作品很多，但是目
前清代噶瑪蘭文人詩文別集，卻僅僅存有二部，一是拔貢李逢時
《泰階詩稿》，一是舉人李望洋《西行吟草》。其他文人作品，在

---

[45]　同前註，頁189。

陳淑均編修的《噶瑪蘭廳志・雜識》與柯培元所修《噶瑪蘭志略・藝文志》中，還留存少許部分，餘多散佚，令人惋惜。

（一）《泰階詩稿》

逢時才氣縱橫，能詩、善畫、通音律。據王國璠所記，生前著有詩一卷名曰《觀瀾草堂詩稿》，凡古近體一百四十首，身後不傳。後連雅堂寫作《臺灣詩乘》時，為存其人，從蘭籍人士抄得十數首，錄載〈東海〉、〈泖鼻〉、〈三貂〉、〈三貂嶺遇雪〉等四首[46]。日據時期，基隆，保粹書房主人－李碩卿，獲其詩稿抄本，凡二二四題，惜愛有加，並手書《李拔元遺稿》，珍藏於保粹書房。碩卿歿，將詩稿抄本授託門人李建興。民國四十五年（1956），李建興以其所藏抄本，贈與宜蘭縣文獻委員會，並於此抄本稿紙空白頁題詩一首，前記：「李拔元遺稿敬贈宜蘭文獻委員會途中感賦」詩云：「吾師自筆（手澤）記珍藏，詞賦先賢日月光。　授託義方經廿載，今朝完璧獻蘭陽。」下署「紹唐李建興敬題」，時間為「民國四十五年（1956）四月廿十八日」。民國五十五年（1966）五月宜蘭文獻委員會自李建興所贈詩稿抄本中，選錄一百一十六題共一百七十首，益以〈銅貢賦〉及連雅堂《臺灣詩乘》所錄存四首，刊登於《宜蘭文獻》第二卷第二期，名為《泰階詩集》，逢時之詩詠得以面世[47]。

逢時好吟詠，平時詩作應該極為豐富，經考證詩稿年代，詩稿內詩作多集中於清咸豐八年至同治年間，也就是泰階三十歲前作品一概未抄錄。泰階文才粲然，當不至於三十歲前全無佳作。

---

[46] 李逢時，《泰階詩稿》，（臺北：龍文出版社，2001年），頁1。

[47] 同前註。

以現存《泰階詩稿》抄本作品為本，透過對寫作年代及詩序內容以及詩序書寫形式的研究，此詩稿內之詩作，極可能是經過逢時刻意修改及選篩，再編輯成詩集，此詩集可能就是《觀瀾草堂詩稿》，並在抄錄之時，於詩的正文前以回憶的筆觸，寫下作此詩時的情境因緣，如〈次韻題白雲親舍圖贈又子姚秀才〉序[48]、〈協安局感懷七首兼呈袖海王縣丞〉[49]，或於詩文、詩題下作註解，如〈贈王縣丞袖海（時卸篆頭圍）〉[50]；茲再探究逢時為何約三十歲前詩文多未集錄？可能逢時自覺，這段時期因喜好遊藝，並未將心思放在讀書上頭，而且為求溫飽，經年客遊於外，又總愁煩事業不順遂，致使詩文內容貧瘠，或所言無味，或不夠成熟，因而未加以選錄。現今所見抄本，亦非據原存詩集一次抄錄，此點由現存抄本內的字跡可以大體認定。而且現存詩稿在抄寫過程，可能有所遺漏，所以連雅堂《臺灣詩乘》所錄四首詩和〈銅貢賦〉及《詩說噶瑪蘭》一書中〈義役賴朋〉[51]等，才未出現於詩稿中。

　　逢時博覽群書又歷幕府縣，足跡遍臺灣，閱歷廣博，關心時事，雖不在其位，卻常懷其思，憂其民。所遺詩稿之作，述懷、敘事、論詩、詠物、寫景、題畫、酬唱，皆有其自我本色，感興比賦無不真切。述懷、敘事，往往深刻生動，蘊藏著深厚的思想感情和現實意義，存杜子美之身影。寫景、詠物，則清新雋永，筆觸鮮明，讀之如面對佳景，具鮑明遠[52]之氣象，富清新之氣。

---

[48]　李逢時，《泰階詩稿》，（臺北：龍文出版社，2001年），頁9。

[49]　同前註，頁63。

[50]　同前註，頁73。

[51]　楊欽年，《詩說噶瑪蘭》，（宜蘭：宜蘭文化局，2000年），頁204。

[52]　鮑明遠即鮑照，字明遠，魏晉南北朝詩人，曾任參軍故又稱鮑參軍。長

（二）《西行吟草》

李望洋，字子觀。天資聰穎，少年出眾，他的老師還曾經怕他家境清寒，無力完成學業，而屢屢到家中向父親遊說，甚至免費來教讀李氏。望洋不負眾人所望，飽讀詩書，弱冠之時即於鄉里設館訓蒙以養雙親。咸豐九年（1859），金榜高中，一舉成名；此後，望洋在噶瑪蘭地區繼續執教有十多年之久；同治十年（1871）因錄取大挑一等，籤分甘肅試用知縣，同治十一年（1872）五月，啟程赴甘肅任職；直到光緒十一年（1885）四月才由甘肅返回家門；李氏在外任職約十三年餘，曾經在蘭州府渭源縣、河州、狄道州等三地擔任地方父母官，且頗受地方父老愛戴，地方父老以製作萬人衣來表達感恩之意。十多年遊宦塞外西北，李氏留有《西行吟草》詩稿，因詩稿中每首詩題多記有當時年月，所以考其詩稿寫作時間，始自壬申（同治十一年（1872））四月十一日〈輪過壺口懷古〉，迄丙戌（光緒十二年（1886））六月十七日〈寄吾廬〉。另一方面，這部詩稿有著詳細的時間紀錄，所以也可當李氏「日記」觀，更是研究李氏最豐富的文獻。[53]

綜觀詩稿作品，其主題約略可分，遊賞山水、懷古、即景、感懷、旅途困頓，懷鄉思親等。語言樸實，風格則平易近人，無奇險怪句，詰屈聱牙之旨。子觀離鄉千里遊宦西北，其思家的心情，總是難免，所以在作品之中，有多首懷鄉之作，今日吟之，猶令人心酸，「寄語征人秋又秋，何因宦海任浮沉；回頭好做還鄉夢，莫似長江水自流。」，浮雲遊子，期待有朝一日在能回故

於七言歌行，風格清逸俊拔。
[53] 高志彬，〈李望洋研究的課題與文獻〉，《宜蘭文獻雜誌》第 12 期，1994
年 11 月，頁 6。

里，家人團員，親友歡聚，無奈這一切都僅能在夢中獲得安慰。
另有部分詩作，乃望洋赴任途中所見所聞，或有所感發而作，其
中包含沿途景緻的書寫外，也顯現出望洋悲天憫人的真性情，如
〈二十一日藍田縣城外路遇少女騎驢行路偶咏〉一首。

　　《西行吟草》詩文，雖連橫給予的評價是「平淡」。同年與
其素有往來，且為詩稿寫序的馬宗戴，則是認為能得唐人三昧，
愛其醞釀含蓄。

（三）文學出版

　　吟詠風月，言情說志，本為文人所愛，化為文字，無不嘔心
瀝血，字字計較，期望句句如晶玉，所以詩文作品對於文人而言，
好比是自己的小孩一般的珍貴。為了能使自己的詩文作品可以受
當代人所肯定與流傳於後世，經濟能力許可者，大多會選擇將它
付梓出版；優秀文學作品的出版，對於文學發展而言，是扮演著
一種促進的作用，作品流通廣，能接觸文學的人就越多，其文學
價值所發揮的影響力就越大；在這樣的作品流通影響下，文學水
準亦能隨之提升，所以出版對於文學創作與發展是有很大助力
的。

　　清代以來臺灣刻書不易，大部分的詩文、書籍出版，都需仰
賴內地泉、廈各地。因為當時臺灣刻工難求，尤其康熙、雍正、
乾隆三朝，刻書尤屬罕聞。另外一個原因是，刻書所費不訾，並
非一般文人所能負擔的起，所以當時得以出版的部分詩文集，都
是文人本身家族富裕，如鄭如梁開雕其父鄭用錫之《北郭園全
集》，亦或欣賞文人才華而願意出資將它出版者，如吳興劉承幹
為王松出版詩集。少數由文人自己籌資出版者，往往是歷經多年
的籌備，利用多年積聚來出版，甚至有很多優秀作品集，在編定

後，進行付印事宜之時，由於不明原因，功虧一簣，如同治年間，淡水宿儒林占梅的《潛園琴餘草》，臺灣進士施瓊芳的《石蘭山館遺稿》等。

由於時代的因素，文學作品的出版是非常困難的，所以導致清代非常多文人作品散佚，今日我們僅得見到存目，而無緣一窺其堂奧。同理，當時讀書人想要得到書籍來閱讀也是很困難的，一方面優秀作品流通難且少，另一方面，書的價錢也是負擔之一，所以書籍無法普及，清代文人之間還是大多以借閱、傳鈔方式來獲得書本知識。

總之，著述與出版，對於文學的發展而言，實在是很重要，文人有了優秀且眾多的著述，搭配蓬勃發展的出版環境，人民將更能在這樣的環境下受其薰陶而融入這樣的文學環境，進而促使文學環境的繁榮興盛。清代噶瑪蘭地區，文人作品雖多，但傳世者不多，於詩文別集方面，僅有《泰階詩稿》、《西行吟草》二集，而《噶瑪蘭廳志》與《噶瑪蘭志略》中亦存有部份作家作品，其餘大多散佚。關於出版環境，則是沒有留下任何資料可供研究。

第六節　文化資源

一、清初臺灣的文教資源

臺灣漢文化與文教的推展，從明鄭時期已經粗具雛型，當年追隨鄭成功來臺的一些文人，如陳永華等，對於當時文教的推動出力甚多。只是，康熙二十二年（1683），施琅攻臺，臺灣為清所領；初期為除去明鄭在臺勢力，鄭氏軍民大多被遣送回內地原籍，於是臺灣剛處在萌芽階段的文教事業，也一併夭折。入清後，

臺灣的文教在清政府的管理之下，其發展狀況如何呢？首先，或許可以由管理臺灣的態度上來看出端倪。對於臺灣，康熙帝當年曾持如此的看法，「臺灣屬海外地方，無甚關係；因從未向化，肆行騷擾，濱海居民迄無寧日，故興師進剿。即臺灣未順，亦不足為治道之缺。……海賊乃疥癬之疾，臺灣僅彈丸之地，得之無所加，不得無所損。」[54]，影響所致，朝廷對於臺灣治理乃以消極態度應對，上行下效，是時來臺官員亦多如此；關於文教的推展，當然如是，不論在府、縣學宮、文廟的設立，還是地方上最為直接影響文教發展的儒學、書院、義學等機構，也遲遲無法設立；或有設立者，也多在文人期望文教能盡早實施於地方，教化萬民，淑善化俗，自掏腰包來協助成立，非由國家力量完成。至於推動文教的人才方面，當年臺地初闢，僅臺南、安平附近，因開發早所以較為繁榮外，其餘地方，多處蠻荒，瘴癘未開，所以來臺文人大多為奉命任職而來，一般文人少有意願來此荒天漫野之地；可見當年臺灣地區的文教資源實在非常缺乏。

　　噶瑪蘭初闢，當年文教環境和臺灣開發早期有很多的相似之處，首先是政府治理的態度，其次是官方文教機構設立所歷經的漫長過程，最後，以民間之力捐貲助學，以興文教的做法。所以清領時期噶瑪蘭文教得以日盛，文風冠全臺，真的是不簡單，這些功勞主要是靠民間眾多有心人士所合力完成的。

二、噶瑪蘭廳的藏書

　　藏書是書院優於傳統私學的獨特之處，就像是現在的圖書館

---

[54] 潘朝陽，《明清臺灣儒學論》，（臺北：學生書局，2001 年），頁 266。

一樣，也是書院作為一種完備功能的教育機構的體現。班書閣《書院藏書考》認為：「書院之所以名之曰書院者，即以藏書故也。」[55]

　　書籍是文化、知識最為重要的有形載體，也是傳播與保存文化、知識非常方便且快速的媒介；一個文化教育的機構，如書院，如果能在硬體設備與優秀人才的延攬方面，加上以豐富的藏書為基礎，由此開展讀書、教書、撰書甚至刻書等一系列的與書有關的活動，必定能促進書院教育的發展，也能促進學術研究的繁榮，凡此種種亦必將帶動一地文教興盛。

　　古代書院藏書的來源大約有幾個，一是皇帝賜書，為了顯示自己崇儒重教的文教政策，也為了鼓勵和控制書院，常常賜書給一些書院。二是私人捐贈，書院教育具有一定的社會地位和影響，故受地方各界的支持，許多的官紳士民十分熱心向書院捐贈圖書。因而，私人捐贈成為書院藏書的重要來源之一。三是書院自籌經費購置。四是書院自己刊刻書籍。

　　清嘉慶十七年（1812）在楊廷理的主持下，噶瑪蘭的「仰山書院」正式成立，雖然書院已立，但初期的運作似乎還不上軌道，經由歷任通判與鄉紳文人合力之下，道光年後終於使得文士能夠有較良好的讀書環境；書院有了良好讀書空間與優秀的山長主講，但是關於書院的藏書仍嫌不足。廳志裡有一段這樣的記載，「道光六年，孫文靖爾準制軍時為閩撫，按部入蘭，見諸生學之志，因就鼇峰藏書中，抽發「遷史」以下四十六種，運存仰山書院，以為諸生稽覽之佐。」[56]。從此，諸生得窺聖賢經典外，亦

[55] 朱漢民，《中國的書院》，（臺北：臺灣商務印書館，1993年），頁98。
[56] 陳淑均，《噶瑪蘭廳志》，（南投：臺灣省文獻委員會，1993年），頁

能親近古來宿儒名士的燦爛文采，增長學識，涵養性靈。一地文學之發展，如果文人沒有足夠且豐富多元的圖書來閱讀，如何能培養出優秀博學的人才呢？當年噶瑪蘭地區的文教資源實在貧瘠，最基本的書院圖書都是如此得來不易，那民間個別文人所能購藏，閱讀的書籍將更少。當年的文人在如此艱辛的環境下，還能開創出「淡蘭文風冠全臺」的氣象，實在難得。

透過仔細梳理當年這一批藏書的資料，可以發現一非常重要之舉，就是詳細的列出各書名，於書名下附註該書運存數量，並就作者與內容做一摘要簡介。除外，另有紀錄部分書籍的版本與提及考證問題。此舉於當時，可能僅是一個簡單的書庫目錄資料整理，可是由今日研究文學發展的觀點視之，可說是至為重要的文獻紀錄。一地的藏書影響著當地文人的閱讀眼界，尤其在那物質艱困的年代。另一方面也影響著一地的學術風氣，顯現出時代的學術思潮與趨向。

檢視當年該批書籍，宋元時期理學名家的著作，佔有極高比例，其餘明清宿儒所撰書籍，所談內容亦大多不出宋明理學的範圍，可見當年文學、學術思想潮流仍以人倫天道、心性慧命為主軸。這樣的思維，不僅在噶瑪蘭，全臺各地都受其影響很大，對於文人思想的啟發與文學發展產生很大的作用。

三、師資不足與教學水準良莠不齊

「師者，傳道、授業、解惑也」。傳統中老師所扮演的角色不只是經師，更是人師。為人處事方面，老師對於學生的諄諄教

悔，其深遠可能會影響學生一輩子。做學問方面，一個優秀的老師，除了需要具備豐富的學識之外，如何將所學所知傳授給他的學生，讓學生能夠真正吸收老師所給予的知識，並且在師長的循循善誘之下，也能學得做學問的方法，凡此種種，對於學生而言是很重要的，這一切將可能影響學生一輩子的學習歷程與成就。

當年噶瑪蘭地區因為種種文化不利因素，所以不論是外來或在當地於民學任教的文人，可能在學識水準與教學方式上出現良莠不齊的現象，《噶瑪蘭廳志》的編者陳淑均，對於當時的民間訓蒙教育有這樣的一段看法。

> 村莊訓蒙，多自炊爨。其脩脯亦澹泊。但一贄而外，尚有立夏、端午、七夕、中秋、重陽諸節，薄治承筐。是日可以假館，然每授一書，即將前本退棄（如「易」受下經，即棄上經；「詩」授小雅，即棄國風之類），不加溫習，致為可惜。其授「經」者，亦惟「易」、「詩」為多，「尚書」、「三禮」、「三傳」則寥寥無幾。即「四書集註」讀至圈外者亦希。惟鍾選「千家詩」及彭氏「幼學須知」，家絃而戶誦，真有不可解者。[57]

其所指應非全部教學者皆如此，但是此現象乃是他對於當時教學現場的實地觀察所記載而來，所言應具參考價值。針對當時教學現場的教學方式，「每授一書，即將前本退棄（如「易」受下經，即棄上經；「詩」授小雅，即棄國風之類），不加溫習，致為可惜。」，這樣的教育品質，如何能培養出一個優秀的人才，

---

[57] 陳淑均，《噶瑪蘭廳志》，（南投：臺灣省文獻委員會，1993 年），頁188。

如何能讓學生學得應該具備的基本學識，和讀書做學問的基本態度，所以他覺得很可惜；其次，一般教學者大多教授，「「易」、「詩」為多」，但是對於其他知識，「「尚書」、「三禮」、「三傳」則寥寥無幾。」，噶瑪蘭當年僅少數具備相關知識的教學者，能夠勝任教導這些科目，所以很多學生將無法習得這些科目，這些科目對於傳統文人而言，卻又是非常重要的知識。噶瑪蘭的人才濟濟，但是在這樣粗劣、馬虎與資源不足的教育環境下，一些原堪造就的人才得不到好好讀書、做學問的條件，後果就是學識基礎不夠紮實，僅懂得皮毛，日後自己亦無能力求精進，埋沒人才，今日看來真是令人扼腕。

第四章　漢人文學作家與作品

　　依目前相關史料記載，與早期噶瑪蘭地區文學發展息息相關的文學作家、作品，約出現於嘉慶初年。由此可見，嘉慶初年，臺灣各地移民為求新拓的天地，紛紛入蘭開墾，此舉亦開啟噶瑪蘭漢人文學的始頁。初期作品大多是曾經入蘭任職或遊歷的官宦、文人所作；至於噶瑪蘭當地文人士紳的作品，則要等到較晚的咸、同年間才出現，如李逢時著有《泰階詩稿》。可見噶瑪蘭在土地剛開發的階段，文風雖然隨著移民而興起，但是當時具備文學才華的文人，大多來自於外地，而這些外地文士的來到，逐漸在當地形成一股帶動地方文學發展的動力，日積月累，在歲月的萃煉之下，帶動本地文人社群的興起。爾後，本地文人的才學，更在多方因素的配合之下，逐漸提升，自成一區域特色。

　　本章擬就文人出身與身分為依據，將活動於清代噶瑪蘭地區的文學作家，分成歷任通判、宦遊文人、書院山長、遊歷文人、本地文人五大群體，以每個群體為一節次共五小節，將個別文學

作家的生平結合其優秀作品，一一加以介紹。

第一節　歷任噶瑪蘭通判 作家與作品

一、楊廷理（1747~1816）

　　字雙梧，廣西柳州馬平人。清拔貢生，乾隆五十一年（1786），由侯官縣令陞臺防同知，旋署臺灣府道，因清查案襯職，後復起用。嘉慶十五年（1810）夏，以臺灣郡守奉委辦理開蘭設治事宜，深得民心，曾攝蘭篆數月，以調補建溪守去。官至按察使，銜臺澎兵備道，兼提督學政。所著有議開《噶瑪蘭節略》，《東游草詩》各一卷。[1]

　　楊氏是當年推動噶瑪蘭設治用力最深的官員之一，為了使噶瑪蘭的狀況能夠讓朝廷與外界人士了解，曾經五次入蘭來勘查當時蘭地的自然人文環境，並將所見所聞一一呈述，讓外界認識噶瑪蘭的重要，促使朝廷設治經理。他也將三年五次的奔波化為詩句，從詩中仍然可以感受到他為噶瑪蘭所付出的辛勞：

> 丁卯九日錫口道中
>
> 幾年安坐賦閒居，佳節倥傯寄簡輿。餚酒倩誰遺遠道，海山笑我枉陳書。荏苒肆志妖氛重，黎庶驚心眼界舒。漫道經行曾萬里，危巔措足步徐徐。

---

[1] 顧力仁，《臺灣歷史人物小傳》，（臺北：國家圖書館，2003 年），頁627。另見，盧世標，《宜蘭縣志》卷七，〈藝文志・文學篇〉，（宜蘭：宜蘭文獻委員會，1969 年），頁 3。

上三貂嶺

衡嶽開雲舊仰韓，我來何福度艱難。腳非實地何曾踏，境涉危機亦少安。古徑無人猿嘯樹，層巔有路海觀瀾。敢辭勞瘁希恬養，忍使蕃黎白眼看。

孟夏六日重上三貂嶺頂口占

不矜權術老迂儒，天付精神續舊圖。勞勛敢云惟我獨，馳驅偏覺與人殊。青山到眼春成夢，滄海當關靜似湖。可怪躋攀無腳力，重來絕頂汗為濡。三貂甫過又崟崟，嵐氣迷漫日乍紅。矗立參天雲際樹，橫空跨海雨餘虹。鋤奸計短頻搔首，補拙情殷屢撫衷。知遇萍逢能幾日，憐才都付不言中。

噶瑪蘭道中口占

五入深山敢憚遙，開雲屢喜見三貂。榛狂漸化民蕃習，淡泊能為屬吏標。照眼野桃紅細細，濕衣曉露白飄飄。嗟余孤立無將伯，冀把涓埃報聖朝。
停輿洗耳聽蟬鳴，雅噪能令百感平。可口蔗漿寒浸齒，宜人茶味澹怡情。飢驅老宦神偏健，困頓長途坦不驚。手劚海棠秋色裏，意傳芳韻出山城。

羅東道中

凌晨閒攬轡，極目望清秋。地判東西勢，溪通清濁流。炊烟村遠近，帆影海沈浮。白鷺應憐我，三年五次游。

辛未夕入蘭漫興

放舟深夜到蘭圍，比戶燃燈月共輝。三至漫誇精力健，一
差頓覺歲時非。蒼生青眼遙相待，白首雄心未肯違。轉瞬
東風帆影疾，典衣買棹趁春歸。

出山漫興

群傳得勝出山來，蠻獠功微愧菲材。泥淖仄途勞悵望，險
巇昏磴久低徊。免經破窟株堪守，蛟已逃罾浪尚豗。扼腕
漫言秋漸老，風光又上嶺頭梅。

　　三年五次入蘭的背景與目的雖然各有不同，但是他對於噶瑪
蘭的公共事務卻是一樣的認真，並以非常積極的態度就噶瑪蘭設
治與經理的相關事務，一一整頓，祈使噶瑪蘭能地平民靖，國家
政務能夠順利開展，民眾得以安居樂業。廷理曾有數首相關詩作
留下，觀之彷如重回早年歷史現場，頗有詩史之筆。

抵蛤仔難即事

亂山行盡是頭圍，茆舍參差白板扉。萬姓歡騰迎太守，千
疇穰釀載朝暉。民喦可畏知時語，忠信堪師涉世機。一紙
乞憐來已晚，帝威所暨義旗揮。

相度築城建署地基有作

背山面海勢宏開，百里平原實壯哉。六萬生靈新戶口，三
千田甲舊蒿萊。邨春夜急船初泊，岸湧晨喧雨欲來。浮議
頻年無定局，開疆端待出群才。
度阡越陌到溪洲，溪水湯湯忽淺流。天道難窺原不測，人
心易動合為讎。奸民鳥散須防聚，佳士雲騰定寡儔。蕆事
料需三載後，敢辭勞勩憚持籌。

噶瑪蘭西向東經相度築城建署地址申報茲堪輿梁章讀請改坐北向南因復履勘果成大觀喜而有作

南北移來助若神，員山龜嶼宛相親。天然佳境開金面，蕞爾方隅荷玉綸。三月綢繆占既濟，數年議論快初伸。斜陽獨立頻搔首，綠敏青疇大有人。

六月廿五日發申噶瑪蘭創始章程作

三月心思此日成，揮毫悉本舊章程。仁濡雨露欣同戴，氣挾風霜愧久更。治賦暫收三萬畝，鋤奸權淨五圍城。休從創守分難易，須凜民嵒可畏情。

重定噶瑪蘭全圖偶成

尺幅圖成噶瑪蘭，旁觀慎勿薄彈丸。一關橫鎖炊烟壯，兩港平鋪海若寬。金面翠開雲吐納，玉山朗映雪迷漫。籌邊久已承天語，賈傅頻煩策治安。

三農力穡趁春晴，雨霽烟消望極平。形擬半規深且邃，溪飄雙帶濁兼清。培元布化思良吏，劃界分疆順兆民。他日濃陰懷舊澤，聽人談說九芎城。

前詩（六月廿五日發中噶瑪蘭創始章程作）有「三月綢繆占既濟」，今十八則事宜甫脫稿，即遇大火、大暴之災，竟成詩讖。興言及此，爰賦一律，用志敬畏。

詩占既濟本無心，災異頻來感不禁。烈焰沖霄籠皓月，狂颸挾雨折深林。溪迴故道分清濁，人聚荒村計丈尋。久識浮生無定着，那堪憂患苦相侵。

開蘭端賴民力，而設官治理蘭境，身為官人的楊廷理亦極其
用心；所以噶瑪蘭的百姓，對於楊廷裡的照顧都非常的感激，在
楊廷理出入往來之時，眾人夾道迎送，依依不捨；百姓為了表達
對於楊廷理的感謝，還在昭應宮設有香火供奉其祿位。爾後，楊
廷理見之曾賦詩一首。

> 丁卯秋出山後，居民為余設香火，見而有感
> 香火何年設？相看感慨增。浮名天地忌，輿論古今稱。事
> 業空懷抱，焦勞乏伎能。重來慚奉檄，規畫記吾曾。不有
> 非常者，誰教創始謀。催科由撫字，布化本優游。黎庶思
> 官久，蕃羌待澤稠，敢辭于役苦，憚向此淹留。

當年楊廷理因為參與籌設噶瑪蘭的設官治理過程，所以當嘉
慶十七年（1812），正式經理之時，即受命暫攝蘭篆，主持一切
地方政務的推行；噶瑪蘭初闢，當年入蘭移民大多出身粗野草
莽，所以地方文教事業急須推展，以使噶瑪蘭社會能儘快進入文
治化；為了能夠在地方上推行文教，帶動文教風氣，因此楊廷理
於嘉慶十七年（1812），設立仰山書院，並有詩一首以志喜。

> 蘭城仰山書院新成志喜詩
> 龜山海上望巍然，追溯高風仰宋賢。行媲四知敦榘範，道
> 延一線合真傳。文章運會關今古，理學淵源孰後先。留語
> 諸生勤努力，堂前定可兆三鱣。

不畏公務的勞碌，犧牲奉獻，戮力為地方打拼，楊廷理的身
心應該極其疲憊，因為在他詩作之中，很難看到有心情愉悅，輕
鬆自得的閒情。由此觀之，他對於噶瑪蘭的付出，和以天下為己
任，為民謀造福利，認真不懈怠的精神，在清代臺灣地方官吏之

中，真是不可多得的賢才。楊廷理一生戎馬，走遍大江南北，所以吟詠之中，總流露出些許的懷鄉之思。

悶雨夜坐

倚囊誰共話深更，兀坐青燈撫短檠。點滴笳簷流不了，滂沱荒砌漫將平。蚓簫蛙鼓淒涼調，別緒羈思去住情。治賦無才民待澤，終朝翹首課陰晴。

立秋日感懷

蕭蕭楓荻又驚秋，根觸難禁淚暗流。暮雨朝霞占變態，塞花邊柳憶離愁。緣慳報國逢箕哆，事濟當官借箸籌。回首敝廬歸未得，菰鱸幾次作癡謀。

七月十五夜對月述懷

孤負月圓十二回，蘆花風動客愁來。微名幸附垂青史，小住那堪枕碧苔。蒼莽山雲蒸幼境，迷漫海霧湧飛埃。田疇信美非吾土，好把勞生仔細推。

不須重溯舊因由，垂老何妨聽去留。數片白雲閒放眼，千叢綠葦晚搖秋。輪轅異地難同軌，清濁崇朝也判流。此後風光隨所遇，前程莫漫付登樓。

漫興

此地堪乘興，平疇山海間。人從秋爽健，事過日晡閒。清濁分支派，民蕃化傲頑。雙峰誰湊合，水陸巧相關。

久客何知苦，前謀快一償。馳驅方老馬，心跡類驚麏。匙撥葉珠潔，盤堆佛手香。果能隨遇合，無事卜行藏。

九月晨起悶坐

斜風密雨到重陽，憶到身家百感茫。覓句了無新意味，從公難改舊哀腸。潮聲遠近喧清夢，蟲語週遭近小牀。畢竟似僧還是客，披衣起坐費思量。

噶瑪蘭重陽

身安異域便為家，肯向空山惜歲華。半雨半晴天氣象，如癡如夢我生涯。塵冠甫拭無須正。濁酒能沽不用賒。吟興問誰詩思美，催租且漫任喧嘩。

得糜廉訪先代請免接蘭篆志感

傳來羽檄接蘭廳，遙寄封章達帝庭。借箸早經人駐足，持籌何用我勞形。寸心久共玉山白，兩鬢難方龜嶼青。竊幸長官憐潦倒，代為聲請出郵亭。

「隨遇置身原可樂，人生何必苦求安」，廷理一生宦海起伏，走過高低上下，嘗遍酸甜苦辣，因此對於人生，別有一番體悟。細細品味詩文作品，詩人不經意所流露出的隻字片語，我們可以略窺得一二心境。

排悶

無端奉檄陟層巒，跡寄空山暑亦寒。怒發火龍飛掣電，憐深赤子急投丸。低簷矮屋當長夏，鹿脯園蔬慰素餐。隨遇置身原可樂，人生何必苦求安。

移寓口占

新成公廨類鶯遷，正是葭蒼露白天。兩月圳寮卑且濕，三

間茅舍靜而便。心安到處皆清境，履險重來屬暮年。半載
自知無善政，不煩計算杖頭錢。

前詩有「溪回故道分清濁」句，時欲刻聯志慶，因成句云：
「月朗中秋照海山」。聯成，復續一律。
月朗中秋照海山，天開地闢出塵寰。溪分清濁占全局，化
格民番各就班。養就寸心如野鶴，贏來雙鬢似霜菅。半年
勞苦今差息，攜得新詩一卷還。

出山日作
辛勤七月倩誰知，蘭解催歸放好枝。塵案香青民訟息，葉
舟風細客行遲。天光容與青山灣，海鑑澄平白浪馳。任怨
任勞公事畢，差堪自信是無私。

辛未生日志感
六五光陰彈指中，遜敶三至效孤忠。雲霞過眼都陳迹，冷
暖隨人亦苦衷。歧路疊更心倍小，流言難禁耳須聾。功名
青史知非偶，未信蒼顏得轉童。
欣償夙願歷深山，自在尋吟暮雨灣。權勇不矜心坦蕩，猛
寬相濟語雍嫻。三災恰共黎番苦，二瑞平分水月閒。審處
熟思憑一己，幾回搓手悵維艱。
憶承恩命感慚俱，泝歷升階眷獨紆。鞅掌卅年因僂步，黽
皇一念凜公趨。緣深瀛海頻經渡，夢契臞仙屢仗扶。差喜
精神猶滿足，卑官雅稱白髭鬚。
重思建樹到甌閩，一片丹心總欲伸。拓土開疆經歲月，鋤
奸勘亂輯民人。

雪霜飽盡消中熱，風雨漂餘會首春。仕路崎嶇隨運轉，伊
誰祿富我偏貧。

答友
綱舉目張數月工，潛孚默化賴天公。了無權勇驚塵眼，賸
有辛勤表潔衷。十六字中逢運會，百三里內協春融。安排
差幸歸停妥，吾道從來不計功。

壬申生日志喜
花甲週來又六年，三登堂上結因緣。素知感悚承天語，垂
老慚惶著祖鞭。名士突圍傳好句，荒陬拓土見平田。喜從
圍聚得真樂，鴻指春深百卉鮮。

噶瑪蘭擁有的好山好水，總能吸引許許多多文人的目光；楊
廷理多次出入蘭境，所以也留下多首吟詠山水之作。

登員山
莫訝圓山小，龜山許並肩。千尋壓海浪，一撮鎖溪煙。蟠
際真隨地，安排本任天。披荊紓倦眼，吟望好平田。

九日登高
開雲撥霧近霜天，此日登臨我獨先。千畝穗垂含曉露，萬
家炊起吐晴煙。龜山南北全開面，帶水東西任放船。乘興
不知筋力弱，振衣直上喜如顛。

「竹風蘭雨」，噶瑪蘭素以多雨聞名，尤其是秋冬季節，常
常是細雨綿綿，下的人心發慌。楊廷理在噶瑪蘭活動的日子甚

多，因此，對於這樣的特殊氣候型態，知之甚詳，感受亦頗深，
所以也留下多首談到噶瑪蘭雨的作品。

九月十五夜苦雨

匝月秋霖不肯晴，中宵屢起看雲情。報陞田甲容遲丈，輸
運倉儲耐緩徵。溪漲泥深肩負苦，雷奔電掣鬼神驚。劇憐
一片光明影，却在停雲暗裏行。

畏雨

一日陰晴屢看天，晚收伊始兆豐年。揚花恰遇秋陽暴，擷
實頻驚宿雨綿。手執瓣香虔拜禱，心懸鼇祝凜冰淵。浮雲
終借東風掃，枉使愚忱苦自煎。

噶瑪蘭中秋

聞說朝晴暮雨天，中秋始見月重圓。茆簷新蓋劫灰盡，水
鏡高懸景色妍。聖化昭明含內外，神靈照耀徹中邊。乾坤
運動真無跡，共仰清輝話往年。
我亦相隨笑口開，不孤跋涉賦重來。九天雲淨除纖翳，百
里途平絕點埃。丹桂園中思舊植，紅菱池面紀新栽。夜深
秋思無端集，香霧清輝咏幾回。

　　楊廷理當年因調任內地而卸蘭篆，他在離去之前，作了一首
詩贈送給繼任的翟淦，詩中對於接任的翟榆園，再三叮嚀交代，
噶瑪蘭有如此美麗的山川，亦擁有許多優秀的人才，所以要認
真，用心的治理噶瑪蘭。由此可見，他對於噶瑪蘭用情之深，且
時時刻刻為民掛心的精神。

出山贈翟榆園司馬

揮手出蘭境，從教免再來。撫綏資妙手，和輯仗仙才。煮
海籌經費，執柯聽取裁。山川誠美秀，桃李好培栽。

二、姚瑩（1785~1852）

字石甫，安徽桐城人。清嘉慶十三年（1808）戊辰進士，歷
任平和龍溪知縣，調知臺灣縣。道光元年（1821）正月，移署蘭
廳通判。旋以丁艱寅郡，臺守方傳穟延置幕中，為核定開蘭十八
則。後升臺澎道，值蘭清釐地畝，飭令加留書院租穀，以瞻膏火，
繼開蘭考，詳請奏定附學名額。官至廣西按察使。所著述頗豐，
有《石甫文鈔》、《東槎紀略》、《中復堂選集》等行世。[2]

噶瑪蘭地區，位處夏、秋二季颱風行進路線區；因此，自古
以來，每每受到颱風與洪水的侵襲。道光元年（1821），姚瑩任
通判，是年六月颱風大作，造成民眾很大的損害，房屋壞倒，稻
禾損失慘重外，地方上還流行瘟疫；這樣的情形在十一年中，就
有八年發生同樣的事；民眾在深度恐懼之中，想起是否是天在懲
罰世人，因此引起一震驚恐；他獲知此情形後，立刻以行動來安
撫群眾，同時他也將此事件經過原由記錄下來，以為後世子孫殷
鑑，文章如下。

噶瑪蘭颱異記

皇帝登極之元年六月癸未夜，噶瑪蘭風，颶也。或曰：
颱，雨甚，拔木壞屋，禾大傷，繼以疫，於是噶瑪蘭闢十

---

[2] 盧世標，《宜蘭縣志·藝文志·文學篇》，（宜蘭：宜蘭文獻委員會，
1969 年），頁 33。

一年矣。水患之歲五，颶患之歲三，蘭人大恐，謂鬼神降災，不悅人之闢斯土地，將禳之。姚瑩自郡返，聞災馳至，周巡原野，傾者扶之，貧者周之，請於上而緩其征，製為藥而療其病，疫以止，民大悅。乃進耆老而告之曰，吾人至此不易矣，生人以來，此為荒昧，惟狉榛之蕃，睢睢盱盱，巢居而穴處，其所以異於禽獸者幾希。始自吳沙數無賴。召集農夫，負糗鋤以入荒裔，斬荊榛，鑿幽險，禦虎豺之生蕃，數瀕於死矣。乃築圍堡，置田園，聚旅成郭，既以無所統而相爭奪，大吏以聞，天子憫焉，然後為設官以治之，黔首緩和，文身向化，今則膏腴沃壤，士農工商備矣。城郭興，宮室畢，婦子嘻嘻而樂利。夫山川之氣，閉塞鬱結，久而必宣，宣則洩，洩則通，通然後和。天道也。今以億萬年鬱塞之區，一旦鑿其芭蒙，而破其涓洞，澤源與山脉償興，陰晦與陽和交戰，二氣相薄，梗塞乍通，於是乎有風雷水旱瘀疾之事，豈為災乎。昔者羲軒之世，淳風古處，百姓渾渾，不識不知，未有所為災者。逮乎中天運隆，五臣遞王，文明將啟，而於是乎有堯之水，湯之旱，聖人以為氣運之所由洩，而不以為天之降殃於人也。不然，德如唐堯，功如成湯，豈復有失道以干鬼神之怒哉。若夫地平天成，大功既畢，則惟慎修人紀，以保休嘉，而於是乎時和年豐，百寶告成，宇宙熙皞，臻於郅治，苟有失德，肆為淫慝敗亂，則鬼神惡之，而天乃降災，此天地之氣既通，而人事不和之為屬也。今蘭地初闢，雖風水屢沴，而不為異，五患水，三患颶，而民不飢，無有散亂，何也？民皆手創其業，艱難未忘，不敢有淫慝之思也。雖然，吾特有懼焉。懼夫更數十年之後，地利盡闢，戶口殷

富，老者死而少者壯，民惟見其樂，而不見其艱也，則將
有滋為淫佚，而樂於兇悍暴亂者，人禍之興，吾安知其所
極耶。然則如之何而後可也？曰：崇節儉，修和睦，戒佚
游，嚴盜賊，守斯四者，庶可以久安而不為災，禳何為者。
耆老曰：善，乃記之。

全文約略可以分位四部份，首先，描寫當時噶瑪蘭居民的心
中恐懼；其次，說明他如何以實際的救助行動來協助居民恢復正
常生活；然後，運用天地運行規律的道理來針對噶瑪蘭地區屢屢
遭受天災提出解釋，認為「夫山川之氣，閉塞鬱結，久而必宣，
宣則洩，洩則通，通然後和。天道也。今以億萬年鬱塞之區，一
旦鑿其苞蒙，而破其潰洞，澤源與山脉償興，陰晦與陽和交戰，
二氣相薄，梗塞乍通，於是乎有風雷水旱瘀疾之事，豈為災乎。」
乃是天道也；最後，以天人合一相應的道理說明，如果要常保平
安，則需要大家，「崇節儉，修和睦，戒佚游，嚴盜賊，守斯四
者，庶可以久安而不為災，禳何為者。」，果能如此則能免天之
降殃於人，大家可以享受安和樂利的日子。姚瑩對於地方上天人
鬼神的問題，還留有另一篇文章，〈噶瑪蘭屬壇祭文〉，這是一篇
祭文，祭祀對象是早年開發之時，漢番衝突，及歷年地方民變、
械鬥，所遺留下來的所有無主屍魂。

噶瑪蘭屬壇祭文

嗚呼，上帝好生，蠢靈無異，聖王御世，中外一家。安民
以惠為先，善俗以利為貴。冤慘之深，莫過沙場不返，屬
氣之積，多由餒鬼無依。嗟爾噶瑪蘭，開闢之初，三藉流
民，皆以孤身遠來異域，或負耒營田，披荊斬棘，或橫戈
保眾，賈勇爭先。探身鯨靈之淵、射利虎豹之窟。始與兇

蕃格鬭、繼乃同類相殘。戰爭越十五年、死亡以數千計。
聚眾奪地、殺既無名、違例開疆、死且負咎。重洋阻隔、
魂躑躅以安歸、亂塚縱橫、骨拋殘而莫辨。肝腦空塗、未
得一弓之地、幽冥淪滯、長喞九壤之悲。至於三十六社土
蕃、被髮文身，聖化未沐，含生負性，覆載攸同。草為衣
而肉為食，猿鹿是伍，何知布粟之精，巢斯處而穴斯居，
風雨飄零，不解宮室之美。射鹿打牲，以鏢弩為耒耜，赤
男躶女，無葬娶與室家。睢睢盱盱，榛榛狉狉。乃始以市
買而通漢，繼因土地而交爭。戰鬭屢摧，信漢人果有神助，
彊原日蹙，疑蕃眾殆是天亡。生雖愚陋無知，白刃可蹈，
死亦沈冤莫釋，碧血難消。更有黃髮少年，白衣壯士，奮
孤忠而討賊，識大義以勤王。當孫恩猖獗之時，亦盧循縱
橫之會。蛟吞鯨視，屢思破卵營巢，大旂樓船，尚待焚艘
拔幟。乃父老深明順逆，士女爭餽壺漿，生擒醜類投轅，
願効前驅破敵。功成碧海，身喪黃泉。莫考姓名，未蒙卹
典。忠誠不滅，義魄何安。方今天子懷柔，澤周海外。嘉
群蕃之嚮義，負籍歸誠，憫絕域之初通，設官布化。授地
分田，鯷瀛有截，食租免稅，鱗冊無頗。十二年教養涵濡，
七萬戶謳歌鼓舞。漢庶則成家聚族，都忘鋒鏑之艱，蕃黎
亦鑿雨鋤雲，漸有衣冠之象。生人安矣，受福方長，死者
哀哉，含悲何極。萬眾青燐之鬼，不免餒而，頻年瘀癘之
災，良有以也。瑩等，共膺此土，保赤為懷。睹民蕃之錯
處，日久而安，念冥漠之沈淪，心悲以惻。爰廣安民之惠，
更修祀鬼之壇。建旛招魂，設屋為主，傳集三籍各社耆長，
涓吉致祭，俾知忘身保眾，死事無別乎公私，木本水源，
此日猶申其禋祀。苫楹既置，足以栖靈，生籍雖殊，何妨

共食。奮身以爭地，身亡地喪，尚復何爭，為漢以怨番，漢睦蕃和，可以無怨。如果讐忿兩釋，自能癘氣潛銷。漢乘風而內渡，速返鄉園，蕃超脫於沈幽，各登善地。從此人鬼相安，民蕃永樂。殊方異域，皆成舜日堯天，滯魄冤魂，盡化和風甘雨。豈不休哉，尚饗。

自古以來，中國人對於鬼神總是非常的尊敬，所謂「人死為大」。當年土地開闢過程，產生很多無主屍魂；地方上認為，這些魂魄如果沒有受到好好的祭祀，就可能擾亂地方，使得民眾日常生活受到影響；姚瑩身為地方父母官，為了能夠求得地方平安，所以針對過去無數的無主屍魂，舉行了一次祭祀，同時也邀請了噶瑪蘭地區的原住民族群一起來參與祭祀，希望族群間可以和睦，地方可以風調雨順，全境平安。

三、烏竹芳（？）

字筠林，山東博平人。由舉人任知州。道光五年（1825）六月，以澎湖通判調署蘭廳通判。[3]烏氏文才雋永，詩文俱佳，但因年代久遠，率多散佚，僅部分幸得當年陳淑均收錄於《噶瑪蘭廳志》，今人始得窺其作品一二。

（一）詩

大水名山，千古以來總是騷人墨客們喜愛吟詠的對象，臺灣各地處處有名山、大水，景色秀麗，連橫《臺灣通史·藝文志》

---

[3] 盧世標，《宜蘭縣志·卷七·藝文志·文學篇》，（宜蘭：宜蘭文獻委員會，1969 年），頁38。

云：「夫臺灣山川之奇秀、波濤之壯麗、飛潛動植之變化，可以拓眼界、擴襟懷、寫遊踪、供探討，故天然之詩境也。以故宦遊之士，頗多撰作。」[4]，因此，清領時期，不論是臺灣當地的詩人或是宦遊來臺的文士，於如此優美環境之中，寫下了非常多關於臺灣美好景緻的詩文作品。噶瑪蘭山川秀麗，風景優美，來到此地文人，莫不吟詠、讚嘆之。烏竹芳當年屬篆蘭廳，深受此地風景所吸引，還特別選出八個優美景致，為噶瑪蘭八景，並作序賦詩以志之。

蘭陽八景詩

噶瑪蘭一新闢之區也，榛莽荒穢，草木蒙茸，每為人跡所罕到。前之人來守斯土者，斬其荒而除其穢，落其實而取其材，由是奇者以露，美者以顯，而山海之靈異，景物之秀發，未嘗不甲乎中州。特以僻在荒陬，海天遙隔，文人騷士，每裹足而不前，實貽林澗之愧。雖然，莫為之前，雖美弗彰，莫為之後，雖盛弗傳。予以乙酉夏承乏斯土，見夫民蕃熙穰，山川挺秀，北顧崇嶺，雲烟縹緲，南顧沙喃，水石雄奇，其東則海波萬里，龜山挺峙，其西則峰巒蒼翠，儼如畫屏。竊疑天地之鍾靈，山川之毓竹秀，未必不在於是也。故特標其名而誌其勝，列為八景，附以七絕，庶名山佳水，不致蕪沒而不彰，後之人流連景物，延訪山川，亦可一覽而得其概云。

---

[4] 連橫，《臺灣通史》，（南投：臺灣省文獻委員會，1983 年），頁 616。

龜山朝日

曉峯高出半天橫，環抱滄波似鏡明。一葉孤帆山下過，遙看紅日碧濤生。

嶐嶺夕煙

層層石磴繞青雲，綠樹濃陰路不分。半面斜陽還返照，晴煙一縷碧氤氳。

西峰爽氣

重疊青峰映碧流，西來爽氣一天秋。山光入眼明如鏡，空翠襲人無限幽。

北關海潮

蘭城鎖鑰扼山腰，雪浪飛騰響怒潮。日夕忽疑風雨至，方知萬里水來朝。

沙喃秋水

磧石重重到處勻，青山四壁少居鄰。秋來積潦無邊潤，水色天光一鑑新。

石港春帆

石港深深口乍開，漁歌鼓棹任徘徊。那知一夕南風急，無數春帆帶雨來。

蘇澳蜃市

澳水回旋地角東，山光日色照瞳矓。蜃樓海市何人見，遙

在澹煙疎雨中

湯圍溫泉

泉流瀉出半清湍，獨有湯圍水異香。是否天工爐火後，浴
盆把住不驚寒。

以上八個優美景緻乃當年烏竹芳所選之八景，景點遍佈噶瑪
蘭全境，有山有水，有實景有虛景，地方上特殊的地理環境，優
美景緻，如龜山朝日、湯圍溫泉，也都入列。八景詩中對於噶瑪
蘭風景的描寫，讀之令人心情愉悅，彷彿置身其中，舒暢快意。

竹芳出生山東，因緣際會來到噶瑪蘭，任地方父母官，因此，
對於這裡的風俗民情，當覺得與家鄉殊異。尤其噶瑪蘭地區每年
中元普渡的盛況，更是讓竹芳大開眼界，在作品之中，將「滿城
香燭人依戶，一路歌聲月在天。明滅燈光隨水轉，輝煌火炬繞街
旋」的實況，化為詩句，一一錄下。

蘭城中元

穀果層層列此筵，紙錢焚處起雲烟。滿城香燭人依戶，一
路歌聲月在天。明滅燈光隨水轉，輝煌火炬繞街旋。鬼餘
爭食齊環向，跳躍高臺欲奪先。

遊子思鄉，其情可憫。千里迢迢來到噶瑪蘭，離鄉背景加上
舉目無親，任誰也受不住思念故土的煎熬，種種思緒竹芳只能在
午夜夢迴，憑藉著低聲細吟，一解思鄉情愁。

蘭城公寓寄興

竹聲蕭颯雨聲催，驚破幽人午夢回。拂袖香風木樨放，映
窗金色菊花開。海天已滯三秋後，鄉信難逢一雁來。渺渺

予懷添旅悶，蘭舟何日渡陽臺。

舞風弄月之餘，詠物詩也是竹芳所擅長，今日猶可見的作品有下列四首；其中不論是傳統文人所垂愛的菊花，還是庭院之中時常見的洋玉簪、木樨花、大紅花，在他的筆下寫來，或清新脫俗，或艷若牡丹，無不生意盎然，楚楚動人。

洋玉簪
銀箭微攢雪作花，襲人香氣透窗紗。夜深明月來相照，一傘高擎玉吐華。

木樨花
綠葉層枝與桂同，花開蒂軟怯迎風。經年滿院天香散，不待清秋八月中。

大紅花
珊瑚點綴綠雲叢，海外花開別樣工。葉似青桑微帶露，葩如赤芍笑迎風。四時不改朝霞艷。一色常欹夕照紅，雨後清芬飄滿院，教人錯認牡丹同。

別菊花
久滯蘭城厭海濱，陰雲不見日華新。為因種菊情偏戀，冒雨初開送主人。
節過重陽又一旬，白衣送酒更無人。含情脉脉如將吐，笑口留開報小春。

（二）文

噶瑪蘭通判楊廷理，當年設立仰山書院，以為課讀士子所在；而仰山社是附於書院的文人集社，每年四月集會，當天文酒終日，會中大家分韻吟詠，編定甲乙，且頒予獎勵品。此組織乃是由當地文人自願性發起，所以當時受邀為該社作此序的烏氏，序中數次提及，喜首事之有人，噶瑪蘭文風將日興。

仰山社序

蓋聞五步之澤，必有香草，十室之邑，必有忠信。況噶瑪蘭環山面海，幅員百三十里，雖地屬新關，而間氣所鍾，秀靈所聚，將來必有大發其祥者。蓋上天之降才，原不限於遐域也。余以乙酉夏來攝斯工，訪其俗樸以醇，問其民直以愨，察其學校之設，則有仰山書院，每於公餘之暇，按月考課，因得與諸生相接，而仰山社附焉。則見多士濟濟，蔚然挺秀，有蒸蒸日進之風，苟稍激屬而裁抑之，庶泮水芹藻之休，小大從公之盛，無難復見於今茲焉。雖然文教之興，倡率在上，而輔翼在下，使無首事之人以約束而董勸，則成人小子，廢棄而無成，文運亦靡靡而不振。無他，其始不立，其卒不成，有由然也。今得首事諸生毅然以扶持文教為己任，捐金置田，議立科條，加以獎勵，並丐余為文以志其盛。余思械樸菁莪，朝中著作人之化，山陬海澨，俊英招從又之風。將見誘掖獎勵，鼓舞奮興。郁郁彬彬，咸吟風而詠月，魚魚雅雅，亦咀華而含英。折桂苑之枝，斧修月殿，預杏林之宴，人醉春風。從此甲第聯科，人文蔚起，何莫非諸生之義舉有以獎勵而玉成之也哉。余幸文教之日興，而喜首事之有人也，於是乎序。

四、仝卜年（1780~1848）

　　字子占，號硯南，山西平陸人，嘉慶十六年（1811）進士。分發廣東，移任福建惠安知縣。道光十一年（1831）十二月，調臺灣噶瑪蘭廳（今宜蘭）通判。至即嚴懲十數不逞之徒，由是政簡刑清，內外不敢欺。又城中多茆舍，常年有回祿之災，乃出貲募工燒製磚瓦而平其值，使居民易茆，回祿之患以息。復爭取蘭童科進免附淡學，得如澎湖例，由廳開考錄送學道轅。十五年特調臺防同知；二十一年陞臺灣知府。二十七年九月兼護道篆，辭老不得，翌年以勞瘁卒於官。[5]

（一）詩

　　卜年在噶瑪蘭通判任內，用心地方事務，深獲得百姓愛戴。本為進士出身，所以文學造詣極高；公務閒暇之餘，所作詩文質樸自然，噶瑪蘭美麗的山川景色成為其吟詠最佳的對象；可惜現今能見詩文作品不多，詩方面僅存下列題為〈蘭陽即事〉一題八首。

> 蘭陽即事
>
> 四圍修竹蔭檀欒，簾外青山掛笏看。領識閒中風味別，頭銜未礙是癏官。
>
> 金猊香裊麝烟凝，小榻橫窗月半稜。花影撩人詩思動，矮檠新試短檠燈。
>
> 瓜皮艇子短篙撐，傍柳依花遠岸行。載着米家書畫橐，春

---

[5] 顧力仁，《臺灣歷史人物小傳》，（臺北：國家圖書館，2003年），頁90。另見，盧世標，《宜蘭縣志》卷七，〈藝文志‧文學篇〉，（宜蘭：宜蘭文獻委員會，1969年），頁43。

風一路聽禽聲。

溪南溪北草痕肥，山後山前布穀飛。叱犢一聲烟雨細，杏花村裏勸農歸。

芙蓉小沼近東偏，出水亭亭態更妍。一幅西湖新畫稿，中央只欠採蓮船。

叢叢秋菊燦籬東，賞到黃昏興未窮。夜靜不知風露冷，滿身花影月明中。

一夜風秋拂鬢華，蕭然興味似山家。幅巾短褐西窗下，黃葉煨爐自煮茶。

憑欄徒倚到斜曛，鎮日消閒只看雲。疎懶自安庸吏拙，不須摘發頌神君。

　　全氏詩作風格清新，語言質樸自然，吟之別有一番脫俗氣質。所咏對象方面，亦多日常生活週遭的平凡形象，但是經由全氏之筆，皆能化出新鮮樣貌，讓讀者除了感到一份親切感外，又不覺得庸俗。詩作之中，所展現出悠閒自得的氣氛，亦透露出全氏在的噶瑪蘭日子，物質方面，雖然比較簡苦，但是精神生活卻是愉悅的。

（二）文

　　天災人禍，最為生民百姓所恐懼，當年歷任噶瑪蘭父母官，大多是非常優秀的循吏，可是偏偏地理位置處於環太平洋火山地震帶上，所以時常有大小強度不一的地震發生，使得百姓時時處於地震的威脅之下。全氏身任地方父母官，為了求得百姓安居樂業，於是特地起壇舉辦一場法會，禱告天地，讓地震不再發生，保百姓平安，免除地牛所帶來的恐懼。陳淑均於《噶瑪蘭廳志·

雜識》中有將這一篇文章收錄。

> ### 社稷壇禱告地震疏
>
> 伏維智女安貞，噓吸上通乎蒼緯，媼神嚴翼，蕃釐下奠于
> 黃靈。浮六幕以為垠，界四維而有定。凡以靜兼山鎮，怡
> 與瀾安，斯履土皆荷其怦幪，寬平玉砥，而守疆尤資其奠
> 又，鞏固金甌也。噶瑪蘭地關臺陽，海連閩嶠，屏垣文武，
> 保障民蕃。扶弱水以三千，地無私載，吞雲夢者八九，海
> 不揚波。何期素守神貞，遽爾疊來震動，龍門未鑿，鼇柱
> 將傾，町畦則下谷沸騰，廬舍則中宵轉側，虒驚水吠，鳥
> 夢風搖，半月以還，四方未奠。某等，忝膺土守，素非搖
> 岳之才，忍聽陸沈，不切安疆之志。也知鉤星伸維星散，
> 三淵自應乎天文，但恐首龍吐腹龍安，八道未通於地表。
> 則山雖嶽立，傳可毋召乎伯宗，而廟或槁崩，愳終有傷於
> 展氏。用修辰告，共底寅嚴，總期地道主平，奠高不溢神
> 瀵，庶可人居還定，履厚胥託仙瀛。尚饗。

本文乃祭告天地之文，寓天地素有惻隱之心佑育萬民，萬民
在上天恩德之下有一安定的環境經營生繁。但是近來卻頻頻搖天
晃地，讓百姓身家性命處於動盪不安之中，希望上天能本著愛育
萬物的心，讓地震不在發生，人民可以有安定的生活。

地處臺灣東北一隅的後山，清代噶瑪蘭對外出入往來交通本
極不方便，通往西部平原的陸路，總要翻越重山峻嶺，不僅耗時，
且危機重重。山路本極艱險難闢，但是為了保持對外孔道的通
暢，即使花費不訾，路還是要開，壞了還是得修，平常亦須常常
維護，保持行旅往來便捷。全氏曾經針對當年板橋林家，為了經
營噶瑪蘭地區的生意與方便收租，自掏腰包出錢修護三貂嶺路，

撰有〈修三貂嶺路記〉一文。

修三貂嶺路記

憶余宰高明時，林君方司甃潯州，治皆兩粵之交，繡壤相
錯，常得因公晤聚，領其言論，洞達諳練，宜蔣礪堂相國
一見而許為幹濟才。未幾，移守柳州，而余奉諱歸里，距
今一星終且過矣。辛卯冬，通守蘭陽，路出新莊，乃知君
賦閒後，為淡寓公，淡去蘭不遠，遂匆匆就道，踰三貂嶺，
見夫蠶叢萬仞，拾級而登，無顛趾之患，欲悉其詳，求碑
文不可得，咸嘖嘖頌君砌石之功不置。君義聲眾著，費不
貲不足異，獨異君與余盤桓竟日，凡蘭中之風土人情，歷
途之險易修阻，瞭如指掌，而於此不聞齒及，則君久視為
固然，而他類此者正多，又何足異。雖然，記有之，為民
禦災捍患則祀之，有功於民則祀之，以云報也。君即美報
不期，口碑不朽，後之人，將勿以官斯土者為陋而嗤之。
余生平樂道人之善，矧此舉一力獨肩，深合禦災捍患有功
於民之義乎。今余赴任臺防，重越三貂，為志數言，俾履
道者知所自焉。是役也，鳩功於道光三年，歲在癸未仲春，
兩閱月而工葳。君名平候，號石潭，能溪人。

淡蘭接壤，自苧仔潭至大里簡七八十里，嶺道溪梁、年需
修葺，伊子國華，繼志不懈，附識於此。

當年全氏於赴任臺防途中，走在三貂嶺道，憶起板橋林家，
出錢出力修路的功德，除了自己大加讚揚外；希望往後所有用路
的人都能懷著感恩的心，知道此路得來不易，以及感謝板橋林家
的貢獻，於是寫了這篇文章，以志之。

五、柯培元（？）

字復子，號易堂，山東歷城人。舉人，善詩文，精金石。道光十五年（1835）由福建甌寧知縣調署噶瑪蘭通判，自十一月十七日到任，至十二月十六日卸任，在任僅一月即去。歸而纂成《噶瑪蘭志略》一書，凡十四卷，自「天文」以至「雜識」共三十三志，總約十二萬九千字。記事止於道光十五年（1835），頗為詳贍。原稿今藏南京圖書館。此間有《臺灣文獻叢刊》之點校本流傳。[6]

當年柯氏來到噶瑪蘭任職時間前後約一個月，時間雖然短暫，但是他卻非常有心於噶瑪蘭地區文教的推展與文化保存工作，因此，即使卸任回籍後，仍然就職噶瑪蘭期間所收集到的相關地方文史資料，編撰成書，名曰《噶瑪蘭志略》，將當時本地的自然、人文、山川等等景況一一紀錄下來，使得今日我們仍然可以從中看到先民的生活場景，與其他種種珍貴資料。除此之外，柯氏才氣亦高，今日還留有相當多的詩文作品，以下略分數類探討之。

（一）山川景色

優美秀麗的山川景色，是曾經來到噶瑪蘭的人士，所同聲稱讚的；因此，柯培元在這麼美麗的地方任職，理應作過許多讚嘆山水之作，但現今仍存者少矣。於此列舉以下數首，以窺其面貌一二。

---

[6] 顧力仁，《臺灣歷史人物小傳》，（臺北：國家圖書館，2003 年），頁331。另見，盧世標，《宜蘭縣志》卷七，〈藝文志·文學篇〉，（宜蘭：宜蘭文獻委員會，1969 年），頁 46。

過草嶺

荒草沒人作風浪，我御天風絕頂上。風催飛瀑衝石過，霞漫前山殊雲漲。老猿攀枝窺行人，怪鳥啼烟弄新吭。千年老樹無能名，十丈懸崖陡相向。下瞰大梅疑幽冥，仰視天光透微亮。安得化險為平夷，中外同歌王道蕩。

望玉山

到底神山不可名，此間疑即是蓬瀛。晶瑩一氣衝雲出，縹緲三峯削壁成。翠水瑤池應彷彿，琪花珠樹不分明。天門朗朗乘風上，好伴仙人餌石英。

噶瑪蘭城

繞城修竹筍初抽，竹外灣環入海流。清濁分溪芳草界，東西對勢白雲浮，春晴麗日烘金面，雨過濃烟隱鳳頭。遙指五山籠瑞雪，居人盡擬是瀛洲。

石港春帆

港口晴朗點翠螺，船頭風力動纖蘿。今年節氣迎春早。半夜潮聲到客多。浮海白雲低近水，開帆細雨不揚波。天邊鷁首如飛鳥，指點艅艎頃刻過。

蘇澳連舶

爛賤魚蝦市，喧闐估客船。晴明占海熟，豐稔看檣連。帆影驚濤外，潮聲落照邊。黃昏燈火盛，水面聚人烟。

（二）特殊地理環境

溫泉，昔稱湯，湯圍即今之礁溪舊稱。因有地底自然湧出之溫泉，自古漢人未到之前，原住民族群即視之為寶地。此後因為漢族移民入蘭拓墾開發，於是據有湯圍一帶。相傳溫泉對於多種疾病具有非常好的療效，且浸泡後身體十分舒暢，所以自古就受到大家的喜愛，如歷史上曾有著名的皇帝御用浴池「華清池」。從詩作中觀之，柯氏對於湯圍特殊的地理環境所形成的溫泉，也十分的讚賞，另外對於其週圍環境也多所描述。

> 湯圍
>
> 華清第二場，賜浴世所豔。海外有溫泉，波光浮潋灩。
> 嘉樹蔭泉上，泉中水若沸。曲折山溪間，翻覺青草鬱。
> 層峯陰積雪，地暖氣如蒸。僻壤無人到，澡躬誰許稱。
> 補入溫泉志，應嘆見者稀。會將芹藻采，可詠浴乎沂。

噶瑪蘭地區另外一個著名的景觀，就是位東方海中的龜山島。該島以其特殊的位置與身影，在民間流傳有多則美麗浪漫的佳話，如噶瑪蘭公主與龜大將的相戀等。但是柯氏這一首〈望龜山歌〉並非抒情之作，而是就龜山島的身世，山川形勢，一一加以介紹，並且點出臺灣地區不論在地名或山名，當初在命名時出現很多同名的現象。最後寫自己初來乍到，望見龜山島時的感觸，且希望「龜兮龜兮如有靈，力捍蛟龍斬荊棘。卜我買山終乘桴，此間支沭學閒息。」的願望。

> 望龜山歌
>
> 千歲老龜化為石，遍體綠毛眼深碧。蹣跚欲上蓬萊山，道逢巨鼇話仙迹。天風慘澹迷寒雲，水國汪洋震霹靂。縮頸

團伏波之心，奔浪泪沒露其脊。不計年月皺蘚苔，竟飽烟霞附沙磧。荒草如鱗羣鹿遊，深洞穿脇老猿據。我家東魯有龜山，望魯操琴心戚戚。我官南閩訪龜山，邁英講書稱嘖嘖。何來蘭海挺奇姿，黃安撇下隨波激。只今避地兼避人，不為世人百朋錫。我來正值春風生，遙見空中翠新滴。曳尾波中甘浮沈，昂頭天外去咫尺。仙蹤肯逝肯來遊，塵眼可望不可即。吁嗟乎，龜兮龜兮如有靈，力捍蛟龍斬荊棘。卜我買山終乘桴，此間支林學閉息。

（三）特殊氣候

本地多雨的氣候特色，常常出現在詩人的筆下；詩人多愁善感且總能因事起興，就噶瑪蘭的雨，來抒發心中意志，柯氏亦不例外。以一句「陰雨竟如此」起頭，慢慢導出「浮沈成大夢，哀樂感中年。擁絮偕誰語，挑燈只自憐。」的景況，在兩個情境的搭配之下，詩意更顯悽涼，最後再以「夜涼官鼓靜，睡鴨裊殘烟。」來做一呼應，使得全詩氣氛更加凝重。

蘭城陰雨

陰雨竟如此，繩牀客不眠。浮沈成大夢，哀樂感中年。擁絮偕誰語，挑燈只自憐。夜涼官鼓靜，睡鴨裊殘烟。

（四）族群關係

清代臺灣各地的開發過程中，漢番之間的衝突從未間斷過。噶瑪蘭地區也沒例外，漢人移民來到噶瑪蘭平原拓墾，雙方常常出現摩擦，導致過程中很多人因而喪命，在相互的衝突與爭奪之中，很多事件都是漢人太過奸詐而引起紛爭，如文章裡柯氏所

言，「嗟爾蕃，汝何言，爾吾唐人吾子孫，讓耕讓畔胡弗遵。吁
嗟乎，生蕃殺人漢人誘，熟蕃翻被唐人醜。為民父母者慮其後。」，
因此，柯氏作〈生蕃歌〉、〈熟番歌〉二首，將當年的狀況作一
紀錄，留給後人了解，在當時的時空背景之下，漢番之間的族群
關係如何，也讓後人記取教訓，不應再重蹈前人錯誤的腳步。

生蕃歌

風藤纏桂傀儡山，山前山後陰且寒。怪石叢青巨龜臥，橫
眼老幹修蛇蟠。呦鹿結羣覓仙草，捷猿率旅尋甘泉。蕉葉
為廬竹為壁，松皮作瓦椶作椽。中有毛人聚赤族，羣作鳥
語攀雲巔。黔面文身喜跳舞，唐人頭顱漢人肝。或言嬴秦
遺徐福，童男童女求神仙。神仙不見見荒島，海島已荒荒
人烟。五百男女自配合，三萬甲子相迴環。不識不知覺太
古，以似以續為葛天。何不招之隸戶籍，女則學識男耕田。
人生大欲先飲食，此輩喜見盛衣冠。熙朝版圖軼千古，梯
山航海暨極邊。此亦窮黎無告者，聖人仁政懷與安。

熟番歌

人畏生蕃猛如虎，人欺熟蕃賤如土，強者畏之弱者欺，無
乃人心太不古。熟蕃歸化勤躬耕，山田一甲唐人爭。唐人
爭去餓且死，翻悔不如從前生。竊聞城中有父母，走向城
中崩厥首。咽啾鳥語無人通，言不分明畫以手。訴未終，
官若聾，竊視堂上有怒容。堂上怒，呼杖具，杖畢垂頭聽
官諭。嗟爾蕃，汝何言，爾吾唐人吾子孫，讓耕讓畔胡弗
遵。吁嗟乎，生蕃殺人漢人誘，熟蕃翻被唐人醜。為民父
母者慮其後。

（五）思鄉感懷

　　清代地方官員任命制度有一規定，當地人士不可以在自己的家鄉任職，一定要外派，以杜絕某些弊端；所以文人經由科舉取得功名後，開始其四處宦遊的生涯。當年遠渡重洋來到臺灣任職，對於當時的官員而言，真是一個苦差事，除了臺灣地方民情素來凶悍，難以有效管理外，臺灣屬於國家邊陲區域，各方面發展皆不及內地城市，因此，更少有官員願意前來。文人常年仕宦在外，心理偶而總會生起思鄉之情，於是藉著吟詠來紓解思鄉的情緒，這一首〈小停雲春初寄興〉流露了柯氏希望還鄉、思鄉的心緒。

> 小停雲春初寄興
>
> 匆匆新歲換，春色到天涯。階茁姑婆草，庭開姊妹花。四山紛沐雨，落日獨明霞。羈客還鄉夢，風吹海上槎。

（六）民眾生活場景

　　詩歌可以言志，可以敘事，這是傳統詩歌文學兩大主流；於此之外，詩歌也能是歷史現場的紀錄。這一首〈頭圍〉，在柯氏筆下將當時頭圍居民的生活場景，飲食習慣與樸實的風土民情，通通寫進了該詩之中；短短數語，讀之當年自然、人文空間彷彿一一重見眼前，實在是一首好作品。

> 頭圍
>
> 白板低簷數百椽，周圍修竹裊炊烟。山中自有梅花曆，海上常看玳瑁天。丈甲三時分罷種，居民終歲飽魚鮮。此間饒有淳良意，法古應教復井田。

六、李若琳（？）

字淇質，貴州開州人。由舉人官漳浦知縣，清道光十七年（1837）五月調署蘭廳通判。[7]李若琳當年雖任通判，但是今日能夠找到的相關生平資料卻很少，因此對於生平大家了解不多。詩文方面，在陳淑均所編的《噶瑪蘭廳志‧雜識》中，李若琳留存有相當多的詩文作品，可見他在當時的文壇應該有不錯的表現，在此我們就例舉數首作品來作一探討。

> 職守
>
> 職守雞籠北，疆逾馬賽東。民畜深顧畏，獠島悉帡幪。渾靈風猶在，鉤輈語漸通。專城肩鉅任，曷敢貸微躬。

> 形勢
>
> 枕山三面峻，襟海一更橫。草味荒前代，梯航本大清。龜趺蹲砥柱，鳥道闢荊榛。笑指奇萊外，聞風意已傾。

> 竹城
>
> 設險城何恃，週遮竹四圍。由來森幹節，亦是固藩籬。疏漏宜增補，傾欹恐易危。即今犀角盛，莫使鼠牙虧。

> 編審
>
> 地列東西勢，莊分四五圍。浚圳將水導，編甲以戈推。兔窟營空狡，魚鱗冊易知。普天皆食德，詭寄亦何為。

---

[7] 盧世標，《宜蘭縣志》卷七，〈藝文志‧文學篇〉，（宜蘭：宜蘭文獻委員會，1969年），頁49。

講學

經史傳心學，詩篇養性情。如何憑記誦，止以弋科名。身
世無殊軌，親疏有定衡。春風浴沂意，領此在儒生。

敦俗

乾坤大父母，君相正陶甄。莫漫分三籍，由來似一人。田
園溝洫共，歌舞歲時親。蘭地雖初闢，桃源合與鄰。

羅漢腳

盛世無夫布，仍多浪蕩身。須知羅漢腳，半是擲金人。任
肆萑苻虐，終罹法網新。孰操隨會法，俾爾盡逃秦。

防蕃

界未標銅柱，疆曾劃土牛。犬羊區異類，麋鹿信同儔。奈
有髑髏癖，寧無性命憂。抽藤與伐木，莫浪越山頭。

海防

路自臺陽出，崖崖始一灣。四圍皆大海，五省仗雄關。天
塹飛難渡，樓船利是患。聖朝雖恃德，不敢弛防閑。

　　以上所舉的詩作內容，大多與李若琳通判身分有關之事務，
因此可以想見他對於地方事務的認真程度；這些作品也表現出李
若琳善於以詩記事的寫作手法，將日常事務融入詩歌吟詠之中，
所以讀頌其詩，有如在翻閱噶瑪蘭當年歷史一般。在以上看似較
為嚴肅的主題、內容外，李若琳也有其輕鬆的一面，詩作內容也
寫關於民俗節慶的、賞花的，還有一首勉勵噶瑪蘭文人要辛勤讀

書，努力求上進的〈即事〉。

祀竈
水火資生活，庖厨藉割烹。人間炊爨主，天上屈伸衡。見說仙輿駕，均於此日行。緬懷俞淨意，精白寸心盟。

迎春
鳳紀頒夷島，鴻鈞入後臺。人方循海迓，天已送春來。歲稔民同樂，官微老暗催。捧符經半載，布德未能該。

除夕
欲與民更始，胥將舊染除。一年終此夕，萬戶貼新符。老去心猶壯，春來病欲蘇。天教能健飯，不必到澎湖（時已奏補澎湖）。

佛桑
果否佛桑屬爾魂，酡顏日映扶桑暾。居官若概同倉庚，富貴真看到子孫。

月季花
月季花開應月明，幽芳艷質四時榮。光華未許螶蠟蝕，免使東波和再生。

即事
自我符分蛤仔難，佛桑月桂日流丹。蒲葵詎肯逢秋棄，松柏無因傲歲寒。浮雨客疑天或漏，和風人慶海安瀾。諸生

努力操鉛槧，莫遣山前笑彈丸。

七、董正官（？至 1853）

　　字訓之，雲南太和人。道光十三年（1833）進士。歷任福建
安溪、雲霄、霞浦等縣知縣。二十九年（1849）授噶瑪蘭通判。
為政勤慎，數月結訟牒六百餘件。廳屬防番，例設隘丁，隘守侵
丁糧，致防守懈怠，番出為害。董正官常親臨各隘督責之。廳有
仰山書院，自任山長。咸豐三年（1853）吳磋亂，董正官會營往
剿，抵大陂口，中伏，自刎死。事聞，賜卹，世襲雲騎尉。廳民
設位附五穀廟祀之。曾令邑生員李祺生將陳淑均所編蘭廳志稿增
補校正，於咸豐二年（1852）壬子冬刊行，列名《噶瑪蘭廳志》
監修。[8]

　　董正官任職噶瑪蘭通判時，總能體察民情，且事必躬親，所
以贏得地方父老尊崇，甚至在一次剿亂討匪的過程中，還賠上了
自己的性命，可謂「鞠躬盡瘁，死而後已」，這樣的精神值得噶
瑪蘭地方百姓永遠感念；所以目前在五穀廟裡仍然供奉著他的神
位。生前董氏勇於任事，並且饒富詩才，所以今日仍可見到詩文
作品多首。當年董氏初接蘭篆，由雞籠入蘭途中，所吟詠詩作〈由
雞籠口上三貂嶺過雙溪到遠望坑界入噶瑪蘭境〉，依詩文觀之，
清代噶瑪蘭對外的交通管道，沿途翻山涉水，行旅往來艱險。

---

[8] 顧力仁，《臺灣歷史人物小傳》，（臺北：國家圖書館，2003 年），頁
645。另見，盧世標，《宜蘭縣志》卷七，〈藝文志・文學篇〉，（宜蘭：
宜蘭文獻委員會，1969 年），頁 57。

由雞籠口上三貂嶺過雙溪到遠望坑界入噶瑪蘭境
閩嶠東南盡海灣，重洋突湧大屏顏。雞籠口踞全臺北，信
否來龍自鼓山。
不畏蕃林蓊翳迷，不嫌鳥道與雲齊。盱衡小立三貂嶺，大
海茫茫轉在西。
一夜飛踰黑水溝，山中又見大溪流。危帆甫卸還呼渡，真
箇無邊宦海浮。
雲水天真以漏名，山靈慰我霽顏生。海邦風氣殊中土，不
喜隨車雨喜晴。

任職噶瑪蘭時，對於蘭陽的種種，董氏留有〈蘭陽雜詠〉八
首，文中對於噶瑪蘭地區的自然環境、人文景觀與風俗民情多所
描述：

蘭陽雜詠八首
泖鼻
鱉島斜拖象鼻長，天公設險界重洋。噓帆兼侯風南北，鉤
舵時防石顯藏。米艇按邊行尚穩，草船浮海勢難狂。梭巡
樓艦終須慎。艋舺營師水一方。

三貂
想像三峯天外嶢，現從島國指三貂。猿梯直上雲千仞，鳥
道惟通路一條。望若茫茫西海隔，開蘭步步北關遙。內山
樵徑來茶客，說距新莊只兩朝。

竹城
鳳竹原無雉堞名，藩籬捍蔽儼維城。復於隍卜蒼筤老，瞻

彼淇疑版築成。翠幕一圍資固圉，綠沈千个抵排兵。蕭疎
莫恃春雲補，未雨修宜眾手擎。

蕃社

獻地當年此熟蕃，社分卅六駐平原。譯名武歹龜劉別。問
俗榛狂鴂舌存。金鯉魚懸雙額喜，刺桐花發一年論。斗醪
尺布售摹紙，忍極田租漢仔吞。

漏天

聞道黔中雨勢偏，秋冬蘭雨更連綿。氣迎塞北風掀浪，地
處瀛東水上天。補石欲邀媧再鍊，變桑誰信海三邅。可憐
沖壓難修復，租稅年年泣廢田。

餘埔

百里民蕃錯雜居，耕三耕一復何餘。荒坑試種人拚獸，浮
埔經秋佃變漁。鋤力丁男宜體卹，戈聲甲仗戒紛挐。縱存
地角無多隙，案吏猶談報墾書。

東海

此去汪洋接太空，傳言萬水盡朝宗。臺陽瑯嶠難南渡，浙
海舟山尚北通。烏石潮生歸艇月，龜峰雲起列屏風。蔡牽
敗退朱濆走，安土無忘擊賊功。

生蕃

海角蒼生共此生，覢然何獨戾人情。飾金怪具髑髏癖，飲
血羣歸鳥獸行。蕃割得毋忻構禍，鐵工疑亦暗齎兵。雖言

隘隘難防徧，鬼怨糜糧瞰最明。

在董氏的作品之中，內容除了文人慣有的吟詠風月外，也可以感受到他常常以時事為題的現實精神，把當時發生的事件或是時、是地的社會現況寫入詩中，運用以詩證史、以詩紀事的手法來從事寫作。〈蘭陽雜詠〉八首有如此的技巧運用，目前仍能見到的〈蘭防即事〉、〈琉球難夷遭風到境加意撫卹照例護送詩以紀事〉兩首，也屬這類的作品。

蘭防即事

蘭山一路重巡邊，輕坐籃輿便往旋。溪澗渡舠仍足涉，埔平行犢有車牽。竹圍茅屋疎村落，蔗廠礱房小懋邊。無數荒坪沙壓斷，稽今失墾又年年。虎蔡馬隘設防閑，半似沙喃逼內山。蕃害數從谿徑出，庄屯都欠瓦樑環。牢穿莫惜亡羊補，虞備何嫌即鹿羈。丁壯甲田資保聚，石垣應在眾擎開。

琉球難夷遭風到境加意撫卹照例護送詩以紀事

得生眾命賴漁船，恭順中山天亦憐。破艇底能漂海上，大龜嶼恰屬蘭邊。館餐仰體懷柔遠，額手欣看頂禮虔。此與琉球深夙契，前年護送又今年。

第二節　宦遊文人　作家與作品

一、吳鎔（？）

吳氏，浙江嘉善人。「太守召見，上命馳驛來蘭」，當年他可

能任職於臺灣其他地區，或許是因為楊廷理在噶瑪蘭公務繁忙，
所以請他到噶瑪蘭來協助一些事務的處理。噶瑪蘭設治之初修築
噶瑪蘭城是公共事務中最大工程之一，所以在廷理完成這件艱鉅
任務的前期籌備後，也就是決定地址，城門面向以及其他相關建
設事宜時，眾人無不讚賞廷理的才能與辛勞，連廷理自己都以〈相
度築城建署地基有作〉等數首詩，誌其志。這一首詩就是吳鎔向
廷理道賀的詩，其中將所見廷理對於噶瑪蘭百姓是如何的關懷與
付出，就當年現場，詳細的加以描寫，另一方面，也談到因為廷
理無私無我的付出，在當地是如何的受大家愛戴。

> 楊雙梧太守相度築蘭城，賀之
> 跡寄空山暑亦寒，身負重鉅涉艱難。峰嶇歷盡千巖險，相
> 度周行一騎單。獨向閭閻諸疾苦，每於村落任盤桓。民番
> 自有敦龐意，擁篲歡迎舊日官。

　　以下兩首詩，也是吳鎔當年所留下的作品，現存於《噶瑪蘭
志略·藝文志》。詩中述說中秋見月，心裡喜悅之情躍然紙上，
並且對於噶瑪蘭當年的景況，寫的有如世外桃源，人間樂土般。
可見當年在楊廷理的用心經營之下，噶瑪蘭雖然開發未久，但是
社會安定，物阜民豐，民眾也能敬業樂群，安和樂利，這片新天
地充滿朝氣活力，欣欣向榮。楊廷理真是當年少見的循吏，噶瑪
蘭地區能得這樣的賢良來經營擘畫，可說是噶瑪蘭之福。

> 噶瑪蘭中秋見月呈楊太守
> 喜聞新土樂堯天，盡仰光明月影圓。甘露被臯徵碩德，仁
> 風遍野慶豐年。雲開萬里茅檐觀，霾盡千山海國妍。一遍
> 流輝秋皎皎，揚清度量信無邊。

共說青天霧氣開，歡迎天上福星來（太守召見，上命馳驛
來蘭）。十分清影橫霄漢，萬姓歌聲淨土埃。珠貫呈輝同
朗徹，桂香垂象仰栽培。大開海外文昌運，月朗風清咏幾
回。

二、孫爾準（1772~1832）

字平叔，一字萊甫，江蘇金匱人，永清子。嘉慶十年（1805）
進士。十九年（1814）由翰林院編修出守汀州府。累遷安徽巡撫。
道光三年（1823）任福建巡撫。四年（1824）巡閱臺灣，周歷形
勢。請於彰化、嘉義間開五條港正口，噶瑪蘭開烏石港正口，以
饒內郡。又移鳳山縣治於故城興隆里，以固東北。更嚴漢佃據番
田之禁，以安定原住民。五年授閩浙總督。值歲收歉，豫請開海
禁，募運浙米賑各屬。六年（1826），彰化械鬥，遣將分往彰化、
淡水山區搜山圍捕，復渡海督剿。旋又有黃斗乃等「番割」滋事，
遣軍平之。事定，詔加太子少保，賞戴花翎。十二年（1832）卒，
贈太子太師，諡文靖，祀名宦祠。工詩，尤長於詞，著有《泰雲
堂詩集》一八卷、《文集》二卷、《雕雲詞》一卷、《荔香樂府》
一卷、《海棠巢樂府拈題》一卷等。[9]

當年由陸路入噶瑪蘭的道路，繞出重山峻嶺後，首先抵達的
就是北關，因此北關那時有噶瑪蘭門戶之稱；當地天然地理形勢
奇特，依山傍海，通道極狹；海邊奇石林立，浪濤翻天，蔚為奇
觀，而北關的觀潮、聽濤在地方上亦素負盛名。孫氏當年制軍入

---

[9] 顧力仁，《臺灣歷史人物小傳》，（臺北：國家圖書館，2003 年），頁
365。另見，盧世標，《宜蘭縣志》卷七，〈藝文志・文學篇〉，（宜蘭：
宜蘭文獻委員會，1969 年），頁 42。

蘭，面對噶瑪蘭優美的山水景色，留下了這一首〈噶瑪蘭北關〉詩，文中首先是對北關地理形勢的描寫與皇恩浩瀚的讚頌，然後將噶瑪蘭的美比喻如桃花源般的世外勝境，最後謙虛的以，「援毫思欲勒銘去，愧無筆力追孟陽」，來表達內心對於噶瑪蘭山光水色之美的讚嘆。

　　噶瑪蘭北關

　　山頭亂石金華羊，下飲大海波茫茫。蹴踏洪濤濺飛沫，紫瀾迅激浮驚霜。北關拔起通一線，訇然石扉森開張。天開地闢絕人跡，胡煩設險勞隄防。我皇德遠暨日出，坐變斥鹵為耕桑。乃知天意早有在，陽施陰設成巖疆。我來叱馭行過此，戍卒環列排櫐槍。關中沃野七千甲，南東其畝萊鋪穰。茆茨土舍雞犬靜，疑從上古窺洪荒。鴂舌侏𠌯倆費重譯，見人狂顧如驚獐。地無可欲視聽寂，安得習染生癡狂。無懷葛天在人世，桃源之說非荒唐。鯤鬐東瞻寒礁石，雞籠西顧連崇岡。瞿塘劍閣身未到，郔阤視此誰低昂。援毫思欲勒銘去，愧無筆力追孟陽。

三、郭柏蒼（1819~1882）

　　一名彌章，號合亭。咸豐元年（1851）辛亥恩科中式孟曾谷榜第 86 名舉人，與出身噶瑪蘭的舉人李春華是同年，或許兩人在榕城因為同年關係早已相識。郭柏蒼由國子監學正辦理福州團練，奉旨加五品銜，選授南靖縣學訓導，改補汀州府學訓導，調補平和縣學訓導。同治十年（1871），調補臺灣噶瑪蘭新學訓導，

俸滿調補莆田縣學訓導。[10]

今日所見〈噶瑪蘭學署寄和蒹秋兄詩〉作於同治甲戌十年（1871），現存於《福州郭氏支譜》中。這作品原是郭柏薌當年入蘭與其兄柏蒼（號蒹秋）之間往來唱和的詩作，而郭柏蒼所作應和詩〈合亭調任噶瑪蘭新學教官，殘冬東渡，春初喜得來書，作此以寄詩〉，「消息風濤外，忻聞去棹還。家貧忘老大，官小得清閒。習俗維新急，人文創始艱。惠體有兄弟，應更憶鄉關」，目前也存在《福州郭氏支譜》中。

這首詩可以算是報平安的家書，郭柏薌在詩中將自己入蘭的際遇說的極為可憐，而且對於噶瑪蘭當年不論是自然或人文的環境，都形容的落後不堪；甚至連極其苛刻的言語，「俗競蠅頭慣，音諧鴃舌艱」都出現了。來到一個陌生的環境，再加上獨自遠渡入蘭的思鄉情緒，難怪他的家書會寫的這樣悽楚。也可見他來到噶瑪蘭後的生活，應該不是很舒暢。另外，作者自註，「近日本國有進擊生番之議，蘭垣迫處人心惶惶矣」，這可能是讓他更覺無法安寢的原因。因為同治十年（1871），中、日發生牡丹社事件，日本一直想藉此事件為由，以達到其佔領臺灣的目的，噶瑪蘭是離日本屬國琉球最近的區域，所以日軍蠢蠢欲動，地方上則是人心惶惶。

根據其他註語，「文武生僅四十餘人」，「院長廳官之外少往來者」，可以知道當時噶瑪蘭的文教狀況，還有他的交友情形，因為少有往來者，所以會覺得「窮海蒼茫外，……孤客苦」。

---

[10] 林偉功，〈福州籍人士與宜蘭開發〉，《1998 年第二屆「宜蘭研究」國際學術研討會論文集》，（宜蘭：宜蘭縣立文化中心，1998 年），頁 85。

噶瑪蘭學署寄和蒹秋兄詩

窮海蒼茫外，家書一紙還。稍紓孤客苦，差喜冷官閑。俗競蠅頭慣，音諧鴃舌艱。蠻煙和瘴雨，咫尺迫南關。三徑歸來日，家園喜往還。桃李趨門少，芝蘭入座艱。更聞有倭警，夢寐繞鄉關。

四、李振唐（？）

清江西南城人。字之鼎，舉人，曾宰江南若邑。光緒十二年（1886）宦遊臺灣，為劉銘傳上客，著《宜秋館詩詞》二卷。[11]李氏因留存相關資料未全，所以其生平梗概，無法詳盡。然依其所留詩作，〈丁亥除夕〉（時客宜蘭縣署），大略推測，他當年可能接受某個任務而入噶瑪蘭，但卻因冬季連綿細雨的特殊天候，因而阻斷歸期。傳統除夕原本是家人團員圍爐的日子，而今客居縣署，看到民眾家家戶戶，無不高高興興的準備團員，也準備迎接新年頭的到來，過節氣氛濃厚，熱鬧滾滾，自己卻一人孤孤單單，宦遊在外，無法與家人共度這個大日子。無奈之虞，興起思親懷鄉之情，吟出心中，「四千里外重回首，惆悵香山歲盡時！」，滿懷的惆悵。

丁亥除夕（時客宜蘭縣署）

縛袴長征歲序移，三貂嶺外客心馳。元龍豪氣三千丈，張翰思鄉十二時。椒酒黃雞供異地，蠻雲瘴雨阻歸期。四千里外重回首，惆悵香山歲盡時！

---

[11] 沈光文等，《臺灣詩鈔》，（臺北：大通書局，1987年），頁135。

第三節　書院山長 作家與作品

一、陳淑均（？）

　　字友松，福建晉江人。嘉慶二十一年（1816）舉人，即選知
縣。道光十年（1830）夏，應聘入噶瑪蘭任仰山書院山長。適《通
志》、《臺志》先後開局，遂於翌年受命纂輯《噶瑪蘭廳志》。一
年後完成初稿八門十卷。十四年（1834）甲午內渡還鄉，察檢新
修《大清通禮》等書，時思補葺。十八年（1838）應鹿港文開書
院之聘，再涖臺灣，於講課之暇，重理舊緒，成《續補》二卷，
分三十九條，約五萬八千字。乃向蘭人士追索前稿，刪繁補缺，
並增入姚瑩所著〈東槎紀略〉、謝金鑾〈蛤仔難紀略〉等新資料，
改訂為八卷十二門，約二十六萬字。其後又經李祺生續輯。至咸
豐二年（1852）通判董正官始刻梓流傳。計前後共歷時二十二年
方克完成，為臺灣廳志中之佳本。又道光十七年（1837），前通
判柯培元嘗得友松舊稿錄副，攜歸故里，重加纂輯，成《噶瑪蘭
志略》十四卷。[12]

　　陳淑均詩文具工，且負盛名，道光十年（1830）受聘來到噶
瑪蘭任仰山書院山長，對於當時的文風提振幫助很大。在掌教期
間，他曾經對於噶瑪蘭地區文人在科考所受不公平待遇等問題，
運用與噶瑪蘭老者的問答對話方式，將問題突顯出來，好讓為政
者能深思參酌。詩歌方面，《噶瑪蘭廳志‧雜識》中，收錄有淑
均關於蘭陽八景的詩文作品。蘭陽八景首先是通判烏竹方於道光

---

[12] 顧力仁，《臺灣歷史人物小傳》，（臺北：國家圖書館，2003 年），頁
　　527。另見，盧世標，《宜蘭縣志》卷七，〈藝文志‧文學篇〉，（宜蘭：
　　宜蘭文獻委員會，1969 年），頁 53。

初年所挑選的八個美麗景色，往後文人雅士沿而襲之，八景聲名遠傳，爾後八景雖有一點出入或增至十六景，但仍不出烏氏範圍。淑均當年講學於此，對於八景的秀麗景色也留下了他的禮讚。

龜山朝日

昂然勢蠹海門東，十丈朝暾射背紅。員嶠戴星高出地，咸池浴水突浮空。山街泖鼻開靈穴，嶼轉雞心駕曉篷。自是醮波常五色，對看崆嶺亦瞳曨。

崆嶺夕煙

石磴盤旋暮色蒼，引人烟景入巖疆。輕如翠帶拖嵐起，細與晴絲掛嶂張。幾擔歸樵尋出徑，半林栖鳥抹斜陽。來朝拂袖登高頂，雅近鑪頭捧御香。

西峯爽氣

入我襟懷在此間，西峰不獨一員山。何人解向紅塵洒，對景能消白晝閒。簾放竹狥秋水碧，欄扶花亞夕陽殷。披衣興到餘酣處，槳打溪頭弄月還。

北關海潮

海轉臺陽背面寬，天開巖戶扼金蘭，百三弓勢射潮準，十萬軍聲堅壁看。雲外樹嵌危堞小，山腰風吼怒濤寒。憑誇水盡朝東去，且擁南關兀坐安。

石港春帆

水流天外海孤懸，幸有恩波及福泉。港小能容舟入口，帆

低不礙石多拳。斜風撐出濤三尺,細雨收來幅十聯。贏得
人裝書畫稿,滿江都喚米家船。

沙喃秋水

一灣三十里平沙,笑指雕題近水家。雁起蘆邊秋漲潤,花
疎蓼外夕陽斜。溪光潤帶禾千頃,洞口流交樹八叉。盼到
月眉圍盡處,恍疑晚市聚魚蝦。

蘇澳蜃市

無端海市湧樓臺,車馬衣冠景物該。一水暗連諸嚕喃,半
空擎出小蓬萊。仙家總在迷茫外,世境都從變幻來。莫使
風吹南北澳,留將圖畫向陽開。

湯圍溫泉

華清今已冷香肌,別有溫泉沸四時。十里藍田融雪液,幾
家丹井吐烟絲。地經秋雨真浮海,人悟春風此浴沂。好景
蘭陽吟不盡,了應湯谷沁詩脾。

除了對於八景的吟詠詩作之外,陳淑均還有一篇文章,內容
是關於如何改善噶瑪蘭南北交通往來,〈擬修北門外至圍石路啟〉
一文。這是一篇文告性質的文章,文中陳淑均首先寫出南北交通
要道路況不佳,南北往來車馬行旅極其不便,所以應該修繕。其
次,提出修繕時,如何運用官民合作的方式來籌措經費,並且說
明道路便捷所帶來的利益是大家共同受惠的觀點,來說服民間協
助修路事宜。最後,對於何路段該如何修、如何改,無法一一詳
細之處,則依當地路況及環境,因地制宜;整個全盤計劃要細細

思量，考慮周全，路線的測量規劃要準確，才不會出現有橋無路，或路途因無津樑而中斷無法過河的情況。

擬修北門外至頭圍石路啟

「夏令」供除道之奮，在九月十日之交，「周官」役修野之旗，非一手一足之烈。欲並登於彼岸，須先伐自他山。廳尊全碉南先生，按部風清，視塗雨畢，原無蹊於李下，示有截於海隅。謂蘭自北門外至頭圍，沿山一帶，非泥汙即低窪，計里卅程，匪石鋪不平坦。古馗凹凸，背竟如龜，皇路清夷，路偏穿馬。緬九經之橫列，思千尺以直排。爰據董事覆查，議自四圍橋頭接至旱溪路口，程途十里，經費千緡，石出公家，開通於七陌九阡之際，工輸佃戶，鋪墊於四衝八達之中。在兩界之田疇，左右可無支絀，而千方之石塊，東西或費轉移。周告仁人，共肩義舉，一則以官橋驛使，馬將毋惜乎障泥，一則以野店行人，羊可不迷於歧道。於公私得以稱便，於來往即為咸宜。且昔王霸用石布通衢，而飛狐開三百里，封敖因水漬新棧，而斜谷利萬千人，史策所稱，後先相望。今縱直還如矢，騁我修塗，也應頑亦點頭，請君贈石。至於新店過溪以內，舊址或增，二圍至港以前，高原免墊。此則隨時相度，到地思量，總期要害先謀，審端徑術，不得中途略斷，陷絕津梁。庶幾掃道清塵，所履者咸歌君子，非必補天填海，亦拜之而呼丈人。

二、陳維英（1811~1869）

字石芝，一作碩芝，亦作實之，號迂谷，淡水廳大龍峒港仔

埏（即今臺北市大同區大龍峒）人，原籍福建同安。清嘉慶十六
年（1811）十月二十日生。係港仔埏富商陳遜言之第四子。少聰
穎，唯不肯努力舉業。道光五年（1825）其伯兄維藻考中舉人，
家人亦為維英捐貲取得監生資格。其後因分食狀元餅，為眾所
辱，歸而發憤讀書，三年後為臺灣道劉重麟取進臺灣府學，始獲
入泮，並為鄭用鑑之門人。十八年（1838）新任臺灣道姚瑩又為
取進一等第二名補廩兼舉優等生，於是聲譽雀起，有名庠序間。
二十五年（1845）前往福州，權司閩縣教諭，多所揚剔，並捐俸
重建節孝祠，為人稱道。唯因家人思念，未久辭歸。咸豐元年
（1851）受知於臺灣道兼提督學政徐宗幹，薦舉為孝廉方正。五
年（1855）移居獅子巖（今北縣五股鄉觀音山麓），顏其別業曰
「棲野巢」，因自號棲野外史。而傳說他是燕子轉世，故稱其居屋
曰「巢」。九年（1859）再赴鄉試，其仰山書院之門人李望洋、
李春波等同時中舉，一時傳為佳話。翌年進士不第，乃以舉人授
內閣中書，任內廷國史館分校；尋改主事，分部學習。未幾即辭
官旋歸。先後掌教明志（新竹）、仰山（噶瑪蘭，今宜蘭）、學海
（艋舺）等書院，以教讀為業。其弟子遍淡蘭各地，著名者除前
述之李望洋、李春波之外，舉人張書紳、陳樹藍、陳霞林、鄭步
蟾、潘永清、曹敬等皆出其門，乃以「陳老師」之稱著名於當世。
其舊居今延平北路四段之「陳悅記祖厝」，遂有「老師府」之號，
今列為臺北市古蹟。同治元年（1862）戴潮春之亂，彌漫全境，
而官軍糧餉不足，乃勸其捐助餉糧，因此軍功，累保至四品銜，
賞戴花翎。約是年遷居劍潭前圓山仔頂其弟維蕃所築之別業，名
之曰「太古巢」，悠遊於山水之間。同治八年（1869）九月初五
日去世，享年五十九。陳維英是清代北臺灣重要文人，但並不以
能著詩稱名，而是以善製楹聯而成名家。著有《鄉黨質疑》、《偷

閒錄》、《太古巢聯集》等，除《聯集》有一九三七年臺北無聊齋之刻本（田大熊一，陳鐵原編）外，如《偷閒錄》為詩集，今存五七言詩七二六首，僅有一些抄本流傳。[13]

當年陳維英曾經來到仰山書院講學，所以也是清代噶瑪蘭文學發展的領導力量之一。他在〈謁馬仰山書院紀事〉中，紀錄了當年在噶瑪蘭講學的種種景況，從土地開拓，通判楊廷理建立書院的因緣說起，然後對於書院的環境和學生素質略作描述。接著寫他辛勤課讀，指導學生的情形；並且談到在噶瑪蘭講學時清苦的生活，與重視學生人格品德修養，並不一味的要求學生要為科舉而讀書的教育理念。最後，離情依依，「倉倉雲樹百回首，槐市風光夢寢縈」，美麗的風光，令人流連忘返。

> 謁馬仰山書院紀事
>
> 拓土開疆廿載營，版圖初入我初生；楊公始建鱣堂迥，朱子重修鹿洞成。學海共源懷梓里，仰山對峙表蘭城；席前地接文昌府，門下天生武庫英。枉坐虎皮談易竭，自慚馬骨相難精；額增月課辛勤校，指摘雷同子細評。養士貴無寒士氣，衡人故不得人情；苣苣屏卻青氈冷，首蓿烹來白水清。教重身心輕翰墨，儒先經術後科名；恐荒豚犬三餘業，忍唱驪歌一曲聲。東道攀輿行且止，北郊張樂送如迎；倉倉雲樹百回首，槐市風光夢寢縈。

---

[13] 顧力仁，《臺灣歷史人物小傳》，（臺北：國家圖書館，2003年），頁538。另見，陳培桂，《淡水廳志》，（南投：臺灣省文獻委員會，1993年），頁452。

第四節　遊歷山水 作家與作品

一、蕭竹（？）

　　福建龍溪人，喜吟詠，於堪輿之術，自謂得異傳。嘉慶三年
（1798）從其友遊臺灣，窮涉至噶瑪蘭，吳沙款之。居且久，乃
為標其勝處，蘭城拱翠，石峽觀潮，平湖漁笛，曲嶺湯泉，龍潭
印月，龜嶼秋高，沙堤雪浪，濁水涵清，為陽基八景。復有佳城
八景，如湖堤曉月之類，皆繫以七言絕句，蘭廳舊志，曾經選載。
竹悉為賦詩。或論其山水，遂為圖以出，脈絡甚詳。時未有五圍、
六圍，要其可建圍地，竹於圖中皆遙指之，後悉如其言。或言款
竹者為吳沙之姪吳化。[14]

　　蕭氏來到噶瑪蘭之時，土地初闢，一遍榛莽，但是慧眼獨具
的蕭氏，已經懂得欣賞噶瑪蘭所擁有的優美景色，並且還特別挑
選八個最美的景點，一一取了非常優雅的名稱，併稱為陽基八
景。關於八景之美，今日沒有留下任何作品以資推敲，實在可惜。
但是在《噶瑪蘭廳志‧雜識》，錄存有蕭氏〈陽景三絕〉、〈蘭
中蕃俗〉二首作品。〈陽景三絕〉是山水詩，詩文描寫的是噶瑪
蘭的美麗景色，其中所言，似乎就是對陽基八景中的石峽觀潮、
龍潭印月、龜嶼秋高，三個風光景點的描述。

　　　陽景三絕

　　　石峽朝天景秀妍，高峰玉笋插雲烟。遙看雪浪飛千尺，秋

---

[14] 顧力仁，《臺灣歷史人物小傳》，（臺北：國家圖書館，2003 年），頁
　　745。另見，盧世標，《宜蘭縣志》卷七，〈藝文志‧文學篇〉，（宜蘭：
　　宜蘭文獻委員會，1969 年），頁 2。

色淩空水接天。

龍潭碧水玉壺清，印得秋空兩月明。百里江山如畫稿，青巖藍影盡含情。

孤峰獨聳接雲間，砥柱中流豈等閒。日月每從肩上過，乾坤祇在海中山。

　　噶瑪蘭地區在漢移民未進入之前，是原住民族群的快樂天堂。他們早在這裡捕魚耕織，玩鬧嬉戲。可是，移民的來到，開始對他們的傳統生活空間，造成衝擊。漢人移民方面，初到噶瑪蘭，對於這片土地總存著一份陌生與好奇，對於生活在這片土地上的原住民族群的一切，一樣充滿驚艷與不解；好奇驚豔之餘，對於原住民族群所特有的風俗習慣，常常以文字將這些記錄下來，可說一方面出於好奇，一方面也可以介紹給其他人知曉。蕭竹當年來到此地，寫有〈蘭中蕃俗〉一詩，就當時原住民族群的生活型態與風俗習慣，一一如實描寫，用詩歌的形式，將他們的生活現場描寫的，活潑生動；也為後世留下當年可貴的參考資料。

蘭中蕃俗

徧履蘭中地，蕃莊卅六多。依山茅蓋屋，近水竹為窩。象怪疑魖近，心頑奈石何。往來皆佩劍，出入總操戈。酒醉欣搖舞，情歡樂笑歌。尊卑還可愛，男女實難訛。八節無時序，三冬亦暖和。未能傳五教，咸曉四維摩。

　　自古文人好遊，每遊一地，常受瑰麗山川的吸引，信手拈來，留下精采的作品。因此，遊記文學在文學領域擁有悠久的傳統，也出現很多優秀的名家，如柳宗元、蘇軾等。蕭竹嘉慶初年遊歷噶瑪蘭，留下〈甲子蘭記〉一文，文中針對噶瑪蘭所見聞，人文

風物與山川地勢和風水格局多所討論，將當年彷彿世外桃源般的
噶瑪蘭寫的精采。

> 甲子蘭記
>
> 嘉慶三年秋，余與黃友渡臺，越三載，庚申，遊極北之甲
> 子蘭。其地沃野三百餘里，可闢良田萬頃，容十萬戶。是
> 日也，天朗氣清，仰觀蘭中形勝，在長堤一湖，涵猴山於
> 永秀，連滄海而縈洄，龜嶼插中海之波，玉山接凌雲之勢，
> 朝麋鹿以群友，暮禽烏而歸飛，長江有搋網之翁，遠地多
> 弓獵之戶，有行歌之互答，無案牘之勞形，漁樵耕讀，樂
> 土安居，足飽煖以欣歡，無理亂之憂喜，道途危險，洞口
> 祗行一人，滄海安瀾，扁舟可達四省，水口烏石關固，山
> 門夾枋鎖住，洋匪凶蕃，不敢遍視，故國名山，未能勝此。
> 前歲丁巳，尚友吳沙者，鳩眾建造三城，來居斯地。奈王
> 化未及，人不知義，蕃不識理，苟有聖賢訓誨，一變民風，
> 孝弟友恭，長幼序而男女別，則耕者讓畔，道不拾遺，守
> 法紀，省日用，粗衣淡飯，蓬戶自安，雖秦之桃源，唐之
> 盤谷，未有加於此也。余暮間細閱勝概，千山競秀，萬水
> 朝宗，內納一大陽基，通眾再造四圍，聊題讀記圖說，以
> 誌不泯。詩曰：遨遊臺地已三秋，覓盡山川何處求，步向
> 蘭中尋一吉，羅紋交貴水纏流。屏峯錦帳列千尋，融結蘭
> 城天地心，萬疊江山遙拱秀，率濱應沐化波深。

二、屠文然（？）

字西園，浙江嘉興人，道光九年（1829）前來臺灣噶瑪蘭，

事蹟未詳。[15]道光年間，屠文然遊歷噶瑪蘭，對於此地特殊山川地理景觀龜嶼，印象深刻；在〈龜山嶼歌〉文中，以順著三貂入蘭古道的腳步，逐一由遠到近，由山到海的寫作手法，將龜嶼屹立海中，在波濤掀天的環境之下，所展現出來的種種姿態，描寫的栩栩如生。同時更運用，如「奔騰萬馬響」、「魚鯗」、「鯨」、「蛟龍」、「黿鼉」、「蝌蚪」等，將整個海上世界的氣氛，營造的既熱鬧又神秘詭譎。

龜山嶼歌

臺陽北路三貂艱。轉行東下臨深灣。忽逢海島如屏環。孤峯聳立蒼石頑。詢之父老名龜山。招同舟子相躋攀。果然形色龜一般。四足綿互千波間。首尾崚嶒苔蘚斑。天公厭若堅甲摜。霹靂一聲流血殷。驚走生蕃馳無還。吁嗟乎！甲蟲三百汝為長。水族之中巨靈掌。不期石頭宛肖像。波濤掀天風鼓盪。漁舟到此難下網。但見奔騰萬馬響。狂瀾廻潭深萬丈。飄泊海艘如魚鯗。向閭樵採有人上。虎穴幽深作蝌蚪。五總十朋常來往。氣吞鯨浪呼吸爽。蛟龍過此敢縱放。黿鼉同類但瞻仰。年年滋生如卵養。變化無窮神通廣。又聞每歲臨中秋。當空皓魄月夜幽。花蹄文角蹲犀牛。此山挾之海中浮。兩角分開水不流。雙目如珠夜光投。忽作海市飛蜃樓。風波頃刻翻不休。我今橐筆來高游。鱷魚何用韓公謀。制伏神怪如楚囚。生民樂利滄海收。

[15]　陳淑均，《噶瑪蘭廳志》，（南投：臺灣省文獻委員會，1993 年），頁416。另見，盧世標，《宜蘭縣志》卷七，〈藝文志‧文學篇〉，（宜蘭：宜蘭文獻委員會，1969 年），頁 55。

對於噶瑪蘭優美景物的書寫，除了〈龜山嶼歌〉外，還有〈已丑九月登黃泥嶺望海〉、〈初旭時見玉山〉兩首，不過在〈已丑九月登黃泥嶺望海〉中，屠文然並非真的為了吟詠山水而作，他是透過登高望海，而抒發想家的心情，其中又以時序入秋，異鄉過節，更讓他心中感到孤單。因此，這首詩應該是他借景抒情之作。

> 已丑九月登黃泥嶺望海
>
> 與客憑臨望翠濤，黃泥偏說是登高。雖無海雁啣書至，尚有風鳶結陣鐮。短髮傷秋還落帽，異鄉過節漫題餻。沿山尋遍茱萸少，且把籬花送濁醪。

行旅之中，某日天氣晴朗的早晨，屠文然抬頭望著遠方白靄的山頭，顏色雖白如雪，但仔細察之，卻又似泛著七彩虹光。正想再清楚的打量研究一番之時，山峰已被雲霧給迅速遮蔽。由文中數句了解，此時的屠文然心境上是十分豁達與坦然的，因此寫下了「相隔百里間，隱現總難必」的詩句。

> 初旭時見玉山
>
> 曉起望晴空，遙見白山列。照眼吐紅光，明知不是雪。有意看此山，偏偏此峯失。相隔百里間，隱現總難必。

三、柯橡（？）

柯氏，山東人，與道光十五年噶瑪蘭廳通判柯培元同鄉。小停雲山館乃是柯培元的館齋名號，根據詩題〈跋小停雲山館〉推測，柯橡當時來到噶瑪蘭，應該極受柯培元的重視，或許兩人在故鄉早已相知，柯氏入蘭署篆，而應邀前來一遊，並且受柯培元

之託為其館齋做跋。另外，由於兩人同鄉同宗，且柯培元屬篆入蘭期間甚短，所以也極可能是兩人同行入蘭，兩人之間或許還有親緣關係，本詩收錄在柯培元《噶瑪蘭志略・藝文志》。

　　跋小停雲山館

　　青雲招不來，白雲留不住。我欲賦停雲，雲停渺何處。

四、柯薾（？）

　　柯氏，山東人，與柯椽、柯培元具同鄉。但是因為資料的缺闕，無法推測與柯培元或柯椽是否相識或有親緣關係。今日在柯培元《噶瑪蘭志略・藝文志》錄有〈正月十五日至頭圍〉，由這首詩可以看出一位漂泊江湖的文人心中的痛楚。這樣的一個旅人，心中那種不定安以及思鄉的情懷，又是多麼容易被勾起，尤其當逢佳節，更倍思親。柯氏詩中運用了詞性較為低沉，如「寂寥」、「春漫漫」、「雨瀟瀟」、「如浮梗」、「行李匆匆」、「可憐今夕」，來凝塑落寞悲涼的心境與氣氛，也利用這樣的調子來詮釋自己的景況。

　　正月十五日至頭圍

　　山村羯鼓與唐蕭，旅館黃昏破寂寥。邀月樽前春漫漫，試燈風裡雨瀟瀟。近年飄泊如浮梗，半夜喧騰又上潮。行李匆匆正月半，可憐今夕是元宵。

　　另外，〈題盧氏書舍〉詩，一下筆從初春的氣息入手，首先營造出較為輕鬆的情調，然後訴說自己做客他鄉，受主人真誠款待，心中無限感激，也以意氣足千秋，來稱讚主人一番。最後，以較閒適的筆調再將書舍四周環境加以點染，當時因逢大雨書舍

前積水氾濫，但是在文人筆下，這樣的情景卻能將它轉化為，「聊
試堂坳泛芥舟」，多麼的浪漫適意。

> 題盧氏書舍
>
> 墻外春山翠欲流，一年花事值春頭。斜風細雨寒猶嫩，綠
> 九紅燈客尚留。大海烟雲紛萬變，主人意氣足千秋。□來
> 又印鴻泥爪，聊試堂坳泛芥舟。

第五節　本地文人　作家與作品

一、黃學海（？）

字匯東，邑人。由淡水學廩生，考選道光十七年（1837）丁
酉科拔貢。依現今所能尋得的史料、書籍中，對於黃學海的相關
資料記載很少，所以對於其生平的事蹟僅能從略。[16]

學海是本地文人中，較早取得功名者之一。因為當時噶瑪蘭
地區文風初興，加上科舉之路的遙遠，學額的限制，種種條件不
利之下，欲取得功名，所付出的心力是倍艱辛於臺灣其他地區，
學海能取得拔貢，光耀門楣，實在了不起。清代往來淡蘭間，雙
溪是必經之地，當地又分頂雙溪與下雙溪。學海當年往來此間，
以當地的風光景色入詩，留有〈雙溪途中作〉一首；詩中將雙溪
的秋景寫的詩意盎然；秋景寫完，接著把春天的景色也拉入畫面
之中；短短數句，有槲葉的秋涼，又有桃花的春喜，情調轉折迅
速，這樣的秋不再是蕭瑟悽冷的，反到營造出一股輕鬆愉悅的氣

---

[16] 盧世標，《宜蘭縣志》卷七，〈藝文志‧文學篇〉，（宜蘭：宜蘭文獻
委員會，1969 年），頁 60。

氛。

雙溪途中作

下雙溪接頂雙溪，兩岸秋風槲葉低，莫道漁船無泊處，桃
花三月認前隄。

名山大水，特殊情境景緻，總是詩人筆下所關注的話題；龜
山島位噶瑪蘭東海中，以其獨特酷似大龜的形貌，再與當地氣
候、地形與海象的條件搭配下，自古附有許多美麗傳說與浪漫色
彩。黃學海對於龜山島也賦有一題，即今日之〈龜山賦〉，他從
風水地理的角度來談龜山島的環境、方位，並且將整個格局放在
當時清版圖與噶瑪蘭地區的多重格局之下來討論，最後結論認
為，「斯誠蘭地張屏，特萃坤輿之間氣，從此瑤光烜采，益徵文
運之宏開。」，噶瑪蘭地區往後果然文教興盛，人才濟濟。

龜山賦

夫何橫孤嶼而形奇，長介蟲而名振。象南閩而取離，蟠東
瀛而居震。鼇戴資其泳游，鯨奔助其潮信。終古靈修，一
方坐鎮。溯天錫龜文，朱字書出洛如龍出河，訝神贋龜鈕，
黃金篆曰章而名曰印。原其置身鯤壑，極目鯤洲。泖鼻前
捲，貂山右兜。廷一脉於大雞籠後，特遙勢於沙馬磯頭。
當蛤仔難之東首，在烏石港之外流。豈真圓嶠方壺，可望
而不可即，儼以俯靈仰繹，載沈而兼載浮。爾其為形也，
夔蘷波間，昂藏洋涘。尾搖曳而若伸，足蹣跚而又止。蒼
松鬱其文鱗，皓石連其貝齒。青髻黝采，由來賦質多殊，
碧眼金精，認得前身恰是。若有人效茲導引，誰云舍我靈
龜，況此山信合神奇，相誓有如白水。其氣則欲吸無端，

吐吞自便。遐邇同瞻,顯微互見。景倏陰而倏陽,漂疑颸而疑霰。天水聽其依違,魚龍憑其變幻。頤間霧出,霎時而雨徧山頭,足下雲收,瞬息而風來水面。君不見,旭日初昕,啟明已分。朝陽久慣,啣日多般。桃都而先聆雞唱,扶桑而共仰龍雯。莫不左纇右若,外飾中薰。想坎居離麗之相兼,艮其趾止其所,舉青純蒼光之不一,物相雜謂之文。至若雲不纖迷,月無點暈。萬水波平,三山路近。疑神物兮出游,向山靈兮慰問。前夆果而後夆獵,長短殊名,山澤損而澤山咸,感孚著訓。是真三百六甲蟲之長,山海通靈,況秉二十八列宿之精,文明啟運。彼夫蜃氣噓樓,鮫人潛室。鰌穴疑虛,鼉磯鮮實。雖浦腹以魚名,徒峽堆而牛出。即至鹿港洋開,蚶江渡吉。虎門望五,鯤身列七。要不過近似取名,牽連載筆。孰若此呈蒙顯霽,而斑駁陸離,背陰向陽,而嶕崎屼崒。六十里沙崙對配,蜿蜒而生相從天,數百仞枕嶺遙臨,安息而揹牀鎮日。是蓋元天託始,靈氣胚胎。遨遊渤澥,隔絕塵埃。接臺灣山後之山,入海則龜蒙有別。鎮閩洋海東之海,仰山而龜兆多才。久鬱終通,昔斯嶼之忽坼,老蕃能識,謂漢人之必來。斯誠蘭地張屏,特萃坤輿之間氣,從此瑤光烜采,益徵文運之宏開。

二、楊士芳(1826~1903)

字蘭如,同治元年(1862)中舉人,七年(1868)三甲進士,殿試欽點浙江省即用知縣,欽加同知五品銜。旋因丁母憂,未赴任。光緒八年(1882)任宜蘭縣掌教、仰山書院祭酒。乙未之時,

地方擾攘不安，日軍方欲藉其聲望，命為救民局員，參與防備。明治二十九年（1896）任宜蘭廳參事，翌年授佩紳章。明治三十六年（1903）一月十日卒，享年七十有八。[17]

　　楊士芳是噶瑪蘭的「開蘭進士」，更是清代出身臺灣的少數進士之一。少年時期讀書非常認真，常常為了舉業，三更半夜仍未就寢，最後不負所望，金榜登科，揚眉吐氣。文學素養方面，詩文造詣頗佳，但今日僅得其詩作二首，〈賦得千林嫩葉始藏鶯〉、〈晚年偶吟〉，其他詩作皆散佚，甚為遺憾。

　　賦得千林嫩葉始藏鶯

　　　萬戶千門外，芳林列幾行。葉方滋雨嫩，鶯始帶烟藏。深處棲宜穩，高枝借不妨。縷疎晴更翠，巢暗午猶涼。玉樹新遮碧，金衣半露黃。春教舒錦幄，調欲譜銀簧。繞屋陰仍淺，遷喬願早償。乘時來奮翼，鶯風並翱翔。

　　觀其詩作，寫景氣韻生動，思緒如行雲流水，婉轉舒暢，詩作風格清新，語中帶有多重色彩的點綴，使得內容在樸實平淡之中，讀來隱隱透出一份輕鬆活撥的情調。另外一首〈晚年偶吟〉，寫的就像是他這輩子人生經歷的縮影、寫照或者是總結；從早年的寒窗苦讀說起，到金榜題名的榮耀；爾後，歷經人生種種轉折，只願融融過此生的心境。詩中也同時出現對於這一生的自我檢討，並且慶幸自己還能用行善來彌補曾經的錯誤；楊士芳卒年，春秋七十八，詩中提到，「年幾八十復何求」，所以此詩很可能是

---

[17]　顧力仁，《臺灣歷史人物小傳》，（臺北：國家圖書館，2003 年），頁624。另見，盧世標，《宜蘭縣志》卷七，〈藝文志‧文學篇〉，（宜蘭：宜蘭文獻委員會，1969 年），頁 65。

他生前最後的少數詩作之一，年近八十仍能有如此的精神與活力，值得敬佩。

> 晚年偶吟
>
> 十載寒窗半讀耕，倖登科甲立功名。門前五柳吾曾學，只願融融過此生。
>
> 年幾八十復何求，寡過無能暗自羞。親友邀吾行善事，前愆可補免生愁。

三、李逢時（1829~1876）

字泰階。清噶瑪蘭廳人。生於清道光己丑九年（1829）八月三十日。卒於清光緒丙子二年（1876）四月初三，春秋四十有八，著《泰階詩稿》傳世。

少時為求溫飽，常遊歷四方，奔走於府州縣。無奈世俗多艱險，讓他窮困潦倒，空有滿腹經綸與理想，卻無處伸展。由於八方事業的受挫，李逢時黯然地由臺灣府城（今臺南）回到了故里，後應故人之聘，延坐山齋，殷勤安硯授經傳，過著恬淡自足的生活。此時，李逢時遠離了世俗的紛擾，終得拋開俗務專心於功名事業。清咸豐己未九年（1859）三十一歲，作〈己未之春作〉[18]，「少時好遊藝，奔走府州縣。風塵多業冤，辛苦真嘗遍。……橫廬暫休息，搜篋讀殘卷。……嗟予生不辰，白屋守貧賤，舌耕得蠅利，銖錙何足羨。……」，以感嘆自己的人生路；是年，李逢時曾前往福建省會福州應「己未恩科補行戊午正科」的鄉試；同年宜蘭士人，亦是李逢時的好友李望洋及族弟李春波，也前往福

---

[18] 李逢時，《泰階詩稿》，（臺北：龍文出版社，2001年），頁17。

州應試。

　　皇天不負苦心人，咸豐十一年（1861）秋辛酉科，時年三十三歲，李逢時獲選拔貢生[19]。後來入臺灣道兼學政孔昭慈幕，於同治二年（1863）三十五歲，任職於臺灣府文書職，同治庚午九年（1870），四十二歲，曾經任經歷一職[20]；而連雅堂在《臺灣詩乘》中與盧世標所撰的〈李逢時傳〉認為李逢時為同治間舉人，據考應該不是。[21]

　　逢時性俠義，愛喝酒也愛交朋友，飲酒有豪情「去年今日容易過，酒杯在手安可違。瓶將罄矣盤狼籍，且倒金樽勸嘉客。……得一日閒且自閒，得一日醉且自醉。」[22]；除宜蘭以外，結交廣及彰化、赤崁（臺南）、嘉義、鳳山諸郡縣；朋友間常一同吟遊四方，每逢佳景則吟詠賦詩，或寫景「泥水蒼茫二月天，育蠶村

---

[19] 「拔貢」，逢酉一選，就是十二年才考一次。凡是最近屢試優等，經地方官保舉，呈送學政後會同巡撫考試。「拔貢」的社會地位是非常高崇的。引自林文龍，《臺灣的書院與科舉》，（臺北：常民文化出版，1999年），頁138。

[20] 經歷，官名，金時樞密院、元帥府均置之，元、明二代經歷官最多；清代惟宗人府、通政司、都察院、鑾儀衛、布政、按察、鹽鐵三司及各府置之，掌出納文移。

[21] 臺灣銀行經濟研究室，《清季申報臺灣紀事輯錄》一冊，臺灣文獻叢刊第247種，所載同治年間，鄉試題名報導裡沒有李逢時中舉紀載。而盧氏所製李逢時年表中，同治甲戌年事蹟紀要，「想必甲戌科中式」；根據清朝科考制度，甲戌科是辦會試而非鄉試，且於臺灣文獻叢刊第247種《清季申報臺灣紀事輯錄》一冊中，只有甲戌科進士授職單，所以不可信也。《清季申報臺灣紀事輯錄》，乃是清代「申報」有關臺灣消息的合輯本，「申報」資料來自「京報」，當時官方發布新聞的報紙。

[22] 李逢時，〈九日年伯石次炳邀飲黃秀才家有作〉，《泰階詩稿》，（臺北：龍文出版社，2001年），頁15。

裡看蠶眠。溪南溪北絲絲雨,布穀一聲人插田。」[23]或酬唱「松
關地僻得秋先,假館迴廊掃榻眠。七夕人家誰乞巧,十分僧院自
參禪。……」[24],好不快哉!與朋友交往重情義,每逢佳節常以
詩懷友,如〈中秋夜懷同年張策六〉,遇友人邀飲、留飲每以詩
誌之,如〈戊午人日遊春留飲人家〉。

做學問寫文章,在吟詠自娛外,抒懷、敘事頗能針對社會生
活與政治現實提出真實的反映和表達自己的意見,關心國家亦憐
愛生民。因此,閱李逢時詩如讀臺灣之史詩,以〈玉山〉、〈題
黃學海像〉、〈懷安局感懷〉、〈乙丑十二月二十日三姓械鬥避
居大湖莊 賦此志慨 六首〉、〈天津〉、〈長髮賊歌〉、〈冬
至日獲彰化縣報捷書〉、〈漳泉械鬥歌〉等作。如實反映了身為
知識份子所該具有的社會良心與責任。

博覽群書又歷幕府縣的李逢時,足跡遍臺灣,閱歷廣博,關
心時事,雖不在其位,卻常懷其思,憂其民。所遺詩稿之作,述
懷、敘事、詠物、寫景、題畫、酬唱,皆有其自我面貌,部分作
品更是蘊藏著深厚的思想感情和現實意義,有杜子美之身影。寫
景詠物方面,則清新雋永,筆觸鮮明,讀之如面對佳景,有清新
之氣,具鮑明遠之氣象[25]。

茲舉下列詩作來進一步析論李逢時的詩文作品:

---

[23] 李逢時,〈郊行〉,《泰階詩稿》,(臺北:龍文出版社,2001 年),
頁 7。

[24] 李逢時,〈乞巧日借廂萬歲禪寺與諸同年分韻-得先字〉,《泰階詩稿》,
(臺北:龍文出版社,2001 年),頁 54。

[25] 鮑明遠即鮑照,字明遠,魏晉南北朝詩人,曾任參軍故又稱鮑參軍。長
於七言歌行,風格清逸俊拔。

（一）述懷

己未之春作

少時好遊藝，奔走府洲縣。風塵多業冤，辛苦真嘗遍。歧路怨蹭蹬，客遊亦云倦。衡廬暫休息，搜篋讀殘卷。吟詠聊自娛，舉業廢烹鍊。週來三十載，賢書不獲薦。半世猶蹉跎，忽忽如流電。故人謬推許，請以束脩見。延我坐山齋，殷勤為安硯。從遊十數輩，朝夕授經傳。嗟予生不辰，白屋守貧賤。舌耕得蠅利，銖錙何足美。褊性愛幽居，立錐地未便。離落架薔薇，小庭當芳甸。此處堪棲遲，鷦鷯一枝戀。

李逢時以五言詩體寫出他此刻對於人生的感悟，以及這三十年來，一路走來的人生歷程及面對現實在心理上的轉化與調適。關於這首詩，我們可以試著將它分成兩部分來談；首先，由「少時好遊藝，奔走府洲縣……半世猶蹉跎，忽忽如流電」的敘述，似乎是李逢時人生前三十年的一個自我總結，一開口是先從一個衝勁十足的少年開始講起，「少時好遊藝，奔走府洲縣」可以看出對於人生是充滿熱情，就自己才學是很有自信的；但是進入社會後，面對種種現實生活的考驗，卻以「冤、辛苦、怨、倦」等來形容他一路上的經歷與心境；如果我們仔細的梳理這樣一個生命過程，我們或許可以體會，他如何從一位意氣風發且負才學的少年，因為人生事業的不順遂，最後只能以「風塵多業冤，辛苦真嘗遍」的感嘆做結的心境；可見在現實生活裡，他是遭遇非常多的挫折與磨難，最後使他對於風塵心生厭倦，而選擇了暫時離開。在此同時，因為「好遊藝」而對功名舉業一直沒有好好認真，以致而立之年仍未取得功名，但歲月卻已匆匆流逝；一事無成的

聲音，從心底由然升起，令他感慨萬千。

「故人謬推許，請以束脩見……此處堪棲遲，鷦鷯一枝戀」詩文後半段，則是描寫他目前的景況，儘管之前不順遂的日子讓他感慨萬千，但是現在的他似乎已較能看透風塵，回歸到平淡的生活，安於當下；現在的他，在朋友的安排之下，每天自由自在與學生沉浸在聖賢經傳之中，忘卻塵世勤奮的講學；「嗟予生不辰」到「白屋守貧賤」、「舌耕得蠅利」與「銖錙何足羨」等再再顯示出他心境上的轉化，並且在「褊性愛幽居」、「籬落架薔薇，小庭當芳甸」，當中展現出由質樸平淡的生活中亦走出自己的一片天，並於此小天地之中頗能優遊自得；「此處堪棲遲，鷦鷯一枝戀」，最後對於友人的協助下得尋得此一安身立命之所在，充滿感恩之意。

子曰：「三十而立」。李逢時作此詩已經三十一歲了，但卻依然功名無成、舉業荒廢，飄忽於世途，抑鬱不得志，於是他發出了心中既感慨又不平之鳴，怨嘆世態的炎涼。

（二）敘事

> 冬至日獲彰化縣報捷書
>
> 不道王師到，妖星滅果然。春回兵燹後，書至戰場邊。地并天心復，霜令士膽堅。不知諸酒友，骨肉幾人全。

清同治元年（1862），彰化縣人戴潮春起兵抗官，臺灣中部地區臺中、彰化、雲林、南投等地方無不受到兵亂的侵擾，彰化縣城還被亂匪攻破，當時任臺灣兵備道孔昭慈亦犧牲性命，後來朝廷派兵備道丁曰健與提督林文察二人南北夾擊下，終於在清同

治三年（1864）將所有叛匪肅清[26]。李逢時曾任孔氏幕，聽聞彰化戴潮春起事為亂，除擔心國家外也憂其彰化友人和當地百姓的安危。清同治二年（1863）冬至日，收到來自彰化報捷書信，感懷之餘賦此詩，記平亂壯士的英勇犧牲，為國為民，以及丁曰健、林文察的功績。

　　逢時一下筆就展現出收到報捷書信的喜悅之情，戰情發展似乎也如他所預期般，朝廷軍隊一出定能平定時亂，讓地方再度得到安寧。不過我們也看到了此時李逢時的心緒，一方面，欣喜春回大地、地并天心復，另一方面，又想到為此而付出犧牲的無數將士及無辜受牽連的百姓，心理有一陣心酸與不捨。前後相應的數句詩文，表現了當時心中喜悲交參的複雜心情；「不知諸酒友，骨肉幾人全」，依李逢時親民愛物的個性來判斷，「諸酒友」應該不單是寫自己所認識的朋友而已，也泛指「百姓」，擔心百姓的身家性命，希望百姓都能平安度過此一劫難。

　　「報捷書」，乃屬官方的下級單位向上級稟報之文書，當年彰化縣為臺灣府所管轄，而官方文書一般是政府官員才得以參閱，由此可見，李逢時當年應該任職於臺灣府。

（三）寫景

　　海上觀漁

　　雲濤浩莽接蒼穹，趁曉漁船出海東。破網欲撈龜島日，輕帆遙掛蜃樓風。舟人背上芟欄綠，估客肩頭撥剌紅。即此煙波長涸迹，一竿閒煞釣魚翁。

---

[26] 戚嘉林，《臺灣史》第二冊，（臺北：著者自行出版，1991年），頁173至182。

蘭陽平原的地勢依山面海，海岸線長且漁產非常豐富；漁民們勤奮的出海打漁，過著恬適自足與世無爭的生活。漁船往往清晨天未亮就出海去，好像要趕在日出前把網撒好似的，以等待捕捉破曉第一道的龜島日出。龜山島是蘭陽平原的守護者，位東外海亦日頭躍升之處，每當旭日東昇，紅霞滿天，稱譽為蘭陽八景之「龜山朝日」，古今多少騷人墨客，為它傾倒，每以詩賦之。如烏竹芳〈龜山朝日〉、柯培元〈望龜山歌〉、陳淑均〈龜山朝日〉、屠文照〈龜山嶼歌〉、李棋生〈龜山朝日〉、〈龜山賦〉，黃學海〈龜山賦〉……等[27]。而和漁人、商販們忙碌的相對照是手持一竿的釣翁的閒逸，真是令人羨煞。詩中漁人的動、釣翁的靜，舟人背上繩子的綠、商販肩頭的紅，又有網撈龜島日的美景和海上徐來的微風；將海景風光刻劃的燦爛繽紛，如詩如畫，讀之，讓人彷彿置身其中，且頓覺微風徐來，令人沉醉。

（四）詠物

青蠅

冉冉青蠅飛，營營青蠅止。餘腥不可聞，以翅附驥尾。腐爛積灰生，倏然鑽故紙。身著黃金衣，首絡火珠觜。逐臭變美惡，乘炎覓甘旨。方其搖翅來，為形最眇爾。所希者秒忽，所戀者砧几。無谿壑之慾，無侵漁之勢。習見恬不驚，眾人亦輕視。浸假登芳筵，行將越邊簋。又或朋飛多，交繩塞朝市。白璧點成瑕，衣裳污其美。鼓翅亂鳴雞，刺口毒虫豸。積茅化轉多，以魚驅愈至。豈無蠅虎術，倉卒

---

[27] 陳淑均，《噶瑪蘭廳志》，（南投：臺灣省文獻委員會，1993年），頁636至666。

不能去。君子戒讒言，謹微常顧諟。

用青蠅來比喻那些趨炎附勢、終日逐臭的小人的行徑，也道盡了這些小人對社會的傷害，或許一個小人的破壞力不大，起不了大作用，所以我們常會輕視而習見不在乎，但若社會中充斥著小人，那麼原來清明如白璧般的社會，也會被這些小人給搞濁了。而且這些小人還將越來越乖張，漫無法理。可是有好的方法可以來治他們、趕走小人嗎？當然有，君子戒讒言，不要只是喜受阿諛奉承；並且需要常常在心理提醒自己，不可忽視之。李逢時作此詩，應是有所感而發；因為他早年行役在外，所看的世界之大，所聞之事多，非當時一般傳統讀書人所能及。加上自己在職場上的親身經歷、體驗，所以更能體會其中的點滴。

（五）題畫

題畫鬥雞

豈是良工木刻成，毫端繪出不平鳴。花冠紫授自華貴，為底爭雄作惡聲。

讀完這首詩，頓然感覺，這隻雄糾糾器昂昂的公雞，儼然就站立在眼前，擺出一付不可一世，睥睨世俗的傲氣。李逢時似乎有點將自我形象投射其中，自認為自己的作為與形象，彷彿如這隻傲然的公雞，潔身自愛，遺世獨立於這個昏惡的現實社會之中。

（六）酬唱

子觀宗兄之令甘肅詩以贈別十二首（選五首）

玉關西望路無垠，楊柳東風春又新。今夕一杯留別酒，明朝萬里官遊人。宦海茫茫何處行，浮蹤不定是風萍。欐槍

以掃甘州道，西路而今有福星。蠻花驛柳滿山谿，別酒離
筵長短隄。曾似多情一輪月，照君直到灞陵西。太華峯前
朔燕棲，甘州道上杜鵑啼。茲行本為看山去，石刻應留醉
後題。家住東瀛天盡頭，萬竿修竹滿城秋。此間自是桃源
洞，莫戀他鄉爛熳遊。

　　子觀就是李望洋，望洋和李逢時私交甚篤，清同治十年
（1871）正月，李望洋受任甘肅試用知縣，清同治十一年（1872）
正月，自宜蘭出發赴甘肅任職，臨行前李逢時以這十二首詩贈
別；甘肅位大陸西北，此行路途遙遠，西北原極蠻荒，加上地方
回變侵擾[28]，所以身家性命吉凶難測。

　　詩中除表達其依依不捨之離情外，也希望他一路上能有福星
高照，平安抵達甘肅任職，為解路途孤寂，以友情似一輪明月般，
將和他常相為伴，陪他走到灞陵西[29]；最後叮嚀他，別忘了家鄉
的親人舊友還有蘭城的美景等著他回來，切莫因為迷戀他鄉而忘
了故鄉。

　　寫了這十二首詩後，又因為自己心有所懷而睡不著，半夜再
爬起來作一短章贈別子觀，「欲把牛刀試，重聞傴也歌。東瀛辭
樂土，西塞覓吟窩。鳥化飛鳧去，帆催畫鷁過。遙看楊柳色，春
到玉關多。」[30]，可見李逢時與李望洋的交情是何等深厚。

---

[28]　「回變」，同治年間陝西、甘肅等地方回變，後為左宗棠所平。

[29]　灞，水名，灞水，源出陝西省藍田縣。

[30]　李逢時，《泰階詩稿》，（臺北：龍文出版社，2001年），頁124。

四、李望洋（1829~1903）

　　字子觀，號靜齋。道光九年（1829）為淡水廳附生。咸豐九年（1859）中試周慶豐榜第七十二名舉人。同治十年（1871）會試，考取大挑一等，籤分甘肅試用知縣。理蘭州府渭源縣印務，光緒二年（1876）陞補蘭州府河州知州，五年（1879）解任。六年（1880），調署狄道州知州。中法和議成，十七年（1891）五月帶官回籍。劉銘傳奏請留籍辦理臺灣善後事宜，兼掌宜蘭縣仰山書院山長。嘗承買水圳、山地供農民耕作。日人據臺後，一八九六年聘為宜蘭支廳參事，一八九七年佩紳章，一九○三年八月卒，年七十四，著有《西行吟草》。[31]

　　李望洋今日留有詩集《西行吟草》，集中詩作大多是他當年西行往赴甘肅任職途中所作，或者是他在西北時期所見所感，僅少數是歸鄉後吟詠之作。《西行吟草》的編排依時序年代先後，且詩題多記有年月，所以他的作品，或被視為具有日記性質。李望洋詩作讀來，語言方面尚質樸，不假雕琢。內容言，多是所見或因事起興之所感，詩裡面所描繪的風光景色，亦多西北黃沙漫漫，荒蕪悽涼的情調居多。但所流露的性情確實真摯，尤其是寫到自己出門在外，憶起故鄉種種時的心情，所以多首思親之作寫來讓人備感心酸。

　　　省邸思家

　　　極目天涯萬里餘，誰教塞雁為傳書。鄉心日逐河流遠，宦

---

[31] 顧力仁，《臺灣歷史人物小傳》，（臺北：國家圖書館，2003 年），頁177。另見，盧世標，《宜蘭縣志》卷七，〈藝文志・文學篇〉，（宜蘭：宜蘭文獻委員會，1969 年），頁63。

跡時隨柳影疎。瓦鵲有情應語汝,野花雖豔轉愁余。鵷班
散後閒無事,靜坐窗前憶故居。

感懷

委身作吏十餘年,一事無成兩鬢鬚。欲為殘黎除弊政,敢
因覆餗怨蒼天。狂吟尚未詩三百,歸去還多路八千。每羨
蘭陽高隱士,琴棋風月自神仙。

九月初旬歸山雜詠

墮落紅塵十二年,百般鑪火任熬煎。只今收拾歸山去,好
在東瀛別有天。

廬山面目久蒙塵,及早回頭乃見真。記得少年窗下事,焚
香照讀不言貧。

也識桃源好避秦,一官誤我老風塵。如今方得劉郎意,獨
向漁人去問津。

歸心似箭射飛鴻,繕就封章請上公。此日辭官回故里,兒
童應笑白頭翁。

三月六日寓南臺中亭街

塞上歸來冬復春,沿江烽火問閩津。三貂時有南臺夢,五
虎欣逢北海人。悶伴孤燈過雨後,閒敲佳句送花神。盤殽
縱足魚蝦味,蘭水蘭山目未親。

辭官歸故里後,李望洋詩作又進入另外一種情調與境界。其
詩歌情調轉趨輕鬆自然,讓人讀來愉快輕盈,不再有沉重的心緒
與艱苦的面貌。寫山則情滿於山,談水則意溢於水。詩中景色粲

然生動,語言亦活潑自由,如〈宜蘭雜詠八首〉、〈寄吾廬〉二首。
〈宜蘭雜詠八首〉中,對於噶瑪蘭的地理山川、人文教化和風光
美景逐一描寫,最後以「誰知海角成源洞,別有桃花不改顏。」
來作結,雖然題為雜詠,實際上乃是噶瑪蘭地區自然、人文各層
面的綜合寫照,也可說是僅以八首詩作,就把噶瑪蘭這片美麗天
地道說的完全。

宜蘭雜詠八首

張弓形勢是宜蘭,萬叠高山擁長官。生面別開東海角,龜
峯聳峙似彈丸。

玉山高並歲常寒,秋水澄清一色看。七十餘年歸治化,蕃
黎今亦整衣冠。

版籍圖收七十年,萬家烟火戴堯天。菁華自是隨時發,文
運何曾限海邊。

萬山屏障竹圍城,倚枕時聞海浪聲。報道春帆歸石港,人
人爭看弄潮旌。

西山爽氣入斜陽,城市人來個個忙。買得米魚歸去後,三
餐無餒傲義皇。

潮來汐去萬千遭,巨浪翻空撼石鰲。為問靈胥何抱恨,激
成東海怒波濤。

龜山聳翠鎖中流,萬頃烟波濯素秋。天為我蘭開半面,好
觀海日滾金毬。

五岳歸來又看山,三貂一路透重關。誰知海角成源洞,別
有桃花不改顏。

寄吾廬

解組歸來瞬歲餘，宜蘭城北寄吾廬，時邀明月為知己，幸
有清風不棄余。朋輩喜逢今日面，閒中補讀少年書。茫茫
世局誰能識，人事滄桑疊乘除。

五、李祺生（？）

字壽泉，邑庠生。清道光末年，續輯《噶瑪蘭廳志》。[32]在
《噶瑪蘭廳志·雜識》中，錄有李祺生詩文作品下列四首，〈龜
山朝日〉、〈沙喃秋水〉、〈玉山積雪〉、〈石洞噓風〉。另外
一本由柯培元所修《噶瑪蘭志略·藝文》中，又錄有〈蘭陽春潮〉
一首，所以李祺生至今所存詩作共五首。這幾首詩歌作品，都是
描寫噶瑪蘭美好景緻的吟詠之作。作品之中，將噶瑪蘭最具特色
的景觀，描寫的如詩如畫，一方面也展現出李祺生詩文程度的優
異。

龜山朝日

靈峰孤聳海東尊，高挹朝陽勢欲吞。吸退曉嵐開蜃市，吹
殘宿雨霽龍門。幾番膏澤頤間出，萬水朝宗肘下奔。誰向
斑爛占吉兆，波光猶映墨留痕。

沙喃秋水

沙喃叭哩溪灘頭，萬壑千巖瀉素秋。山捲雲烟開北向，水
分清濁合東流。金沙泉溢寒光沸，玉岫源傾練彩浮。聞道

---

[32] 盧世標，《宜蘭縣志·卷七·藝文志·文學篇》，（宜蘭：宜蘭文獻委
員會，1969 年），頁 61。

瞿唐常倒峽，此間原自有龍湫。

玉山積雪

元圃層城記未真，玉峯縹緲見精神。天遙嶺海偏凝雪，地近蓬山訝砌銀。六出花飄雲氣碾，全臺源衍瑞光淪。何年分得崑崗脉，來障東南半壁新。

石洞噓風

玲瓏石竅鬱層嵐，披拂烟雲彙籥探。不用投膠酬巽二，自將揮扇轉輪三。長天風色微茫合，近海潮聲澒洞涵。料得吹噓真力滿，扶搖可藉汝圖南。

李祺生除了詩歌作品外，在《噶瑪蘭廳志・雜識》中，還存有〈龜山賦〉一文，文中充分發揮文人的浪漫精神，從龜山島的周圍環境寫起，不論是島形地勢，還是美麗佳景，甚至是龜嶼在整體噶瑪蘭堪輿學上的風水格局裡，所佔有的重要性，對於噶瑪蘭一地千秋之影響，皆多所著墨；可謂充分運用了賦體，鋪采擒文，體物敘事的特色，讓文章顯得文采光華，結構宏偉，語彙豐富。但是，也可能是李祺生太過注重文章形式的追求，所以行文之間，在文字修辭的部分似有過分堆砌與雕琢之感，雖用字新奇，但文中艱深詞句亦頗多，整體難免令人感覺，李祺生是否刻意由此來展現自己的辭章和學問的味道。

龜山賦

維臺海之名山，實蘭疆之鉅鎮，排巨浪兮千層，聳危岑兮百仞。噓雲澍雨，象本從龍，幻市成樓，氣原非蜃。追制字皇初之始，曾傳玉案鈐章，恍負書神禹之餘，剩有青泥

篆印。爾乃瀠環碧海，坐鎮中流。山因形肖，龜以神侔。
絕巘崟巒，儼軒昂其直上，驚濤駭潈，訝蠥蠪以隨遊。問
五總之靈修，石瑩未化，索孤峯之盤鬱，鼎舐還留。陋鼇
靈之詭擬，詎置異之妄儔。戀彼星池，尚依員嶠，飄來風
雨，未或羅浮。若其積翠峻嶒，浮青逶迤。任汎汎之漂搖，
羌亭亭而矗起。凌轢虬鱗，駢連石齒。負危濤之百尺，甲
背猶新，銜怪木以千章，墨痕曾是。天吳舞處，未移鼇柱
之山，海若翻時，欲沒蛟宮之水。迫夫曉日初暾，微飀欲
霽。覽一鏡之澄眸，愛平分於水面。空青斜抹，洞庭之螺
髻雙翹，暖漾中開，卭益之蛾眉對絢。落蠵濶於水底，由
來崑岝分形，幻神屋於波心，怪道魚龍百變。況復攢峯列
嶂，吐霧吞雲，接雞籠之斜照，挹鳳岫之蒸曛。綃穀生波，
底是鮫人之宅，珠璣砌石，洞饒猿鹿之群。長彼甲蟲，訝
峥嶸其有象，探來丙穴，窺滉漾以無垠。想昆命虞庭，平
成早開其習吉，亦考祥洛邑，瀍澗會合以呈文。鑿破混濛，
祥開景運。緬爾昭兆奇形，卜我元枚迅奮。揚輝射斗，三
千之雲路非遙，擷采騫霄，一帶之星源最近。倘遇鯨波之
東跋，曾邀曳尾以偕遊，如逢鵬翼南摶，曷禁昂頭而向問。
原其亭毒鴻鈞，包涵異質。滙萬派以洄旋，挺一卷而迴出。
秦皇之叱非然，精衛之填奚必。赤文綠字，披玭珥以光騰，
紫貝斑痕，映磅礴而彩密。豈特漁莊蟹舍，爭圖海國之春，
從知鯤壑鯤池，悉煥文明之日。彼夫瞿牛峽口，龍首山隈。
絕少環奇之概，空傳灠瀕之堆。又或杳麟洲於瀛海，想鼇
戴於蓬萊。黿背時掀，終成惝恍，鷁帆不落，到底疑胎。
曷若茲山毓秀徵奇於洪洋巨浸，長任驚鱗駭介之撞擊澎
湃。以是知精感瑤光，大造非無心而入化，靈通析木，人

文皆有象以宏開。

六、張鏡光（1854~1932）

字恆如，幼失怙，事母至孝。十歲受業於陳占梅，弱冠設塾枕頭山，誘掖後進。楊士芳登進士第，薦為仰山書院講席，舉人李望洋妻之以女。光緒十一年（1885）歲試，拔取優等第一，補用弟子員。曾隨李望洋赴甘肅河州任所。以生性恬淡，無意仕進，乃辭職返鄉。旋與楊士芳等承知縣蕭贊廷命，纂修《噶瑪蘭廳志續編》，未成。乙未（1895），日人據臺，肆意殺戮，李鏡光作〈開生路論〉加以諷諫，茲錄於後。嘗為日人構陷被拘，經民罷市抗議，始獲釋。明治三十年（1897）佩授紳章；明治三十三年（1900）任宜蘭勸善局幹事長。平生致力教育，垂六十載，桃李遍北臺，卒年七十九。[33]

張氏這篇文章，雖然寫作年代是日據初期，但是從文中內容，我們仍然可以了解到，當年他如何以一己之文才，在噶瑪蘭地區設帳授徒，且其文學聲名遠揚，從學者無不摩頂放踵，絡繹不絕。由於他在噶瑪蘭地區執教多年，且曾任仰山書院教席，所以受其影響與啟蒙者，應為數不少，對於清代噶瑪蘭地區漢人文學的發展，貢獻頗多。

開生路論

夫好生惡死，人心所同，宰是邦者，可不審其生死之機乎。

---

[33] 顧力仁，《臺灣歷史人物小傳》，（臺北：國家圖書館，2003 年），頁435。另見，盧世標，《宜蘭縣志》卷七，〈藝文志·文學篇〉，（宜蘭：宜蘭文獻委員會），1969 年，頁 71。

蓋宜生而生，人人皆有免死之念，宜死而死，人人咸有幸
生之心。當此作慝之黎民，一變而為綠林之嘯聚，誠能殲
厥巨魁，脅從罔治，是即體上天好生之德，而生之者也。
試即蘭民論，夫宜蘭之民，雖有作惡，而為真匪者，實無
多人，有素稱善良，被匪招引驅迫，而後從其為匪，有被
旁人哄嚇，某某狀中汝亦有名，自恐無辜陷罪，不得已逃
去為匪，與真匪共居深山之中。斯時也，拋妻離子，與木
石而相親。鳥啼猿嘯，偕鳥獸而為鄰。穴居岩棲，何異生
人。晝沒夜出，宛如鬼民。風淒兮苦楚，雨滴兮艱辛。粒
食難得兮，空乏其身。萬狀悲慘兮，悔入迷津。效鳥飛兮
不克，等蠖屈兮莫伸。況自重兵駐紮山邊要路以來，土匪
難於出入，困久矣，惡念自能漸泯，慘極矣，善心自易發
生。乘此時勢，斟酌罪惡之重輕，開其生路，當有風行草
偃，如魚之得水，若鳥之歸巢，胥願去惡從善，歸家而與
父母妻子聚首一堂者矣。彼不顧父母妻子之屬，終身甘為
匪者，蘭中曾有幾人哉。即全臺亦曾有幾人哉。所願執政
者清夜自思，布德惠以感動，斯惡人可化為善人，而善人
免被拘挈刑索之苦矣，豈不懿哉。

第五章　噶瑪蘭漢人文學的發展與特色

　　人類自洪荒以進文明，進文明而繁榮昌盛，代代相衍，經年月累，結出今日璀璨的文明花朵；文學的發展自古到今也是如此，隨著時間的走過，時代的養分不斷在文學的血脈之中積聚，從未間斷，因此，呈現在今日世人眼前的文學，如此的耀眼奪目；歷史乃是一個不斷在進步的演替過程，文學又何嘗不是。

　　文學起源的相關問題，各學說雖然至今各有合理的論點提出，但是就文學乃是一個持續發展的，這樣的觀點卻能受到大部分人所接受的。就文學的發展，如果再將它細分，又可以從兩方面來討論；一方面是文學本身內部的因素使然，而發動的現象，如文學思潮、哲學思維、書寫的技巧、形式、文體等。另一方面，則是外在社會環境因素的介入，促使文學的發展，如文壇領袖對於文人社群的組成、領導與帶動，過去皇權體制下，君主的提倡

與國家科舉制度等。

噶瑪蘭從嘉慶元年（1796）吳沙入蘭開始，至甲午敗戰乙未（1895）割臺，百年的時光，因為自然與人文環境的限制，在文學的創作與思潮方面，多數沿襲自中國傳統的文學領域與範疇，並未能有其獨立於文學史上的一面。但是從外在環境因素來看，噶瑪蘭地區的文學，一如其土地的開發般，從一片荒蕪，經過歲月與當地人士用心的經營推動之下，文風漸盛；文學在這片新天地上，總算是立定腳跟，欣欣向榮，枝繁葉茂。期間，當地人士用心的經營與付出，對於噶瑪蘭文風的提倡，起著很大的助力，如發起與推動仰山社運作的當地人士，在噶瑪蘭設廳之初，社會各方面的運作正在一一建置的階段，出錢出力籌組仰山社，並舉辦相關文酒活動，誠乃當時文壇一大盛事，對文學的發展助益頗大。

文學的種子在當年隨著先民來到噶瑪蘭，自此開始，這些種子也隨著移民們所播下的第一批稻穀般，開始在噶瑪蘭地區萌芽、茁壯、擴散，且代代衍繁，從未間斷。這樣的一個從無到有，從貧瘠到興盛，期間所經歷的過程與轉折，乃是本章節將要討論的重點所在之一。另外，關於當年活動於噶瑪蘭地區的文人作品，所呈現出的文學特色，將是另外一個討論重點。經由以上兩方面的探討，希望能對於噶瑪蘭漢人文學的發展，有更深入全面的解析。

第一節　漢人文學發展的歷程

清代噶瑪蘭地區漢人文學的發展過程，依整體而言，是一個從無到有，從貧瘠到興盛的過程；但若從細部再次檢視，即不難

發現，其中有其發展的階段與歷程，且每階段都有某種特色來顯現出該階段的獨特性。

一、萌芽時期——嘉慶元年至嘉慶十七年建仰山書院

此階段以吳沙率三籍移民入墾為始，因為之前，活動於噶瑪蘭地區的漢人不多，且若有也多為商業因素，所以相關資料顯示，當時漢人的文學，並不興盛。大約到嘉慶十七年（1812）仰山書院的成立，應可視為漢人文學在噶瑪蘭地區的生根、萌芽階段。

嘉慶元年（1796），吳沙等人因為土地的拓墾來到噶瑪蘭，當年跟隨其側，雖然多數是流民或無賴之徒，因種種原因，來到吳沙所在的三貂社，依附其維生。日後，這批人士成為吳沙率領眾人入噶瑪蘭來開墾的基本成員之一。雖然這些人士智識水準不高，多數屬於以付出勞力來維繫生活的人士，但是其中有部分的人士，卻是對於子弟的教育非常的重視。

另外早期來到噶瑪蘭開墾的人士中，還是有部分是知書達禮之人。所以隨著土地次第的開發，地方上對於子弟教育的需求也隨之增加。有能力者就延聘老師在家中設立書房訓蒙子弟，部分書房亦採取對外招生方式，招收鄉里子弟入學。也有外地知識份子入蘭來開設書房，招收學童的情況。於是書房教育也就開始在地方上出現，而且成為當時訓蒙教育與文學發展的主要力量。如開發初期，員山堡的陳家，設立「省三齋」書院，以訓蒙家族子弟；當年跟隨楊廷理入噶瑪蘭的陳正直，因土地墾拓成功，在地方上頗具影響力，設有「問心齋」書院，以教育族人。

嘉慶十七年（1812），噶瑪蘭廳正式設立，通判楊廷理同時

也成立仰山書院,以做為每月課士之所在,但是實際上,書院空有其名,因為經費問題並沒有真正建立。直到嘉慶二十四年(1819),高大鏞簪筆來蘭,草創章程,延楊典三於文昌宮開講,從此由官方成立的書院,才開始在地方上發揮其教育的功能,也代表著在文學發展方面,官方的力量開始發揮作用。

仰山書院雖然名為書院,但實際上是地方生童每逢課期,作課之所在。所以這時地方上的訓蒙教育,還是以書房教育為主。書房教育在此時期的興衰狀況,我們可以由具備應試生員能力的生童人數,大略來推估。根據嘉慶二十年(1815),署廳翟淦為了幫噶瑪蘭廳生童爭取自廳開考,省去赴試路遙之累,於奏摺中曾經寫下這樣一段話:「地雖初闢,而其遷居士民,即係淡水、嘉、彰等廳、縣之人,隨期父兄挈家入山,延師訓課。內查有應童子試者五十六名,初學作文者四十八名,請援照澎湖成例,歸入蘭廳開考,附送道試。」[1],噶瑪蘭的開發,始自嘉慶初年吳沙的入墾,之前蘭地概屬化外之地。但是蘭地文教發展的速度卻是相當快速,僅二十年時間,蘭地的文童人數已多達百名。總數百人以今日觀點來看,實在很少,但是如果回到當年的環境背景下來看待,文童百人已屬難得。由此亦可見,當時地方父老,重視教育的心態。

在這一段文學萌芽的時期,噶瑪蘭地區的文人,在文學的創作與表現上,成就不高,乏善可陳。就其原由,除了社會、經濟與文教資源較貧瘠外,部分原因也可能跟科舉制度有關係,因為在功名利祿的誘因之下,時人多汲汲營營於舉業文字,對於文學的開創,乃無暇顧及。

---

[1] 陳淑均,《噶瑪蘭廳志》,(南投:臺灣文獻委員會,1993年),頁156。

二、茁壯時期——嘉慶十七年建仰山書院至光緒元年

　　歷經多年與許多人士的努力，噶瑪蘭終於在嘉慶十七年（1812）正式設治經理，從此脫離了渾沌、缺乏秩序的化外狀態，進入制度化的社會。政治方面，循清政府規制。文學發展方面，也進入另一嶄新階段，尤其在楊廷理的籌設之下，成立了仰山書院。只是，經由《噶瑪蘭廳志》的記載得知，當時書院因經費問題，未能正式運作，發揮其應有的功能。書院建築也是遲遲未見動工興建，直到道光五年（1826），通判呂志恆的到任，因為每到生童課期之時，只能夠在文昌宮內作課，所以才著手將文昌廟原格局稍加改異，並將仰山書院置於其內一隅，書院才開始有專屬的課讀空間。

　　師資方面，則是在嘉慶二十四年（1819），高大鏞署篆之時，延請湖南湘潭人楊典三為主講，開始了噶瑪蘭的書院教育。爾後，因為仰山書院的正式開講，對於當地文學風氣的提升，與文人素質的培養都有很大的助益，所以噶瑪蘭的文風開始出現長足的進步，生童人數倍增，根據生員楊德昭，於道光十一年（1831）所言，「二十載來，疊荷新舊廳主栽培，漸有起色。現入書院肄業者，陸續有一百四十餘名，其未入書院而遠鄉教讀者，有三、四十名，又有初學詩文漸可應試者六、七十名不計外，實在蘭屬童生，確有一百八十餘名，較之淡水廳試童歷屆甫及百名，委係有贏無絀。」[2]，開廳後二十年間，經由新舊廳主栽培，噶瑪蘭廳的應科考試的童生達一百八十餘名，與鄰近開發較早，文教條件優於噶瑪蘭甚多的淡水廳相對照，毫不遜色。

---

[2]　陳淑均，《噶瑪蘭廳志》，（南投：臺灣省文獻委員會，1993 年），頁157。

　　這個時期本地文人金榜題名，高科中舉者，大量出現，如道光十七年（1837）的拔貢黃學海，道光二十年（1840）的舉人黃纘緒，同治七年（1868）開蘭進士的楊士芳，以及咸豐、同治年間高中舉人、貢生與入泮者，共計有數十位之多。（詳細資料如第三章，清代噶瑪蘭地區文人科舉成績單）

　　除了文人開始在科舉試場上展露頭角，文學創作方面，文人的才學在種種的有利環境之下，創作能量亦漸趨豐沛。於咸豐、同治年間，本地文人的詩文集開始出現，只是可惜今日還得以見到，且業經出版的僅存二部，即李逢時《泰階詩稿》，李望洋《西行吟草》等。這樣的文學進展，一方面要歸功於萌芽時期，書房教育的奠基，但也不可遺忘要將功勞歸給，當年歷任仰山書院的山長與蘭廳通判，因為歷任地方父母官員，本身都是學識豐富的文人，不是進士，就是舉人出身，如楊廷理，姚瑩，烏竹芳，仝卜年等，都有相當精采的作品流傳下來，經由其詩文作品，其文學素養的水準，是展現無疑。因為擁有這樣的文學能力，所以當與本地生童課讀或日常來往交流之中，對於當地文人學識的培養，有一種促進與提升的作用，因此對於當地文學的發展起著一定份量的鼓勵、引導與帶頭作用。

　　至於歷任山長，更是一律延聘學識涵養極佳的文人擔任，如楊典三、陳淑均等。今日從當年所留下的詩文作品，就可以得知，如果個人文學才能平庸者，是絕對寫不出如此作品的，特別是《噶瑪蘭廳志》的編修陳淑均。山長是直接與在地文人接觸最多，來往最頻繁，面對面講授、問答與引導者，所以對於一地文學思潮、趨向與興衰，起了很大的決定因素。因此，噶瑪蘭在這些山長的領導下，文學發展逐漸加速，本地文人社群的文學能力，也逐漸的提升；也不再僅是為了迎合科舉，專注舉業，而忘卻精神層面

的修養與文學創作。

　　設治經理開始，官方力量正式進入噶瑪蘭，仰山書院山長與歷任通判，在文學發展方面，產生促進與發展的作用。此時民間力量是否就此消失，讓官方力量來扶持本地文學發展呢？答案絕對不是這樣。民間推動文學發展的力量一直存在，在這個時期，這樣的力量甚至遠大於過去，因為人民生活更安定，經濟條件更佳，有心人士有更多的心力、經濟能力來推動相關的文學活動，促進文學發展。

　　道光五年（1825），仰山社的成立就是一例。在當時的通判烏竹芳為之所作序文中，烏氏屢次提到，「喜首事之有人」，乃是噶瑪蘭之福氣，這些人自願出錢出力，為了能夠讓仰山社事務順利運作，讓本地文人可以有一個互相切磋琢磨，來往交際與觀摩檢驗自己與他人文學實力的機會，成立這樣的一個詩文社。難怪烏竹芳在序中，除了誇讚這種精神以外，也直言噶瑪蘭的文學一定能蓬勃發展，濟濟人才，定能「從此甲第連科，人文蔚起，何莫非諸生之義舉，有以獎勵而玉成之也哉！」[3]。

　　文教之興，倡率在上，而輔翼在下。噶瑪蘭從開廳設治到光緒元年這段期間，可說是文運亨通；也因為本地文人學識能力的逐漸提升，所以文學的發展也漸漸地茁壯，為將來的全面興盛做好準備。

　　本地文人開始大量出現之外，詩文作品內容，也從前一時期，外來遊宦人士所喜愛的吟詠風物，借景抒懷的範疇，開始出現由本地文人所發出，關懷現實社會，所書寫較具現實精神，反

---

[3]　陳淑均，《噶瑪蘭廳志》，（南投：臺灣省文獻委員會，1993 年），頁153。

應是時社會狀況的作品，如李逢時《泰階詩稿》中，即有多首關於臺灣當年地方社會漳、泉械鬥，或是滿清政府面臨洋人船堅砲利威脅之下，國家岌岌可危的作品，如〈漳泉械鬥歌〉、〈天津〉、〈西粵〉、〈青蠅〉、〈銅貢賦〉等。

三、昌盛時期──光緒元年至光緒二十一年乙未割臺

文學的種子，當年隨著漢人移民的進入，播下至今，已歷經百年，此間的萌芽、茁壯，來到光緒元年，因為除了噶瑪蘭文教興盛，科舉文人社群逐漸擴大，且本地文人在詩文創作方面開始略有成就之外。本地文人憑藉著自己的文學才能，在社會上逐漸有取代外來遊宦人士，取得文壇發言地位的趨勢。因此，從光緒元年（1875）到乙未（1895）割臺約二十年間，應該可以視為噶瑪蘭文學的昌盛時期。文壇發言位置的易主，也代表著噶瑪蘭文學發展正式走向本地化，且本地文學發展條件達到成熟階段，文人開始有能力脫離以往由外來遊宦人士，所帶給噶瑪蘭文學環境的刺激與帶動成長的力道，經由種種條件的成熟，這種領導者的角色轉化為本地文人來擔任，這是當時本地文學昌盛，最佳的一個註解。

所謂「文壇發言位置」，依據當年噶瑪蘭文學發展狀況而言，當屬「仰山書院山長」這個位置。因為山長，或稱院長，其承擔的職責，是書院教學、行政管理的總主持人。由於書院山長直接決定書院的聲望、人才培育，因而要求聘請那些學識淵博、品行端正並享有崇高威望的學者。清康熙《白鹿洞志》的「職事」條中規定，書院洞主、山長應「聘海內名儒，崇正學，黜異端，道

高德厚、明體達用者主之」[4]。因此，能夠獲聘為書院山長，乃
是對於其學識、人品的一個肯定；另一方面，也是間接對於其學
問、德行的養成環境的認同。

　　噶瑪蘭的仰山書院，自嘉慶十七年（1812）設立，爾後，嘉
慶二十四年（1819）楊典三的始講，到光緒元年，這段漫長的歲
月裡，書院山長的聘請，一律是外來人士，有時還是通判自兼；
期間本地文人只有黃纘緒、黃學海、李春波短暫擔任此職，其他
時間一律是外來人士擔任。究其原因，應該是噶瑪蘭當時的文學
環境，所培養出來的文人，其文學能力，對於山長這樣重要的職
務，與所須具備的條件，還無法勝任。因此，歷任通判僅得由外
地延請學識品行具優的人士來擔任，來領導噶瑪蘭的文壇。儘管
在仰山書院設立到光緒年間，噶瑪蘭文人的文學能力持續在提
升，文學的發展逐漸茁壯，但是執文壇發言位置的，仍然是當時
遊宦入蘭的文人。因此，當光緒元年開始，本地文人的能力，開
始受到重視、肯定，受聘為仰山書院山長一職，代表著噶瑪蘭文
人社群整體的文學能力亦開始受到肯定，文學環境已達成熟；本
地社會環境的發展，也已經達到能夠自行培養出優秀人才的高水
準階段。

　　因此，光緒元年（1875）黃鏘，以歲貢生的身分獲聘為山長，
取代以往由外地文人擔任該職的情形之後，書院山長一職或有更
異，但是卻都仍由本地人士擔任，如楊士芳，張境光，林壽祺，
李望洋，黃友璋等，分別以不同身分，出任山長職。這樣的一個
轉變過程，表面看似自然輪替，但是背後所顯現出來的意義，卻
是涵義深遠；其中最重要的是，顯露出噶瑪蘭地區漢人文學的發

---

[4]　朱漢民，《中國的書院》，（臺北：臺灣商務印書館，1993年），頁79。

展，達到了一個前所未有的高峰期，本地文人的學識能力受到普遍的肯定與讚賞。噶瑪蘭的文人終於具備足夠的文學能力，直挺挺的站在文壇發言的位置，主導文學的發展，引領一地之風騷。

此時期短短一、二十年間，噶瑪蘭文人在舉業文字方面，也有很好的成就，金榜題名，折桂院之枝者，舉人有四人，廩生八人，生員二、三十名，成績斐然。

第二節　漢人文學發展的特色

清代噶瑪蘭地區，從土地開發到光緒乙未割臺，時間僅短暫百年時光。在這百年時光之中，不論是早來或後到，也不分士農工商。由於眾人在這片天地辛勤的耕耘，使得位處萬山之後，蠻荒曠野的噶瑪蘭，欣欣向榮，生意盎然。

文學方面，本地的文學活動或創作究竟有何特殊表現？又凝塑出什麼樣的文學特色呢？經由現存詩文作品的整理爬疏，可以歸結出噶瑪蘭漢人文學在表現上有幾項別出、獨到之處。

一、文化背景與條件不佳，但卻發展迅速

一地之文教風氣興衰，部分因素取決於當地人士對於文教發展之態度，亦淵源於當地歷史人文之背景。如清領早期，臺南一地因開發較早，且為當年臺灣主要出入口岸，與鄭氏王朝政經中心，如此的歷史人文背景，使得臺南地區在臺灣歷史上，曾經人文薈萃，風騷一時。反觀，清代之噶瑪蘭，除了沒有這樣的歷史人文背景外，前一章裡所提出的種種文化不利因素，如師資、圖書、出版、地理環境等，都在噶瑪蘭的文教發展過程成為負擔。

但實際上，由於噶瑪蘭文教發展速度之快，極易傳達錯誤訊息，讓人忽略了這些不利因子，誤認噶瑪蘭應是一具高度人文歷史的區域，或由於當地文教環境極佳，所以文教興盛。根據相關臺灣文獻史料記載，實際情形恰恰倒反，不論是人口組成份子，如當年隨吳沙入墾的人口或之後陸續進噶瑪蘭謀生的移民，大多屬勞力階層，或根本就是凶悍的流民之類，道光三年噶瑪蘭通判呂志恆，曾經在有關治安管理的奏摺上如下敘述：「蘭民皆係山前廳、縣移徙而來，隻身遊蕩，不安本分，每因鼠牙雀角細故，輒行兇互鬥，滋生事端。」[5]可見初期蘭地漢移民，大多身分卑微，智識不高。

另外在文教的基礎環境方面，雖然相較於臺灣西部各地區，落後實在太多。但是如果將當年應試生童的多寡，作為一個比較的基準，將噶瑪蘭的文教發展與其他地區相比較，以做為文教發展的指標，這樣就可以更加具體看出，噶瑪蘭文教發展之速度。

例如淡水廳不論是開發、設治、幅員、社會、經濟、文教環境等等條件，都遠遠超越當時的噶瑪蘭廳，但是根據道光十一年（1831）的一段記載，我們可以清楚的了解到，當時噶瑪蘭廳雖因種種文教因素的艱困，但文教發展上卻從未落人後。「自開廳之初，置有仰山書院，按期課考；二十載來，疊荷新舊廳主栽培，漸有起色。現入書院肄業者，陸續有一百四十餘名，其未入書院而遠鄉教讀者，有三、四十名，又有初學詩文漸可應試者六、七十名不計外，實在蘭屬童生，確有一百八十餘名，較之淡水廳試童歷屆甫及百名，委係有贏無絀」。[6]開廳後二十年間，噶瑪蘭廳

---

[5] 陳淑均，《噶瑪蘭廳志》，（南投：臺灣文獻委員會，1993年），頁359。
[6] 同前註，頁157。

應科考試的生童達一百八十餘名，較之淡水廳試童歷屆甫及百名，委係有贏無絀。可見噶瑪蘭地區文風之盛，較之淡水廳毫不遜色。

文教起步雖晚，但因地方的頭人、士紳們，都非常重視家族子弟的教育問題，往往有自己出資建書院，教育子弟使其能知書達禮，參與功名，都有助於文教事業的推動與發展，一方面也是噶瑪蘭文教發展迅速的眾多助力之一。

二、作家的作品文類以詩歌為主，駢、散文則次之

當年活動於噶瑪蘭地區的文人，不論是入蘭遊宦亦或本地出身，本著吟詠風月、揮染筆墨的文人個性與生活氣息，創作出各具情調的詩文作品。但這些詩文作品，又因為時間、空間的遠隔，沒能全數傳下，今日僅能由《噶瑪蘭廳志·雜識》、《噶瑪蘭志略·藝文》、《臺灣詩乘》、《宜蘭縣志》等書中，看到數量有限的斷簡殘篇。而個人別集，也只有《泰階詩稿》、《西行吟草》兩部。目前在前述各書內，相關噶瑪蘭文學的作家與作品，都已輯出並整理在本文第四章中，所以在此不再重複一一列出。僅根據這些詩文作品的文類，於本小節就作品文類的問題，做一討論。

如果將本論文第四章裡所談論到的文學作家與作品資料，依作品文類略作整理，簡單區分為古典詩與其他文類二類，可以很清楚的看到，除了烏竹芳的〈仰山社序〉，姚瑩〈噶瑪蘭颱異記〉、〈噶瑪蘭屬壇祭文〉，仝卜年〈社稷壇禱告地震疏〉、〈修三貂嶺記〉，陳淑均〈擬修北門外至頭圍石路啟〉，黃學海、李祺生〈龜山賦〉之外，諸人所作其他作品都屬古典詩歌一類。

其次，若以噶瑪蘭本地出身的文人別集，李逢時《泰階詩

稿》，李望洋《西行吟草》兩部作品為對象，來做一分類。李逢
時的《泰階詩稿》中，除了數首的竹枝詞、山歌與賦體的〈銅貢
賦〉外，其餘亦都是屬詩歌作品一類。另一詩集，李望洋《西行
吟草》，則全部的作品都屬詩歌一類，別無其他。雖然這兩本別
集的今日面貌，都是經由他人之手編輯而成的，並非作者生平全
部作品都收錄於內。但是詩集內容作品的選錄標準，亦是一種彰
顯作者文學才能之評價標準。因此，依照文人別集內容，就不難
去了解，作者的文學才能與專擅領域、文類，其他如風格，語言
運用，修辭技巧，寫作手法等等亦多隱含其中。所以能夠收錄於
詩集之中的作品，應該是作者所擅長專精之佳作。

　　因此，根據今日仍然可見到的作品資料，當年文學作家所創
作的文類，大多以古典詩歌為主，其他文類作品，如駢文、記、
賦等，則較少涉入，傳下作品也不多。

三、作品題材方面，以寫景居多，暢志抒懷其次

　　綜觀清代噶瑪蘭文人所寫作之詩文作品，其題材內容約略
可以分為，抒懷，敘事，詠物，寫景，酬唱，題畫等。

　　其中大水名山，千古以來總是騷人墨客們喜愛吟詠的對象，
臺灣各地處處有名山、大水、秀麗景色，連橫《臺灣通史・藝文
志》云：「夫臺灣山川之奇秀、波濤之壯麗、飛潛動植之變化，
可以拓眼界、擴襟懷、寫遊踪、供探討，故天然之詩境也。以故
宦遊之士，頗多撰作」[7]，噶瑪蘭地雖僻遠，但是卻擁有渾然天
成，自成格局的秀麗山水。嘉慶初年，遊人簫竹入蘭遊歷，即發

---

[7]　連橫，《臺灣通史》，（南投：臺灣省文獻委員會，1983年），頁616。

現噶瑪蘭所擁有獨特的風光,讚不絕口外,曾留下這樣的注解。

> 是日也,天朗氣清,仰觀蘭中形勝,在長堤一湖,涵猴山
> 於永秀,連滄海而縈洄,龜嶼插中海之波,玉山接凌雲之
> 勢,朝麏鹿以群友,暮禽鳥而歸飛,長江有搊網之翁,遠
> 地多弓獵之戶,有行歌之互答,無案牘之勞形,漁樵耕讀,
> 樂土安居,足飽煖以欣歡,無理亂之憂喜,道途危險,洞
> 口祇行一人,滄海安瀾,扁舟可達四省,水口烏石關固,
> 山門夾枋鎖住,洋匪凶蕃,不敢逼視,故國名山,未能勝
> 此。[8]。

　　往後,隨著人文興起,噶瑪蘭秀麗的山川,更加受到文人所
喜愛,尤其是蘭陽八景的景色,出現在文人詩作裡的頻率最高。

　　續以烏竹芳的個人創作為例,今日可見詩歌作品僅存蘭陽八
景詩的八首,其他相關詩文,慨多散佚。就烏氏針對蘭陽八景所
賦之詩,他在對於風景方面的題材,處理的非常好,寫來景色生
動,字裡行間充分把該景的特殊韻味說的雋永傳神。然而,因為
烏氏今日所傳作品的限制,無法證實其他題材在他的詩文寫作之
中所佔的份量如何。因此,如果以現在有詩稿傳世的李逢時、李
望洋兩人的作品題材來作一討論,應該更具準確性。

　　首先是李逢時《泰階詩稿》,作品古近體,凡二百三十五題,
描寫山光水色、人文景緻的作品佔去了數十首,如果將借景抒情
的作品一併計入,則總數將超過百多首。他書寫的山水景物,因
為年少李逢時喜愛遊藝,而歷遊各廳縣,且於咸豐年間,曾經趕

---

[8]　盧世標,《宜蘭縣志》〈藝文志‧文學篇〉,(宜蘭:宜蘭文獻委員會,
　　1969 年),頁 2。

赴省垣應考舉子；因此詩中吟詠景物除了噶瑪蘭之外，遍及當年
臺灣西部各廳縣，甚至還遠渡重洋，寫到了福建八閩的名蹟勝景。

　　其次，李望洋《西行吟草》，作品各體總合凡二百零八題。
內容題材方面，因為大部分作品，是同治年間他赴甘肅任知州
時，一路上所聞所見，與旅途困頓、懷鄉心情的寫照。所以一路
上的風景在作品之中，佔有重要的份量；如果再加上遊宦期間與
友人一同到著名的歷史景點的追憶憑弔或者消夏（渡假遊玩）相
關作品，幾乎將佔去作品的七至八成份量。而其他作品，則述懷
暢志之作約有三十首左右。除前二類外，所餘多為思鄉懷親、酬
唱、擬作等類，只是數量不多。

四、風格殊異，各具天才，清新自然，流露作家真性情

　　清代噶瑪蘭作家寫作的風格，本質上可說是明、清時期閩學
的延續，因為閩粵的漢族移民大規模的開發臺灣，始於晚明時
期，盛於有清一代，因此臺灣文學的發展，必然與明代和清代的
福建文學發展脈絡有密不可分的關聯。具體說來，一是臺灣民眾
大多遷移自福建，當他們來到臺灣時，就將固有的文化傳承、家
學淵源等直接帶到了臺灣。二是臺灣從書房、鄉塾到縣學、府學
等各級學堂的塾師、教諭、教授，大多由福建文人擔任，他們在
教學過程中，必然會將福建文學傳播到臺灣。三是閩臺兩地文人
往來十分頻繁和密切，福建文人往往對臺灣表現出格外的關切，
他們的作品也常常在臺灣廣為流傳。如陳壽祺、楊浚、陳衍等，
都親自到過臺灣，或寫過一些有關臺灣的詩作，黃任的作品則留
佈臺灣，家傳戶誦，李漁叔《千里齋隨筆》云：「迄今三臺詞苑，

幾無不知有《香草箋》者。」[9]，凡此種種皆說明，清代臺灣與
大陸在文學的傳承上是一脈相傳，無法割裂。

但是閩學的大傳統，歷經黑水溝來到臺灣，於時空因素的轉
變與置換下，如此的大傳統並非一成不變。例如在當年的福建文
壇所發生過的，「尊唐」、「崇宋」的競逐，彼此勢力的發展消
長等。這些現象在當時臺灣文人身上似乎並不明顯。曾經用心於
研究臺灣文學發展的多位優秀學者，如龔顯宗、施懿琳、黃美娥、
江寶釵等，在其研究成果中，皆有提出相關的卓見與精采的論述。

觀之清代噶瑪蘭文壇，作家來自天南地北，學識養成與出身
亦所不同，因此，各自有其自我本色，獨立卓越。如李逢時，詩
風取徑少陵，短詠清新可誦，長歌尤具神韻。若〈月下吟〉、〈玉
山〉、〈題學海小像〉、〈協安局感懷〉、〈漳泉械鬥歌〉等長
詠，涉及景事，可為蘭陽之史詩也。[10]李望洋，所存之詩，則率
多寫實，將遊宦西北的行跡與閱歷，一一以詩記之，集成《西行
吟草》，風格清新，連橫評論以「平淡」，而其詩友馬宗戴，則
以醞釀含蓄，得唐人三昧序之；文壇上各自擅場，無唐、宋之分
野。

整體而言，清代噶瑪蘭文學的書寫風格，呈現出清新自然的
氣質。大多數的文人，都把寫作視為個人情性的抒發，本性與真
情的流露，並不因為刻意要學某宗某，而妨礙了作品中的真性
情；因此，創作之中少有矯揉造作，無病呻吟，或者是過於穠艷
琦麗，鋪排繁複的作品。李逢時在作品中曾經這樣說過：「率真

---

[9] 朱雙一，《閩臺文學的文化親緣》，（福州：福建人民出版社，2003 年），
  頁 248 至 249。
[10] 李逢時，《泰階詩稿》，（臺北：龍文出版社，2001 年），頁 1。

見性天，無意投時好」〈贈宗弟孝廉心亭〉，「休將詠檜讎坡老，
怒罵文章出性靈」〈癸亥書齋題壁〉，「愧余不是謫仙人，巾幗
憐才出性真。」〈陳姬不讀書頗知詩趣〉。馬宗戴在《西行吟草》
序中，對於李望洋作品的看法，「徐觀其為政事，無大小皆以實
心實意，行不尚粉飾，不求聞譽，適如其人，亦適如其詩」。[11]
由此觀之，創作時能有本真性情的流露，就能塑造出自己的風
格，不必一味地學效他人，東施效顰。

五、語言修辭，多樸實淺白，少用典，不假雕琢

　　清代噶瑪蘭文學作家，在語言修辭的運用方面，大多是質樸
自然，語言清澈，感情純摯，情景交融。不但善於描繪自然，也
善於用淺顯的詩歌語言，表達深厚的感情，可謂言有盡而意無
窮，給人一種獨特的美感。如噶瑪蘭本地出身的文人李逢時《泰
階詩稿‧海上觀漁》：「雲濤浩莽接蒼穹，趁曉漁船出海東。破
網欲撈龜島日，輕帆遙掛蜃樓風。舟人背上芰襴綠，估客肩頭撥
刺紅。即此煙波長潤迹，一竿閒煞釣魚翁。」[12]

　　蘭陽平原的地勢依山面海，海岸線長且漁產非常豐富；漁民
們勤奮的出海打漁，過著恬適自足與世無爭的生活。漁船往往清
晨天未亮就出海去，好像要趕在日出前把網撒好似的，以等待捕
捉破曉第一道的龜島日出。龜山島是蘭陽平原的守護者，位東外
海亦日頭躍升之處，每當旭日東昇，紅霞滿天，稱譽為蘭陽八景
之「龜山朝日」，古今多少騷人墨客，為它傾倒，每以詩賦之。
如烏竹芳〈龜山朝日〉、陳淑均〈龜山朝日〉，黃學海〈龜山賦〉……

---

[11] 李望洋，《西行吟草》，（臺北：龍文出版社，1992 年），頁 1。
[12] 同註 169，頁 125。

等[13]。詩中漁人的動、釣翁的靜，舟人背上繩子的綠、商販肩頭的紅，又有網撈龜島日的美景和海上徐來的微風。將海景風光刻劃的燦爛繽紛，如詩如畫。

整首詩，逢時運用樸實無華的語言，將這般美景刻劃的栩栩如生，「雲濤浩莽接蒼穹，趁曉漁船出海東」，語言淺白，但是卻能將漁民日常生活的場景描寫的貼切，「舟人背上苿櫚綠，估客肩頭撥刺紅」，口語化的直書，順乎自然，毫不假修飾雕琢，卻能精采的塑造出，「舟人」、「估客」，鮮明的形象。

有清一代，遊宦來到噶瑪蘭的文人，如楊廷理的作品，其文字修辭的表現，亦甚簡樸自然，如詩作〈羅東道中〉。

> 淩晨閒攬轡，極目望清秋。地判東西勢，溪通清濁流。炊烟村遠近，帆影海沈浮。白鷺應憐我，三年五次游。

楊廷理賦此詩，可能起因於長年南北奔波，頗有倦勤之感；因此詩中直言，「白鷺應憐我，三年五次游」。所用語言淺白，詩意卻舒暢自然；將自憐的心思，運用「清秋」、「遠村炊烟」、「帆影」等具體場景的描寫，一一託出。真切的道出自己，「三年五次遊」，的經歷與心聲。

> 斜風密雨到重陽，憶到身家百感茫。覓句了無新意味，從公難改舊衷腸。潮聲遠近喧清夢，蟲語週遭近小牀。畢竟似僧還是客，披衣起坐費思量。〈九月晨起悶坐〉

這是楊廷理另一首作品。同樣用的是淺顯易懂的語言，直接

[13] 陳淑均，《噶瑪蘭廳志》，（南投：臺灣省文獻委員會，1993年），頁636至666。

由重陽的風雨，談到夜深人靜時，起坐費思量的感觸。語言修辭不假雕琢，平鋪直述，善於用淺顯的詩歌語言，表達深厚的感情，可謂言有盡而意無窮。

　　道光十七年（1837），任噶瑪蘭通判的李若琳，除了詩歌作品之中，善用樸實的文詞外，有時連詩題，也非常的口語化，如〈羅漢腳〉「盛世無夫布，仍多浪蕩身。須知羅漢腳，半是擲金人。任肆萑苻虐，終罹法網新。孰操隨會法，俾爾盡逃秦」。詩文中，運用生動淺易的語言，將「羅漢腳」的社會形象，赤裸裸的呈現出來，毫不加以修飾與隱蔽。

第六章　民間文學

　　民間文學，孕育和成長於民間市井，傳佈於大眾，緊密地與普羅大眾生活相結合，使用的是質樸口語，追求的是生活現實的反映與真摯情感的抒發，不造作，不浮誇，更不尚華麗與無病呻吟，形式多元，活潑自然更充滿盎然的生命活力。隨著時代環境與空間背景的流轉，民間文學每有新的創發與更易，因此，跟隨著時代的脈動不斷的轉舊出新，亦是這樣的文學形式的另一大特點。關於原創作者的問題，因為文本的流動性，也就早已消融在歲月的流動之中。遠古至今，口頭傳遞一直是生命的經驗與智慧傳承的方式之一，在文字尚未使用前地位更是唯一，這樣的方式在文字使用以後，仍然在社會中佔有其重要的地位。這條智慧的河流從未乾渴斷流，只是逐漸流到民間與普羅大眾的生活更加接近與親密。對大多數不識之無的平民大眾而言，他們的生活經驗乃至生命的價值、人生智慧等，也多能經口頭形式化作諺語、歌謠、楹聯、神話、傳說、民間故事，一代代傳承下去。因此，「民

間文學」或稱「俗文學」者，乃是庶民大眾生活的見證，也是歷史人文的發展軌跡與鎔爐。

本章將就諺語、歌謠、楹聯、神話、傳說、民間故事等，逐一討論，試圖對清代噶瑪蘭地區的民間文學樣貌加以介紹，也經由這樣的探討，期使對噶瑪蘭文學的發展有更全面性得認識。

第一節 漢民族的神話與傳說

神話與傳說，在中國傳統文學的發展上，佔有重要的地位，因為神話與傳說，乃是文學的源頭之一。其早先存在的形式是流傳於口耳之間，內容方面則隨著時代、環境的增益，逐漸的豐富多元；爾後，文字的出現，載之於文字，藉由文字，得到屬於它自己的形體與歸宿，如《山海經》。而傳說與神話，兩者之間如何去做有效的分類，其實兩者的諸多元素原本即難以區分，再者諸多材料歷經歲月的積累，互相之間常是相互引用與參酌。因此，兩者界線也就逐漸模糊，混淆不清，終至難以區別劃分。

每個民族，都有屬於自己的神話傳說。根據這些神話傳說的內涵來觀察，我們的先民社會的這項特質，也可以說是先民對於神秘的大自然現象的一種銓釋，因此，宇宙開闢、人類起源、平治洪水、太陽神、火神等主題，常是各地神話故事的重要內容。除了上述這些主題之外，神話傳說的另一重要內涵是與大眾生活緊密結合在一起的，因此，在部分故事裡面，所表現的是先民的勤勞、勇敢的性格與豐富的智慧和想像，同時也會有和自然界抗爭的現實生活以及對於幸福自由的渴望。

研究神話與傳說，除了可以知道初民的生活思想，同時也可

以看到當年歷史的場景。神話與傳說對於後代文學、藝術的創造，也給予很大的影響。

一、神話傳說的內容與主題

今日在相關史料中，所留存下來的神話與傳說，可以說是非常的豐富與多元，因此以下即就目前所留存下來的神話故事與傳說，依其內容大略分成六大主題來一一加以討論。

（一）宇宙的起源創生

1.拾豬屎的托天

俗話說：「不知天高地厚」。這一神話就是一則講「天高」，天為何這麼的高，讓人摸不著也望不盡的故事。大概內容是這樣的，從前天沒這麼高，有一個撿豬糞的挑一個糞桶，邊挑邊撿豬糞，頭一抬起來就頂到天，於是拿起撿豬糞的木刺撐天，邊撐邊說：「天啊，你要高一點啊。」一直撐，一直撐，天就一直撐高，一直撐高，結果，天撐的太高了，人就都碰不到天了。

2.暝合日的由來

日月的傳說，不論古今中外，在各族群歷史文化中，都有非常非常多的相關資料，中國傳統神話《山海經》中，有九隻金烏的傳說，西方埃及與希臘也都有太陽神、月神的相關神話。因此這個主題，或許可說是全人類跨越種族界線，數千年文明以來，在宇宙甚至生命起源的問題意識方面，所共有的一個集體關注的焦點。噶瑪蘭地區早年在市井口語間，也流傳有這樣一則神話，話說：「從前人間是沒有日夜分別的，人們除了工作外，就是睡覺，累了就睡，睡起就繼續工作。但是後來，玉皇大帝認為，沒

有日夜，大家想睡就睡，這樣的太沒有秩序了，於是就丟了一個地球下來，叫太陽站在地球上面，太陽一出來就代表天亮了，然後叫太陰在晚上的時候出來。從此後才有日夜的分別。但是這時月亮說話了，他說：「天氣好的時候才有太陽出來，雨天就休息，可是他卻要每天出來，不公平。」玉皇大帝說：「那你每月十五晚才月圓，初一、二要變成月眉形，初三、四出現一點，隨時間增加到十五晚上整個都出現，到了十八、九的時候，你要一直變暗，直到三十全暗；如果下雨天，太陽休息，你也一樣可以休息。」所以後來，月亮、太陽，兩個就各站在地球的一邊，人間才有日夜分別。」[1]

（二）自然地理環境

1.龍女與龜將的海誓山盟

龜山島的前世是一位雄糾糾氣昂昂，生活在海底龍宮的龜大將軍；因為私下未經龍王同意，與深受龍王疼愛的掌上明珠噶瑪蘭公主相戀，引起龍王的憤怒；於是下令所有的蝦兵蟹將，一起將龜大將軍驅趕出龍宮，罪罰他們倆人終生不得相見。這般的生離死別，也讓噶瑪蘭公主悲傷不已，終日淚連連。龜大將軍在不捨之餘，僅能用力的擺著尾巴，激起一陣陣的浪頭，好像是他無盡的想念般，一波波的湧向噶瑪蘭公主的懷抱，訴說著他的衷情。噶瑪蘭公主為了讓龜大將軍一個人在外頭，不受到風吹日曬雨淋，特別悄悄地編了一頂斗笠，送給了龜大將軍，每逢將要刮風下雨的時刻，龜大將軍總是拿出他心愛的寶貝來戴上，是一種

---

[1] 林聰明、胡萬川，《羅阿蜂、陳阿勉故事輯》，（宜蘭：宜蘭縣文化中心，1998年），頁22至25。

思念也是一種感嘆。

除上述結局外，還有另一不同版本的情節；因為龍王不答應兩人交往，兩人便相約私奔出龍宮。然而私奔的事跡敗露，龍王大怒，派兵追捕兩人，龜將軍讓公主先上岸，自己則在海面上與追兵奮力纏鬥，最後寡不敵眾，終於力竭而亡，化為龜山島，公主也因憂傷過度，最後靜靜的躺臥，為龜將軍殉情而去，化為噶瑪蘭平原，與龜山島遙遙相望，時時刻刻相伴相隨，不再分離。

2.鄭成功與龜精大鬥法

當年鄭成功要以臺灣作為反清復明的基地，所以起兵攻打當時佔領臺灣的荷蘭人；由於戰爭所需資源物質龐大，一般船艦運補不及，於是徵召任命一對大海龜，協助擔任海上運輸補給的工作。但是因為雄龜行動較為遲緩，且又常不聽命指揮行事，偶而還喜歡在海上翩翩起舞，掀起巨浪影響附近船隻航行，導致延誤軍機，使得鄭成功下令砲轟警告。這時大海龜仍然不知道要警惕，反而一時興起，隨著滔天大浪，在海中跳起舞來，不巧，此時軍隊所發射的其中一枚砲彈，不偏不倚的落在大雄龜的頭上，把整個頭都打碎掉了，於是大雄龜一命嗚呼，從此靜靜的躺在海底，只露出高高隆起的龜背，從此，附近海面回復以往的風平浪靜，民眾以「和平島」來稱呼這露出水面的龜背。

雌龜眼看雄龜中彈，於是拖著疲憊的步伐，奮力往外海游去，試著逃出攻擊範圍，怎料又一枚砲彈飛來，打中雌龜左腋下，一時血流如柱，雌龜忍著痛楚，仍奮力往外海游去，來到噶瑪蘭外海時，終於體力不支，在產下幾顆龜卵後，也跟隨著雄龜一起上了天堂。雌龜化成了龜山島，永遠匍伏於噶瑪蘭的海邊，陪伴

著那還來不及孵化的龜卵，靜靜的守護著。[2]

另一傳說，龜山島乃是一龜精，當年鄭成功率兵來臺經過此地，船隊遭受到攻擊，龜精掀起滔天巨浪，危急時，鄭成功一箭射出，將龜精射傷，產下龜卵後傷重而死，現今的龜卵嶼與硫磺氣孔，即是當年的龜卵與箭傷。

3.龜蛇把海口

噶瑪蘭的山川形勢，古有「龜蛇把海口」一說，「龜」就是龜山島，「蛇」指的是沿噶瑪蘭平原海岸線延伸，由北至南的沙崙。這傳說起源於，有一位屠夫因為自覺此生屠殺生靈過多，罪虐深重，於是決定放下屠刀，不再殺生，且希望能潛修仙道，為自己的過去贖罪外，兼能度化眾人；因其專心修練，終得正果，在得道昇天時，他決議要剖開自己的肚腸，以為報應，在取出肚腸時，肚腸霎時化為龜、蛇二神將，緩緩下凡，並且受命，必須永遠護衛這一塊土地。這樣的傳說與保生大帝得道昇天，肚腸化為龜蛇二神將，以供趨駕傳說，如出同源。先民原鄉多數來自福建，因此中國傳統的文化內涵也隨之渡海來臺；如此的龜蛇神將守護土地的傳說，更加證明了，當年閩臺文化之間，密切相關的文化意識。

4.玄龜的大愛

「uann 海仔」，是海賊，有一天到太平山再進去的清水湖那邊，剛好遇到一隻八卦龜，海賊就想，這隻龜是個寶，要把龜遷回國，那隻龜就一直爬，一直爬，爬到蘭陽溪入海口，那隻龜看

---

[2] 徐惠隆，《蘭陽的歷史與風土》，（臺北：臺原出版社，1992 年），頁59。

到這個地形就說：「矣！噶瑪蘭這個地方如果沒有我這隻龜來鎮壓，這裡將無法住人。」於是這隻龜就不走了，要待在那裡。那個海賊就用棍子打牠，一打把龜鼻給打裂了，於是那隻龜就永遠待在蘭陽溪出海口的海面上。[3]

（三）歷史人文景觀

1.「雲從龍，風從虎」，古道虎碑

昔日由淡水廳入噶瑪蘭的陸路交通管道，路途需跋山涉水，翻山越嶺，一路上驚險萬分。當年身為臺灣鎮總兵劉明燈，因職務入噶瑪蘭巡守，由淡水廳出發，沿路經三貂古道，一路平順的來到噶瑪蘭境之草嶺。不料，原來清空萬里的山巔，瞬間風起雲湧，濃霧瀰漫，且飛沙走石，狂風大作，完全阻擋了劉總兵軍士行伍的去路。面對此異象，愕然之際，劉總兵心靈一閃，難道會是附近山靈或鬼魅魍魎，故意興風做浪，阻擋去路；於是他就依據易經所言：「雲從龍，風從虎」，立刻在古道邊找來山石一塊，手書一「虎」字於上，字一寫完，果不其然，狂風驟止，雲消霧散，又是一片晴空，軍旅行伍亦得以繼續旅程，順利入蘭執行任務。至今這塊古碑仍然屹立於草嶺古道旁，見證著這一段為噶瑪蘭人所津津樂道的民間傳說。

2.「文運興昌，科甲聯登」，昭應宮

昭應宮主祀天后媽祖，媽祖原是海上的保護神；這樣的信仰早年跟隨著大陸沿海移民的來到，傳入臺灣且成為移民們生活中重要的精神寄託。嘉慶十三年（1808），噶瑪蘭的移民，因媽祖

---

[3] 林聰明、胡萬川，《羅阿蜂、陳阿勉故事輯》，（宜蘭：宜蘭縣文化中心，1998 年），頁 72 至 75。

信仰的虔誠，於是集資募款，建了一間媽祖廟，也就是現今昭應
宮的前身。

　　清朝治臺官吏鑒察到媽祖的信仰普及臺灣民間，而且為臺民
生活主要的慰藉，因此朝廷為順應臺民的心理需求，特別在臺灣
地區頒行一政策，即凡是廳治所在地的媽祖廟，一律撥官帑敕
建。嘉慶十七年（1812），噶瑪蘭設治，通判楊廷理，援例撥下
一筆款項給昭應宮，並賜「敕建昭應宮」匾額，所以今日昭應宮，
當年乃屬官民合建性質。

　　道光十四年（1834）廟宇重建，廟門方向也由原來東向改為
西向。箇中原由，相傳當時廟方延聘一精通堪輿之學的地理師評
鑑廟宇重建的方位，謂東向「物產豐富」，而改西向必「科甲聯
登」。是時地方士紳及信徒，認為物產豐富為土地利用的必然現
象，而科甲聯登乃地方無上光榮。雖然縣內各地天后宮多為東向
面海，但為求地方文運興盛，於是獨豎一幟，改以西向重建。昭
應宮由東向改為西向之後，果然同治七年（1868）出了「開蘭進
士」楊士芳。[4]

3.「腳踏龜蛇」，艮安宮

　　相傳艮安宮建於清道光元年（1820），是供奉玄天上帝的廟
宇，也是當年入蘭拓墾的移民，為了祈求土地開拓順利，而請來
的守護神。據說當年廟宇的建築方位乃是壓東北，但是自從廟宇
建成，遠在海外的龜山島立刻受其影響，島上的水，突然一夕間，
由淡水變成鹹水，使得當地無淡水可供生活所需。因此，居民請
來一位地理師，經察來龍去脈，結果是艮安宮的廟勢方位，剛好

---

[4]　游謙、施芳瓏，《宜蘭縣民間信仰》，（宜蘭：宜蘭縣政府，2003年），
　　頁291至292。

壓住了龜山島上的氣脈，而且主神玄天上帝本就腳踏龜蛇，因此，本是風水寶地的龜山島，地理風水被破壞殆盡，居民難以生存。民安宮得知這個情形後，立即請示神明，召開信徒大會，獲得改建更換方位的共識，由原來壓東北向轉為壓東南向，如此一來，廟宇方位將不再干擾到龜山島，島上的鹹水也變回了原來的淡水，居民亦恢復了原來正常的生活。

民國七十九年，民安宮擴大重建，因為考慮到龜山島今日已無居民，所以廟勢改回原方位，壓東北向。[5]

（四）文人科舉

1.魚脯仔進士

這是「開蘭進士」楊士芳當年進京趕考的佚事。當年楊氏出身清苦，入京之時，為了省一些盤纏，隨身攜帶一些炒小魚干，路上可以配著飯吃。當他來到京城，棲身於旅店之時，因為沒錢吃香喝辣，所以總是以小魚干配飯。某日他正在吃飯時，有一位微服出訪的親王，受到這一股炒小魚干的香味吸引而來，於是兩人相談甚歡。爾後，兩人就常一起吃飯喝酒，天南地北的聊，於是這位親王也就知道，楊氏乃是一位飽讀詩書之士。

考期終於到來，基於關心，這位親王以其尊貴身分，找來主考官詢問楊氏成績，主考官不敢大意，仔細詳閱楊氏文章，亦覺程度頗佳，因此楊氏最後順利考取進士。[6]

---

[5] 游謙、施芳瓏，《宜蘭縣民間信仰》，（宜蘭：宜蘭縣政府，2003 年），頁 307。

[6] 宋隆全、胡萬川，《宜蘭縣民間文學集》，（宜蘭：宜蘭縣文化中心，1999 年），頁 18。

2.黃秀才，白舉人

黃纘緒是噶瑪蘭的第一位舉人，為人幽默風趣，今日宜蘭仍然流傳，當年他遠赴福州應試所發生的佚聞。道光年間，黃氏取得秀才後，渡海到福州參加舉人鄉試，寄宿客棧時候，恰巧遇到一位準備前往京城應會試考進士的白姓舉人。黃氏一方面喜歡以文會友，一方面也得以排遣閒暇時間，所以就來到白舉人跟前，故意略帶挑釁，吟了兩句童謠，「月光光，秀才郎，騎白馬，過南唐。」白舉人此時亦不甘示弱，立刻接了，「日黃黃，白舉人，騎黃牛，上北京。」兩人不打不相識，自此成為好友，相知相惜。[7]

（五）勸化世人

1.味仙祖的故事

當文學仍然是籠罩在傳統的儒家禮教思維裡時，文以載道，移風易俗，勸化世人的主題，就佔有非常重要的地位。中國自漢代以來，儒家思想影響深遠，噶瑪蘭也在這樣的歷史大環境下，文學上也出現一些這樣的作品，味仙祖的故事就是其中之一。它是一篇借助味仙祖降世，化為賣油的老人，以考驗世人心中貪念的過程；勸人心中勿起貪念，只要能踏實的過生活，日子就能平順安穩甚至富貴顯達，而一但生起貪念，將招致對生活的不滿足感，最後終將惡性循環，破壞自己原本可以美滿幸福的人生。

2.睏夢

---

[7] 趙莒玲，《臺灣開發故事‧東部地區》，（臺北：天衛文化出版社，1998年），頁124。

　　睏夢整個故事情節，其實是在說兩個故事，但是其內容都同樣是奉勸大家，要認真踏實的為自己的人生努力奮鬥，絕對不可以想要如兩位主人翁般，一心只想在夢中求神仙告訴自己，可以發大財的捷徑。最後，兩人在散盡家產之後，才覺悟過來，原來當初在夢中的神仙，是在規勸他們不可以如此浪蕩，否則下場一定是「狼狽」。今日果真應驗，但為時已晚。

（六）神蹟顯聖

1.「黃蜂出巢」，協天廟

　　據《敕建礁溪協天廟簡介》記載，相傳，福建漳州府平和縣人林楓，由於訟事進京，途中經過東山縣，聽說當地關帝廟威靈顯赫，所以特別到關帝廟裡祈求關聖帝君保佑，林楓到達京城以後，訟事果然打贏了，回家途中經過東山縣，再次入廟，叩謝神恩，並且在關聖帝君前卜筊，得到聖筊，於是他迎奉分靈回鄉，並雕刻關聖帝君神像供奉。

　　後來，林楓的子孫林應獅、林古芮等人決定來臺灣開墾，於是在出發前，特別到東山縣關帝廟卜筊，獲准請奉分靈一尊關帝君神像，隨身攜帶來臺。林應獅等人乘船渡海，十分順利，在臺灣北部登陸上岸，並由草嶺進入蘭陽平原，來到礁溪發現此勝地，背倚五峰旗山，下臨太平洋，是一個黃蜂出巢靈穴，於是定居下來。並在嘉慶九年（1804）建廟奉祀關聖帝君。

　　林應獅等人剛到礁溪時，當地居民很少，又經常遭受原住民的侵擾，加上水土不服，以致瘟疫盛行。但是自從建廟奉祀關聖帝君之後，當地民眾安居，土地開發順利，境域日漸繁榮，庄民都認為是協天廟的護佑，所以膜拜更加虔誠，香火日益興盛。

　　民間相傳，礁溪協天廟的主神關聖帝君曾經與朝廷命官發生

過一段顯聖傳說,這段傳說是發生在清同治六年(1867),臺灣總兵劉明燈巡視噶瑪蘭時,軍隊住宿該廟。由於他的部屬的無知,砍伐該廟後的楓樹枝作為柴薪,一般俗稱楓樹為神樹,亦稱地靈的龍鱗,因此觸犯了神靈,以致全體士兵染患疾病。

劉明燈得知之後,匆忙要步上正殿,過中門時,舉起腳卻踢到戶限,此時抬頭一看,望著關聖帝君正怒目的瞪著他。劉明燈大為震驚,非常恐慌,趕忙跪拜求赦,不久,染病的士兵逐漸地痊癒。這件事過後,劉明燈上表朝廷,請敕建「協天廟」,因此,礁溪協天廟乃是全臺唯一由清政府敕建的關聖帝君廟。[8]

2.「文官下轎,武官下馬」,金斗公廟

相傳,一百多年前,本廟現址人煙稀少,只有南邊散居著幾戶人家,過著半農半漁的生活。當時捕魚的方法,都以流刺網為主。有一天清晨,一艘漁船主人在海上收網時,網到一個骷髏頭,漁夫嚇了一跳,立刻把它移開。第二天收網時,那個骷髏頭又罩在那漁夫的網裡,好像有意要他收拾。漁夫不敢再怠慢,就很恭敬的迎回岸上,裝入金斗,安放在船澳附近的小山崖下,並準備牲禮祭拜後,才安心的回家。

從此以後,那位漁夫每天捕到的漁,比平常多,也比別人多許多,別人的漁獲則是不多反少。因此,大家猜想是不是金斗公在報答這位漁夫的陰德,於是大家也來到金斗公祈求保佑與豐收,金斗公有求必應,眾人果真行船平安且漁獲豐收。於是人們開始傳說,金斗公已得到龍穴的靈氣,所以這麼靈驗。這時,有一位漁夫,意圖不軌,心想該處既是龍穴所在,何不把自家祖先

---

[8] 游謙、施芳瓏,《宜蘭縣民間信仰》,(宜蘭:宜蘭縣政府,2003年),頁250。

的祖骨入替，使家運昌隆。於是移花接木，把原先的金斗公移走，改放自家的金斗。不料那位漁夫，於三天後，竟然突發重病，一命嗚呼。接著，不到七天，該家族又連死兩人。遺族非常惶恐，趕緊放回金斗，並用厚禮祭拜贖罪，才保住其餘人性命。如此恐怖嚴厲的報應，使人們對金斗公更加敬畏。

　　另一則有關該廟顯聖的傳說，時間是在光緒六年（1880），清朝提督軍門，鎮守臺澎的總兵劉明燈，以臺鎮巡按大人的身分，帶領一行人，從北越過三貂嶺，進入本地。正當此行人，由大里過北關，途經該廟。當時該廟附近都是峻石環踞，只有廟前有一條狹窄的通道。當劉巡按的座轎來到廟前，卻被兩邊壁石卡住，無法通過。隨從很納悶，因為石壁寬度，較巡按座轎寬，沒有過不去的道理，於是往後退一步，再度起轎，還是過不去，真是奇怪！這時劉明燈心想，莫非神靈顯聖，想要封誥？因此，他下轎參拜，並敕封廟神，說：「神靈顯赫，賜汝萬代香煙不斷」，此外，並誥示：今後文武官員通過此廟，「文官下轎，武官下馬」。然後，劉巡按再度上轎，順利無礙，繼續他的行程。[9]

　　3.紅鬍鬚的三王公，碧仙宮

　　據說，明朝末年，有三位結拜兄弟，雕裝三尊三山國王，一起攜奉渡海來臺。來臺後，各自找地方開墾，後來也就失去聯絡。據說，其中那尊三王即供奉在該廟，二王有人指說奉祀在冬山鄉大興村振安宮，至於大王至今還在尋找當中。

　　傳說，清代枕頭山一帶有一批匪徒，經常抓人上山勒索金錢。有一次，村人沈黑番被匪徒綁到山上，匪徒正準備對他動手，

[9]　游謙、施芳瓏，《宜蘭縣民間信仰》，（宜蘭：宜蘭縣政府，2003 年），頁 222 至 223。

以便向他的家人索求贖金。當時,沈黑番看見一位頭戴帽子,手拿一支槍,紅鬍鬚的人來拯救他,並說:「黑番仔、黑番仔,還不快走,否則你將沒命!」於是沈黑番從山上一路死命狂奔下來,冥冥之中,如有神明帶路似的,順利脫離險境。事後,他恍然大悟原來是該廟三山國王的三王公顯靈去救他。[10]

4.保境安民的白馬老人,石聖公廟

相傳,約一百五十年前,本地(舊名員山庄)有一個水池叫「公埔埤」。有一天,一位農夫在耕地,發現水田中有一塊大石頭,因為石頭妨礙耕作,所以農夫硬是把它推落到「公埔埤」內。但是第二天早上,農夫發現這塊石頭仍然在水田當中,再把它推入埤內,明天去看,石頭又跑回原來位置。如此反覆數次,農夫恍然大悟,這塊石頭有神靈存在,於是趕緊燒香膜拜,尊稱它為「石聖公」。消息傳開之後,前來膜拜的人絡繹不絕。有人主張建廟,但是卜筊求神諭,每次都不得聖筊,人們只好把「石聖公」留在原處不動,設置香爐膜拜。

該廟供奉的「石聖公」金身,手拿大刀,騎著一匹白馬。鄉里流傳著一則有關石聖公顯聖傳說,內容大概是這樣的,早年來到本地開墾的祖先,經常受到原住民的侵擾,以及遭受被出草的噩運。後來,原住民很少再出來取人頭,大家覺得奇怪。根據當時與部分原住民有往來的番割人士說,你們這裡有一位老人,非常高大,騎著一匹白馬,手拿大刀,每次原住民追殺到此地,都被他嚇退。大家才恍然大悟,原來是「石聖公」現身,幫助他們驅走原住民。因此,庄民為感念「石聖公」保護地方安全的恩德,

---

[10] 游謙、施芳瓏,《宜蘭縣民間信仰》,(宜蘭:宜蘭縣政府,2003年),頁236。

特別依據番割的描述，雕裝了一尊金身。[11]

　　5.「不由人算」，城隍廟

　　該廟是清代少數列入「官祀」的廟宇之一，於光緒元年（1875），晉爵為縣城隍，敕封顯佑伯。據陳長城〈宜蘭城隍廟〉記載，本廟創建於嘉慶十八年（1813），在噶瑪蘭古城建城不久，由官民合力出錢建造，為二堂、三楹的建築。道光十年（1830），通判李廷璧倡募大修；咸豐八年（1858），通判富謙捐奉倡修；同治七年（1868），通判丁承禧及士紳共同倡修。

　　相傳，在清代地方官員如果碰到難解的疑案，就將嫌疑犯押到城隍廟內住幾天，交由「神判」，往往能得到破案的靈感。據說，高懸在廟門內側，寫著「不由人算」的大算盤，便是受城隍爺指點，因而洗清冤屈的信徒所敬獻的。[12]

二、神話傳說的文學特質

　　噶瑪蘭的開發始於清代，但是今日在相關史料中所留存下來的神話與傳說，可說非常的豐富與多元。而這些的神話傳說的生成時空，除少數可以確定乃是源於噶瑪蘭本地人、事、物外，更多的是與臺灣其他地區，甚至是大多數當年臺灣移民的原鄉，福建、廣東的故事，在內容以及形式方面，有清楚的一脈相承痕跡存在。如〈大舜耕田〉、〈上帝公的由來〉、〈文王造年月〉、〈秦始皇的故事〉、〈董永的故事〉、〈閻羅王合箍桶貴子〉、〈劉文龍合鰗鰡精〉等[13]。

---

[11] 同前註，頁 373。
[12] 同前註，頁 339。
[13] 林聰明、胡萬川，《羅阿蜂、陳阿勉故事專輯》，（宜蘭：宜蘭文化中

　　由此亦可以想見，當年先民來到榛莽未闢的這片土地時，除了帶來墾拓荒原所需的扁擔、鋤頭、畚箕之外，同時也為噶瑪蘭地區帶來非常豐富的文學養料。其中最為可貴的一點是，早期先民對於中國傳統的神話傳說題材的引入外，也將這樣富浪漫氣息的創作手法與意識傳入噶瑪蘭，並於宇宙生命的起源創生，噶瑪蘭地理環境，歷史人文景觀，文人科舉，移風化俗，地方廟宇等方面，創造出為數甚多，噶瑪蘭地區所獨有的美麗神話與傳說，讓日後的文學發展可以在這片土壤之中生根發芽與茁壯。

　　經由神話傳說的書寫形式與內容的探討，我們可以進一步的了解到，早期先民渡海來臺後，面對此一新天地，嶄新環境之下，如何來看待臺灣地區的自然環境。篳路藍縷以啟蘭疆的同時，先民心中透過想像與創造，如何來勾勒自己將來要落地生根，期望後代綿延的大環境。

　　人類文明源起之初，我們的先祖們似乎曾經也經歷過這樣的一段文明發展的進程，對於大自然環境的不了解，因而創造出許許多多，至今仍然膾炙人口，充滿奇幻、神秘的神話傳說。先民初到臺灣，臺地的種種例如山川、地理形勢、原住民族群文化等，對其而言，完全陌生。一切彷彿再次經歷文明初現之時，先祖們所面對過的狀態一樣。所以噶瑪蘭地區的神話傳說，對於噶瑪蘭地區的自然環境與歷史人文的述寫，也就處處充滿奇異、幻想與神秘，富神話性與浪漫精神。

心），1998 年。

第二節　諺語

　　諺語又稱俗語，或者俚語。臺灣傳統諺語源於古中原文化，而隨著先民自閩南地區傳遞來臺灣，充滿民族文化生活價值觀，在臺灣三、四百年的歷史中，集合眾多庶民的智慧，創作豐富而鄉土色彩濃厚的諺語，句句深含哲理，詞藻淺顯，任何人一聽即可意會其意；詞句容或俚俗不典雅，但它卻能以簡單之「一語」，譬喻複雜的人間事象，絕妙之處令人拍案叫絕。[14]因此，臺灣的諺語，可說是先民渡臺數百年來，所累積的生活經驗。其中也蘊藏著庶民生活中豐富的生存智慧與人生哲理。

　　自古以來，流行於臺灣各地區的諺語，有的輕鬆逗趣，有的是對人情冷暖的體驗，有的是對大自然的觀察所得。我們可以從這些諺語之中，感受到先民的生活脈動，也可以觀察到一地之文化變遷和歷史發展的脈絡軌跡。一般大眾所習慣的用語，無一不是先民，經由生活的體驗與對自然的觀察，並於歲月之中，所凝煉出的一種廣受普遍價值所認同的語句。因此諺語的形成，亦需要經過時間的累積與共同價值的認定。如此，經由諺語的流傳，先民的智慧與經驗也得以代代相傳。

　　清代噶瑪蘭由於土地的開發，地方社會漸次成型，生活於此間的民眾，日常生活之中，逐漸產生許多當年相關人、事、物的諺語。這些諺語靈活的把當年的景況，用最精簡、有力的文字，於三兩句之間，將對象描寫的微妙微肖，可謂傳神。因此本節試著從文學角度來切入，就當年人、事、物相關的諺語為範疇，一探其人文精神內涵與文學特質。

---

[14] 陳正之，《智慧的語珠/臺灣的傳統諺語》，（臺中：臺灣省新聞處，1998年），頁1。

一、諺語

(一)自然地理環境

1.「龜蛇把海口」

噶瑪蘭的山川地理形勢，三面環山，東面開口向海，山海間有一略成三角狀的噶瑪蘭平原；近海有一狀似大龜的火山島，大家稱之龜山島。地形上另有一奇特形勢是位平原邊緣，沿太平洋岸，由北向南延伸，有一蜿蜒如蛇之沙丘；由於這兩大特殊地理形勢，因此，在風水學上如龜、蛇守護狀，所以每談論到噶瑪蘭的地理形勢時，總是以「龜蛇把海口」，來形容之。《噶瑪蘭廳志》「廳之形勢，北有龜山嶼，在海中，為天關，南有沙汕一道，蜿蜒海口，為地軸，故堪輿家以為龜蛇把口之象。」

2.「一百甲路清水渡」

一百甲乃是地名稱呼，乃是當年土地開發時，以該地區所開拓的約略面積數為名。清水也是地名，與一百甲相連。當年土地初闢，清水地區因地勢低漥，又有大小河川縱橫，且位河川出海口，亦易受潮汐影響，故該地區有如水鄉澤國，對外交通多以船渡為主。所以「一百甲路清水渡」，形容陸路交通僅可達到一百甲地區，若要到清水地區，僅可以船為工具。清代噶瑪蘭的津渡是溝通各地大、小河川兩岸與上、下游的重要交通設施；在《噶瑪蘭廳志》之中，記載的津渡數就有一十五處，這個數字，以噶瑪蘭平原面積而言，算是極為普及。由此亦可以看出，噶瑪蘭地理形勢上的特點，就是平原上遍佈大、小河川的特性，與當時民眾對於水路交通的需求性，與陸路交通在當年的限制性。

（二）氣候

1.「龜山戴帽大水濁濁」

龜山島位噶瑪蘭東面外海，每當氣候鋒面來到噶瑪蘭之前，一定會先經過該島，且如果氣候將轉變時，海面上的氣候狀況就會開始先出現某些徵兆。因此，每當晴天龜山島上開始出現雲團，遠望狀似大龜戴了帽子；大家就可以知道，天候即將轉變，開始要下雨了。這也是先民經由對週遭環境的細心觀察與驗證，所得到的生活大智慧。

2.「白露南，十日九日澹」

白露，是中國傳統農曆的二十四節氣之一，時序乃屬秋季。中國傳統農業社會，大小農事與生活作息，大部分都依循著這二十四節氣的規律來運行，如稻穀何時該插秧，何時該收割等，所以節氣可以說是傳統的日常作息準繩。先民來到噶瑪蘭，將數千年來祖宗留下來的智慧也一併攜入，且在日常生活之中，仍然奉行不墜。「白露南，十日九日澹」，意指這一天如果吹了南風，那麼往後天候，十日之中有九天將下雨，將會是個多雨溼冷的冬季。這都是先民在數千年的歲月中，所積累下來的經驗傳承。以傳統中國而言，噶瑪蘭雖屬海外。但是在氣候方面，大致仍多雷同。因此，這樣的一句話，來到噶瑪蘭，仍然有其重要的參考價值，特別是在當年氣候知識並不發達的年代裡。

3.「前雷後雨，落勿澹土」

澹，潮濕的意思。下雨之前，如果有先打過雷的話，那麼這場雨將會是比較短暫，而雨勢也將不會太大；雨量少到甚至連土壤都沒辦法弄溼。中國傳統以農業立國，而農業的發展，沒有了

水，那將一切免談；所以水可以說是一切生活的來源。也因此，大自然界裡，水的來源與運用，就是非常大的課題。對於大自然的降水相關現象與知識，也更成為生存所必備的知識。所以這句，「前雷後雨，落勿譫土」，應該也是先民在經過無數次的現場經驗，而得出的結果。

（三）天然災害

1.「九月颱，無人知」

臺灣位處西太平洋，熱帶低壓氣旋所行進的路線區域內，所以每當夏、秋二季，總會有颱風襲來，這是大家較為熟悉的颱風季。但是每一年，因為氣候狀況多少有一些差異變化，因此颱風生成的時間早晚也就不定，搭配上當時的全球氣候狀況與臺灣周圍的氣候鋒面狀況之下，每個颱風的行進路線也就令人無法去捉摸。農曆九月，已屬深秋，天氣涼冷，本是颱風較不易生成的時間，但是天道運行，有時總是會有一些出人意料之外的事發生，而「九月颱，無人知」，也正有此意。另有一種說法是，這個時間所生成的颱風，往往特別具有破壞力，常常讓人錯估實力，所以用「無人知」來形容。

2.「水淹崁仔腳，王公跑代先」

崁仔腳是當年五圍（今宜蘭市）近宜蘭河邊的聚落。當年噶瑪蘭的大小河川，每遇大雨，經常氾濫成災，淹沒週邊田園、聚落。崁仔腳近河邊，所以經常受淹水之威脅。王公乃是指當年該地廟宇所供奉的神明，該地廟宇因為神明靈驗，在噶瑪蘭地區素負盛名。因此，有人即戲稱，既然神明靈驗，那若有一天，河川氾濫，淹沒崁仔腳，神明因為具有無邊的神通力，所以一定能事

先預知，也一定會跑代先才是，以免被淹到。另一說是，比喻自身難保。同治年間，洪水沖毀崁仔腳的開漳聖王廟，連王公都得跑路。

3.「堨底割稻子，划龍船」

噶瑪蘭多雨、多水，偏偏清代時期排水系統與設施根本沒有完整的規劃與建設，所以部分地勢比較低漥的地區，每逢下雨就積水，且積水常常一連數月，難以消退。堨底位於當年淇武蘭社的下游區域，約今二龍河下游。因其先天地勢低漥，所以下雨常積水，每當稻子成熟的季節，收割就僅能靠划船方式進行。另一說法是，當地地勢低漥，易積水之外，稻田大部分是屬於地質鬆軟，人一踏入，即沉陷至腰部，甚至深可達胸部的水田；因此雨天或積水季節，農間事務，僅得以船代步，活動於田間。

（四）與原住民族群相關

1.「不是番仔田，給你勿拼哩」

當先民來到噶瑪蘭拓墾之時，早已經有原住民族群生活在這片土地上，所以當年的開墾，部分土地乃是由原住民族群手中，以強勢手段所爭奪而來。往後開發過程之中，亦時有漢人利用一些小伎倆，來對付原住民族群，以達到強佔土地的目的，如噶瑪蘭族人認為，如果有死貓、狗屍體出現在自己的田地，那將是不祥的兆示，所以就放棄該土地而他遷。因此，漢人就順利獲得土地。「不是番仔田，給你勿拼哩」，指早看穿他人惡意的伎倆，將不會輕易上當，順惡人的意。嘉慶元年，在吳沙的領隊下，土地開發啟動，期間諸多漢番之間的衝突，起因可說其來有自，漢人對於原住民族群的欺辱，應該是很重要的導火線之一。

2.「番仔嘎殺」

比喻事情不好了，不對勁了，或出乎意料之外的意思，屬於口頭禪之類的話語。其由來可能是，以前原住民族有出草獵人頭，或與漢人之間互相的尋釁行為，彼此的對抗中，總難免有傷亡。因此遇上此意外，且受到傷害，可以說很倒楣。日常生活裡倒楣事或出乎意料之外，就用這個話語來表示。

3.「卡衰去給番仔殺」

據推測，這句話極可能是，由前一句諺語，「番仔嘎殺」，再加延伸而來。原本已經很倒楣，情況很不妙了，繼續在前面加上一句，「卡衰過」三字，加強了語氣，以表達狀況的嚴重性。

（五）土地的開發

1.「三留二死五回頭」

噶瑪蘭當年的土地開發過程，在臺灣的移民開拓史上，算起步晚，但是卻因為所獨具的地理條件，與族群之間的衝突等因素，讓早期入蘭開墾的先民，嘗盡苦頭。不僅要翻山越嶺，開發過程與當地原住民族的諸多衝突與本身多雨多水，瘴癘滿天的氣候型態，讓很多移民放棄理想，紛紛回到西部。因此，俗諺「三留二死五回頭」，就是當時這般情形的最佳寫照。入蘭者眾，但是放棄的，犧牲的，也佔去大部分，十人之中，僅約三人左右，憑著堅強的毅力，留在這片土地繼續打拼。

2.「爬過三貂嶺，無想厝內的某子」

某子，是指妻小。家原來是最溫暖，最令人留戀的地方。但是這句話卻說，無想厝內的某子，難道到噶瑪蘭開墾，真的要先捨棄親情，才能成功嗎？不是的。其所指乃是，當年入蘭的交通

孔道不便，須跋山涉水，翻山越嶺，路途艱險，時又有原住民的騷擾。因此，入蘭山路約以三貂嶺為界，該地區近淡水廳屬於較早開發地區，漢人移民的聚集很多，地方上也較安寧；而過了三貂嶺，進入內山，未開發的山地，因為危險重重，僅能專心注意自身安全，無法多想其他，更別說顧及家中妻小。另一說法是，早期來到噶瑪蘭環境不佳，所以入蘭開墾大多是單身前來，心想開發成功再將妻小遷至團圓。所以為求成功，改善生活，必須全力以赴。如果整天僅是想著家中大小事，無法專心工作，豈不違反當時入蘭的初衷。

（六）農業

1.「清明田，穀雨豆」

「清明」、「穀雨」，是傳統二十四節氣中的兩個，時序屬萬物復甦的春季。二十四節氣是傳統農民耕作時，重要的參考依據，也是我們的老祖先所留下來的生活智慧。「清明田」，指清明時雨水充沛，適合稻穀撥種。「穀雨豆」，是說豆類的種植最佳時間點，大約是穀雨節氣左右。

2.「好中秋，好晚稻」

這句諺語乃是依據過去經驗來推論預知未來。「晚稻」，臺灣農作物年可二穫，第二期稻作又有「晚冬」、「晚稻」的說法。「晚稻」的收割季節，在中秋之後；但為了事先預知該期稻作產量與品質如何，經傳統留下的經驗，可以依據中秋當日的氣候狀況來做為參考依據。

3.「秋茄白露薤，卡毒過飯匙青」

「飯匙青」，是具劇毒的蛇類，一被咬到，對生命威脅很大。

「秋茄白露蕹」，是說秋天的茄子與過了白露節氣的蕹菜。因為入秋時節，這兩樣蔬菜經過熱炒，菜色容易發黑，看起來色相不佳，有如菜裡含藏大量劇毒般，這是蔬菜遇熱所發生的化學變化，並非真正有劇毒。

（七）民變與械鬥

1.「陳林李，結生死」

陳、林、李是噶瑪蘭地區的三大姓氏，在土地開發過程之中，三姓之間，因為賭博事件，引起互相不快，《宜蘭縣志》有提到，「清同治年間，羅東、冬山地區，林、李兩家族因為賭博事件，鬧的不愉快，而居中間協調糾紛的陳姓，被質疑偏頗李姓，故林姓不願和解；由此反引起陳、李連手與林姓對立。互相之間時有聚眾鬥毆，造成死傷，最後在清廷政府出兵鎮壓下，械鬥情形始告平息。」爾後，三姓心結已成，影響所及部分家族至今仍有互不通婚的規矩。

2.「西皮倚官，福祿逃入山」

「西皮」、「福祿」，是指當時地方上兩大北管戲曲團體，兩團體雖然都屬北管戲曲一脈，但是因為之間所供奉的祖師爺與使用樂器都不一樣，所以平常兩者之間就少有互動往來，反而因為雙方在地方上勢力的消長問題，時有衝突。同治年間開始，兩團體的集體衝突愈演愈烈，相傳甚至連官方勢力都暗地裡介入其中，協助「西皮」這一邊；當時「西皮」分佈以沿海地區為主，「福祿」則多為近山地區人士，所以俗諺，「西皮倚官，福祿逃入山」，指雙方衝突之下，「西皮」勢強，「福祿」則紛紛竄逃敗走。

3.「西皮濟不如福祿齊」

「濟」是很多的意思,「齊」是整齊一致,團結的意思。當年雙方互鬥,場面紛亂,「西皮」人多勢眾,但是「福祿」的成員之間乃較團結,因此有此一說。

(八)人物

1.「楊老爺拜土地,勿堪哩」

仙界,土地公算是最基層的神職人員。「開蘭進士」楊士芳出身清寒,未中進士之前,農忙時節也都在稻田裡幫忙。相傳他的命格就是進士命,所以當他在田間幫忙,跪地除草時,田邊的土地公都要站起來,因為進士在當時是非常受到尊重的,還有一說進士乃是天上文曲星下凡,故以仙界階級排行,比土地公高。所以土地公當然承受不起讓進士行跪拜之大禮,因此有此一說。

2.「陳輝煌種蕃薯,倒頭栽也會活」

陳輝煌是當年開墾溪南近山,叭哩沙喃一帶的主事者。相傳,當年他所領導的開墾活動進行的非常順利,田園作物生長狀況也非常的好。因此,鄉人乃戲稱,「陳輝種蕃薯,倒頭栽也會活」,來比喻運勢奇佳,事業無往不利。

3.「玉堂不知窮,周頂不知富」

玉堂,是當年宜蘭街名人,林玉堂。其為人豪爽海派,交遊廣闊,常常協助鄉里調解紛爭,頗受敬重,然而其經濟狀況卻時好時壞。相傳,當他經濟有點問題時,即以作壽等名目,藉著收禮金來過日子。因此,從來不愁沒錢花。

周頂,原本就是地方上望族,相傳,當年政府為土地陞科,清丈田地,部分地方農民為逃漏稅,於報官登記土地時,都說土地是周頂所有,於是他的名下平白多出了很多土地,連周頂自己

都不知情。

4.「李貢生出山，娘傘卡濟過人家的雨傘」

「娘傘」，是有科舉功名的人士才能擁有，也是代表身分地位的象徵。李氏家族在噶瑪蘭地區是科舉望族，除了李貢生（紹宗）之外，其父李春波，叔父李春瀾和李春潮都是舉人，大伯父李春濤也受封五品軍功同知銜，另有同宗舉人李望洋、拔貢李逢時等。因此，家族所擁有的娘傘數量，比起其他家族多。

5.「無陳不開科」

科舉制度是平民百姓平步青雲的階梯，因此，當年土地開發有成的家族，無不用心子弟教育，好爭取功名，光宗耀族。由苗栗遷居噶瑪蘭的陳氏一族，在擺厘立定腳跟後，也積極培養族人參與考試。只是陳家子弟專長於武科，所以每到武科試期，報名踴躍，成績亦斐然，歷年共造就，武舉人一名，武秀才四名。因陳家報考人數佔總人數的多數，所以若陳家子弟不參加考試，則人數將減少甚多，甚至無法順利開科，於是有這樣的說法，「無陳不開科」。另有一說，當年陳掄元帶著子弟到臺南府城去應武科考試，該年其他地區報名武科人數極少，使得考官極為為難，考慮因人數過少，擬取消該科考試。陳掄元於當時武術界素負盛名，有「陳老師」之稱呼，考官於是與陳掄元商量，特別准予陳家派人當場報名參加武考，以使考試得以順利進行。於是陳掄元當場指派多位隨行到府城的家丁報名，考試得以順利進行，而眾人的成績表現也非常傑出。此行陳家武術的成就令全臺刮目相看外，該科武試也順利完成。

（九）風俗民情

1.「二月初八，人看人」

二月初八是城隍爺出巡的大日子，當天跟隨遶境的各式陣頭與相關人員，總是把整條大街擠的水洩不通，而除了原本的市區民眾之外，附近鄉鎮的陣頭與民眾也來到大街，或參與遶境或想親眼目睹這個盛會，因此，到處鑼鼓喧天，熱鬧非常。

2.「洲仔尾划龍船，看人幹譙」

洲仔尾位今二龍河畔，河畔有二村莊相鄰，一是洲仔尾，一為淇武蘭。二村之間，自古以來就有一個約定，就是每年的端午節當天，兩村一定要在二龍河上比賽爬龍船，而且輸贏事關來年的整個村運，於是雙方都非常重視這個競賽，總是精銳盡出，為求獲得勝利，村運昌隆。然而更具特色的是，雙方比賽時是不設裁判的，兩船在起點位置各自準備，只要雙方同意開始出發，比賽就正式展開，但若一方自覺吃虧，亦得半途終止這趟的比賽，重新回到起點預備；因此雙方可能在中途折回數次，才能決定一趟的勝負；比賽時間從早上延續到下午，趟次亦無固定，所以大家無不划到精疲力竭，始肯罷休。選手划船時都採用半立式，有別於一般坐式。雙方比賽時，因事關整村榮譽，所以氣氛緊張，村民為了幫自己村加油，有時也會在港邊就爭吵了起來，但一切結束後，雙方還是不分彼此，和氣相處，完全看不到比賽時的緊張氣氛。所以是比賽歸比賽，不會影響到日常生活，這樣的競賽精神，值得現代人學習效法。另有一說，該地區早年漢移民未到之時，是噶瑪蘭人的聚落，後來受漢移民的侵略，還強佔土地，使得噶瑪蘭人死傷嚴重；部分死者，死後陰魂不散，一些漢人開始出現不知名怪病，於是依據以前噶瑪蘭人傳統，在二龍河上划

船祈福的儀式，祈求讓這些死者能夠安息，大家能和平相處。爾後，這樣的划船祈福儀式，演變為爬龍船比賽。

3.「閃冬才會輕鬆」

這是一個為新婚的女生，所特有的習俗。其用意是剛出嫁的女生，在農曆的六月初六、十六、二十六日選擇其中一天，要回娘家，回娘家時禮貌性帶個小禮物回去，相同的，回婆家時，也會帶一點娘家所準備的禮物回去，禮尚往來。「冬」不是冬天的意思，而應該是指該季節，如「六月冬」，習慣是指六月這個季節，這季節是很熱的，所以「六月冬」，又有很熱的意思。「閃冬」，六月的夏天很熱，且是割稻子的季節，以前婦女都要協助農忙與家事，所以很辛苦。如果能利用「閃冬」，來休息一下，也是很好的。

4.「吳沙拜老大，總收去」

據傳嘉慶元年（1796）吳沙入蘭開墾，次年農曆七月十五日舉行普渡祭拜老大公、好兄弟（孤魂野鬼）。由於這是噶瑪蘭第一次舉行中元普渡，因此在祭典之後，所有祭品竟然都不翼而飛，民眾咸信那是因為噶瑪蘭的孤魂野鬼飢餓已久，因此將所有祭品都帶走吃光了。這句話也隱喻貪得無饜或毫不客氣。[15]

5.「吃酒會起廟」

「吃酒」，喝酒也。喝酒時話匣子一開，說天道地，天馬行空。但是酒醒後，什麼都忘記了。因此喝酒時所說的話，只當說說就算，不可認真。「吃酒會起廟」，蓋廟，是地方上的大事情，不只

---

[15] 林茂賢，〈宜蘭俗語初探〉，《「宜蘭研究」第三屆學術研討會論文集》，（宜蘭：宜蘭縣文化局，2000年），頁332。

是要請示神明，還要花很多錢，也要獲得地方民眾的認同才可以，所以豈是酒言酒語，就能成事。

二、諺語的文學特質

諺語以流傳於民間社會為主，為便於吟唱言說和口傳，常以押韻的形式呈現，用字遣詞，相當淺白。由於造句、音韻、修辭等方面，都有其特殊的表現，使諺語深具文學之美。

郭紹虞曾經說過：「諺語是人的實際經驗之結果，而用美的言詞以表現者，於日常生活談話可以公開使用，而規定人的行為標準之言語。就形式而言，大致有四種要素：即句主簡短、調主齊整、音主諧和、辭主靈巧。這些要素也是文學的構成要件。就內容而言，諺語的意義在「真」與「善」；「真」者，觀察人事現象，以世態人情為材料；「善」者，充任權威的信條，足以訓誡諷諭。[16]

語言可說是一民族文化記憶的承載體，但在經過時代歲月的粹鍊，與審美的需求下，逐漸的精緻、凝鍊，除了著重內容之外亦講究形式。諺語就是語言之中一種極致精練的形式，短短數字，常常蘊含著深刻內涵，如「三留二死五回頭」，運用一般常見二、三、五最基本的數字單位，搭配著留、死、回頭這樣簡單淺顯易懂的詞意，一句七字，多少當年先民的辛酸淚隱含其中。

另外，如果是兩句相結合的形式，上下句大多是押韻相對，如「李貢生出山，娘傘卡濟過人家的雨傘」，這二句句末二字各是「山」、「傘」，因為兩字同韻，所以當大家在念這一句諺語時，

---

[16] 陳進傳，〈宜蘭漢人家族文學初探〉，《臺灣古典文學與文獻研討會論文集》，（臺北：文津出版社，1999年），頁167。

會感覺到特別的順口與別具韻味。這樣的諺語還有很多，如「陳林李，結生死」、「爬過三貂嶺，無想厝內的某子」、「前雷後雨，落勿澹土」、「九月颱，無人知」、「西皮倚官，福路逃入山」等，以上所舉數語，雖然今日國語語音讀誦，已經很難去判斷相互之間的相押韻關係，此乃是因為語音古今變異所致，若能回到當年語境之下，這樣的關係就能清晰明瞭。

據研究，現存閩南語中的音韻與聲調，保存有較多古聲、古韻，因此如果能以閩南語發音來讀誦這些諺語，將更能體會其中的音韻之美。

最後，我們來看修辭的方面，如果仔細檢視一般諺語的修辭，就可以輕易發現，所用修辭大多是最為淺白的字或詞，看似根本未經細心推敲與雕琢，迴異於數千年歷史的文人的、精緻的古典文學傳統之脈絡。其實不然，這樣的修辭語言，早在傳統文學源頭《詩經》之中已是主要風格，普遍運用了。只是在文學發展過程之中，這樣的一個脈絡被文人的、精緻的文學形式風格主流所掩蓋，它其實一直存在於民間市井口語之中，從未消失。

由於這樣的語言是存在於市井，所以流傳的群體不在文人階層，一方面也為了讓接受者能夠不須具備高深學問，就能了解涵義，所以不需要講究修辭的瑰美華艷或精緻。而其創作者，雖多數無從考據其肇始，但推測可知，應該也多數是市井生斗小民之思，非文人所為，所以所展現出來的語言特色，特別的口語化，順暢流利。一切淺顯質樸，自然天真，然而卻意蘊深遠。

第三節　歌謠

歌謠是民間文學的一支。何謂歌謠？我們可以由「歌」、「謠」

兩字原始意義先談起？〈毛詩序〉說：「情動於中形於言，言之不足，故嗟嘆之；嗟嘆之不足，故永歌之」，郝懿行《爾雅義疏》引〈釋名〉云：「人聲曰歌」；至於謠字，《爾雅》〈釋樂〉孫注，「謠，聲消搖也」，消搖是自得其樂的意思。[17]由此可知，兩者皆從人聲，差異不大，而所不同是其中所包含的情緒，一是嗟嘆，一是逍遙快樂，所以「歌」、「謠」二字，已然含括了人類所有正負兩面的情緒反映。其實古人對於兩者，大多數時候是合用，並不再做嚴格的區分。

　　總之，傳統歌謠乃是因人有所感而唱出自己的心聲；但因為時空條件的轉變，如為配合戲劇或話本需求，始逐漸出現人為刻意之作。另有一說，在中國古代，以合樂為歌，徒歌為謠，現代統稱歌謠。

　　一般而言，歌謠大多生起於民間地方，流行於群眾口耳之間，不需識字的特點，所以民眾習得容易，演唱時不一定需要有排場，任何地點，任何時間，隨時隨地都可做即興式演唱。演唱性質，有時是因事起興，亦可當成排遣寂寞或助興的娛樂性質。因此，它一方面是早期臺灣社會普遍的娛樂之一，另一方面，對大多數不識之無的平民大眾而言，他們的生活經驗乃至價值觀、愛情觀等，也經由如此的口頭方式一代代傳承下去。所以內容除了是社會生活的反映，在質樸的文字裡，更蘊藏著豐富的內容與民眾感情；同時表現勤勞、善良人們的情緒；也最直接、深刻地表現出當地人民的性格和思維。

　　由於特殊的口傳形式，所以作品相關資料的保存與考證，總是給予有心一窺堂奧之人，吃足苦頭。近年來經由多方專家學

[17]　朱自清，《中國歌謠》，（臺北：世界書局，1992 年），頁 1 至 2。

者，如胡萬川、黃鴻禧等之努力，在田野調查采訪輯錄工作方面，有了豐富亮眼的成績。因為這樣的採訪輯錄工作，並透過有系統的加以整編，不少的民間歌謠，終於得以文字形式紀錄了下來。其中題材含括為數眾多的情歌、童謠、工作歌、勸世歌，以及篇幅較長，俗稱「歌仔」等。這些歌謠見證了歷史，反映了社會的變遷，於質樸真誠的歌句中，亦含有大眾的經驗、情感與認知，其中出現的語辭、地名、動物、植物名稱等，更是深具地方特色與韻味，演唱之時，除了抒發感受之外，也給人有一份特別的親切感。

但是，因為以往歌謠的口傳形式與其歌詞為了符合當地社會型態與環境，具有相當大的變動性的特質，所以今日田野調查所採集到的歌謠，在其作品年代的判別上，產生了很大的問題。因此關於其年代的斷定，除了部份可以藉由詞中，能夠標明其年代的人、事、物以外，其餘僅就歌詞攏統抽象的含意，實在難以驟下評判。本論文原來將討論的範圍限定在清康熙年臺灣收入版圖到乙未割臺，但是因為民間文學所具有的特殊質性，所以僅能依據作品內容所呈現的時代性，盡量尋求符合條件的作品來加以探討，其正確生成時代，則無法給予清楚的斷定。不過，文學上的某些主題往往是具有跨時空性的，不論哪個年代時空，都不斷的在社會或者人的生命之中重複發生，如愛情、生命的存在價值等。另外，就歌謠曲調而言，部分民間曲調的源流久遠，自古到今持續被重新填詞傳唱，因此，由今日觀之，這些曲調應該也曾經在清代噶瑪蘭這片土地上被廣泛的傳唱過。

一、歌謠作品

　　清代噶瑪蘭地區，由於土地的開拓，移民的來到，隨之亦將當時其他地區傳唱已久的漢族傳統歌謠攜入。爾後，這些歌謠逐漸在當地庶民社會落地生根，隨著時空環境的變化演替，形成獨具當地特色，廣為大眾傳唱，朗朗上口的歌謠。根據目前已經輯錄的歌謠資料來看，題材方面約略可以，情愛、童謠、生活、勸世等四大類分之，其中又以男女情愛方面的歌謠佔最多數。以下即就以上四大分類，各例舉數首的歌謠來加以討論。

（一）愛情

　　文學領域，自古男女情愛的主題就深受人們的喜愛，歷史上多少不愛江山愛美人的故事，它羨煞多少人，又多少人為之傾倒，早年於噶瑪蘭所傳唱的眾多情歌亦是如此。男女情愛的過程，不論是單戀、相思、失戀、熱戀，種種景況，無一不在演唱者的口中，傳神且生動的被呈現出來。例如，〈想愛娘〉就是一首講男生遇到自己所喜歡的女生，期望能與之長相守的歌謠。〈愛翁唔敢講〉則是一首女生想找個良人，好把自己嫁出去的歌。還有形容暗戀羞澀心情的〈愛娘唔敢講〉，也有唱出喜歡卻被拒絕的痛苦的〈六月田水拉溫燒〉，甚至連失戀心情，都成為很好的題材，像是〈小娘綴別儂〉，就是這樣的心聲。如果根據歌謠內容，繼續深入加以討論，更可以真切地感受到其中所透露出來的微妙悸動。首先，我們看演唱出愛情甜蜜滋味的歌謠。

　　　　雙人仝心肝
　　水仙開花連花盤，阿哥佮娘相對看。兩个相好仝心肝，卡

好深山出水泉。[18]

　　新籮新米篩

新做新籮新米篩，新綴兄哥驚儂知。三工五工探一擺，親
像山伯探英臺。[19]

　　相好誓來咒

頭前一欉果老樹，後壁一欉白榭榴。兩儂相好誓來咒，啥
儂先僥折歲壽。[20]

　　五更鼓

一更我更鼓月照山，牽君我的手摸心肝，阮當問娘卜安
怎，隨在阿哥你心肝。

二更我更鼓月照埕，牽君我的手入繡廳，二人相好天註
定，別人言語君勿聽。

三更我更鼓月照窗，牽君的手入繡房，二人相好有所望，
君卜僥娘千毋通。

四更我更鼓月照門，牽君仔的手心頭酸，二人相好勿捻
斷，較好滾水泡冰糖。

五更我更鼓天卜光，阮曆父母叫食飯，手掀蚊罩予哥轉，
目尾相拖心頭酸。

一步我送哥到床桌，雙手攬來我親哥。我哥今日卜轉倒，
兄妹仔分開無奈何。

二步我送兄到大廳，腳 liau^2（無力）手軟伴兄行。面前無

---

[18] 黃鴻禧，《員山相褒歌》，（宜蘭：宜蘭縣員山鄉公所，2002 年），頁
147。

[19] 同前註，頁 151。

[20] 同前註，頁 55。

物通送兄，送卜手錶仔調胸前。

三步我送兄到大埕，一隻金狗吠三聲。手提飯丸拍狗嘴，
是我親兄你毋通吠。[21]

　　男女之間的感情，如此濃烈甜蜜，夫妻間則是鶼鰈情深，纏
綿悱惻，好比山伯與英臺似的生死兩相許。根據宋隆全、胡萬川
對於〈五更鼓〉的研究指出，噶瑪蘭所採集到的這首歌謠，似乎
已經和其他的歌謠在內容上相混淆。兩情相悅的浪漫愛情之外，
也有單戀羞澀、苦悶心情的寫照，如〈愛娘唔敢講〉。

　　　愛娘唔敢講
　　天頂落雨陳雷公，溪底無水魚走闖。愛卜嬌娘唔敢講，親
　　像瘖狗碴碴闖。[22]

　　愛在心裡口難開的煎熬，感受如落雨陳雷公、無水魚走闖般
的強烈，甚至心裡終日惶惶然，不知所措，連生活步調也全都失
序。歌詞對於這種六魂無主的單戀，形容真是貼切。一日不見如
隔三秋，兩地相思之苦，在戀愛過程中，也是一件難捱的事，在
〈為君掛吊相思病〉中，就演唱出這樣的感受。

　　　為君掛吊相思病
　　為君掛吊相思病，倩無懸點好先生。先生來看節無脈，貼

---

[21] 宋隆全、胡萬川，《宜蘭縣民間文學集》，（宜蘭：宜蘭文化中心，1999
　　　年），頁137至141。
[22] 黃鴻禧，《員山相褒歌》，（宜蘭：宜蘭縣員山鄉公所，2002年），頁
　　　16。

心仔來看 tok⁴ huan ¹chenn¹ （很有精神的樣子）。[23]

如果說，相愛是美好的、愉悅的，那麼失戀就可能像是灰暗無光、痛苦鬱卒的；在傳統歌謠裡，演唱者是如何來唱出這些失戀的心聲呢？

汝咁僥阮會落心

紅菜煮水紅沈沈，紅米煮飯白米心。每日佮哥睏仝枕，汝咁僥阮會落心。[24]

短命僥我搪心肝

菜頭磅心焐勿爛，敢都掣簽來曝干。短命僥我眾儂看，儂儂替我搪心肝。[25]

（二）童謠

兒歌童謠的內容十分豐富，包括有常民生活，民情風俗、天文地理、古今歷史、自然世界、親子搖籃等。凡此種種，對兒童擴大視野，認識生活，陶冶情操，培養品格都極有助益。〈一隻鳥仔哮 e¹ e¹〉、〈草蜢公〉，給兒童豐富的生活與自然常識，〈月光光〉、〈彭祖食八百二〉，在匠心獨具的通俗歌謠中，還夾有數字的概念學習。〈搖啊搖〉則是媽媽溫馨的搖籃曲。其他有關於日常生活的，如講農業社會天道運行規則的〈二十四節氣歌〉，將農曆二十四節氣，編成可以朗朗上口的歌謠，可說是寓教於樂。

---

[23] 宋隆全、胡萬川，《宜蘭縣民間文學集》，（宜蘭：宜蘭文化中心，1999年），頁 150 至 152。

[24] 同註 22，頁 65。

[25] 同前註，頁 95。

一天過了又一天

一天過了又一天，身軀沒洗全是胜。走去溪底洗三遍，害死魚蝦數萬千。[26]

一隻鳥仔哮 e¹ e¹（狀聲詞）（鳥叫聲）

一隻鳥仔哮 e¹ e¹，哮卜嫁，嫁樹尾。樹尾無火薰，嫁鵪鶉。鵪鶉無綠豆，嫁水鱟。水鱟水裡泅，嫁石榴。石榴卜激酒，嫁掃帚。掃帚卜掃 he³，嫁什細。什細卜鈴瑯，嫁司公。司公卜讀經，嫁牛乳。牛乳真好食，牛奶城仔出木屐。木屐卜拖土，北門口出烘爐。烘爐卜烰炭，十六崁出雨傘。雨傘真好舉，海底出大爺。大爺卜辦事，梅子後出舂臼。舂臼真好趁，媽祖宮出羅漢。羅漢穿破衫，khoo¹ loh⁸ 舉畚擔。卜擔槌，槌槓破。死囝仔子喊 ce⁷ kua³。[27]

月光光

月光光，人心酸。一支 cinn²，二支 cuinn³。田草 tio⁷，落花園。花園芳，四姊妹卜嫁毋成人。大的嫁福州，第二嫁風流，第三嫁港口，第四的嫁上山。大的轉來金流線，第二的轉來金桶盤，第三的轉來金交椅，第四的轉來無物感到死。感阮父母惡心肝，嫁子十重九重山。亦無針，亦無線。烏烏暗暗予我踏著狗屎乾，予我食一碗溪仔水瀏心

---

[26] 5 宋隆全、胡萬川，《宜蘭縣民間文學集》，（宜蘭：宜蘭文化中心，1999年），頁 104 至 105。

[27] 同前註，頁 106 至 111。

肝。[28]

月光光

月光光,秀才郎。騎白馬,過南塘。南塘勿當過,掠貓仔來試過。掠勿著,舉竹篙,撼鷗鶿。鷗鶿撲撲飛,蚊子叮茶鍋。茶鍋沓沓滾,後尾門仔有人得偷挽竹筍。[29]

草蜢公

草蜢仔公,穿紅裙。卜 tai^9(哪裡)去,卜落船。船 tai^{9}去,船槁破。破 tai^{9}去,破賣錢。錢 tai^{9}去,錢取某。某 tai^{9}去,某生子。子 tai^{9}去,子趕鴨。鴨 tai^{9}去,鴨生卵。卵 tai^{9}去,卵請客。客 tai^{9}去,客放屎。屎 tai^{9}去,屎沃菜。菜 tai^{9}去,菜抽心。心 tai^{9}去,心結子。子 tai^{9}去,子搾油。油 tai^{9}去,油點火。火 tai^{9}去,火與貓鼠仔歕化去。[30]

搖啊搖

搖啊搖,豬腳雙片搖,麵線披過橋。阮是穿長衫,戴帽仔子,毋是舉糞擔,khoo^1 loh^{8}子。搖搖,惜呀惜,一暝大一尺。嘤嘤睏,一暝大一吋。[31]

彭祖食八百二

---

[28] 同前註,頁112至115。

[29] 同前註,頁116至119。

[30] 宋隆全、胡萬川,《宜蘭縣民間文學集》,(宜蘭:宜蘭文化中心,1999年),頁120至123。

[31] 同前註,頁124至127。

彭祖食八百二，五十猶是幼兒，六十猶佇搖籃裡。七十猶是小弟弟，八十呀無稀奇。九十多多是，一百歲就笑嘻嘻。[32]

二十四節氣歌

春雨驚春清穀天，夏滿芒夏暑相連。秋暑露秋寒雙降，冬雪雪冬大小寒。[33]

（三）生活

民間的歌謠，因為具有在地生活的強烈地方色彩，所以地方的生活場景，常常是歌謠的演唱對象。早期噶瑪蘭地區社會經濟條件普遍不佳，一般民眾大多以務農維生，生活較為艱苦，這樣的生活場景，在歌謠之中所反映出來的，就如〈阿娘仔在帶苦瓜園〉般，吃盡苦頭，點滴心酸也得和著吞下肚。

阿娘仔在帶苦瓜園

阿娘仔在帶苦瓜園，無食苦瓜嘛啉湯。儂儂苦一咱苦二，無儂苦咱遮十全。[34]

農業是噶瑪蘭從古至今，主要的生產活動。所以對於農業生產的眾多相關情節，都能真實的在歌謠之中得到反映，如此的演唱方式，也可算是另一種歷史書寫的形式。今日還留存有〈播田

---

[32] 同前註，頁 154 至 155。
[33] 同前註，頁 164。
[34] 黃鴻禧，《員山相褒歌》，（宜蘭：宜蘭縣員山鄉公所，2002 年），頁 245。

歌〉、〈搔草歌〉、〈割稻歌〉等。

播田歌

第一播田上僥倖，跤踏田底冷冰冰。望卜下昏雞肉一桌
頂，著愛尻川做頭前。[35]

搔草歌

拄著一隻死禽獸，雙跤落水四跤趖。講汝死牛汝又閣勿食
稻，講汝死狗汝又閣無尾溜。[36]

割稻歌

割稻仔唔通帶在地，工錢細百閣慢提。三頓唔捌食著雞，
鐮剾仔閣用家自兀。[37]

（四）勸世

佛家說：「諸善奉行，諸惡莫做」。千百年來，部分的民間
歌謠，總是如傳統古典諷刺詩一般，除了可以是抒發胸懷之外，
也是勸世理念傳達的形式之一。演唱者期望透過歌謠，將人倫綱
常或是移風化俗等主題，經由歌謠的方式傳唱於大街小巷；運用
大眾最直接得以接收到的方式，試圖將這些大道理以柔性的方式
宣導傳播，讓人人可以聞之戒慎，甚至悔改前身。作姦犯科，除
了自己造孽外，家人也總是跟著受苦，如〈米甕掀開空 lo ¹lo¹〉
所唱，一人做歹，連家人的肚子都得跟著挨餓。〈歹囝歌〉、〈勿

---

[35] 同前註，頁 274。
[36] 同前註，頁 276。
[37] 同前註，頁 277。

做歹囝〉、〈唔通做歹囝〉，三首其內容與大意，則都是勸人改過自新，勿做歹人，做歹人完全沒有好處。

> 米甕掀開空 lo¹ lo¹
> 米甕仔掀開空 lo¹ lo¹（語助詞），一頓無煮二頓餓。阮厝翁婿勿所靠，三聲做歹無奈何。[38]

> 歹囝歌
> 天頂出虹扁担彎，地下算來天上懸。歹囝無做亦慣慣，歹囝做了心操煩。[39]

> 勿做歹囝
> 天頂落雨粒粒清，麻油落鼎芳過間。舊杉舊褲著罔穿，勿做歹囝卡清閒。[40]

> 唔通做歹囝
> 含笑開花芎蕉味，跤踏儂影中晝時。無做歹囝咁會死，扑歹名聲是卜呢。[41]

鴉片又稱大煙，清代社會對於抽大煙習慣是不禁止的，上至王公大臣，下至黎民百姓，只要有錢就可以買到。吸大煙是會得

---

[38] 宋隆全、胡萬川，《宜蘭縣民間文學集》，（宜蘭：宜蘭文化中心，1999年），頁 148 至 149。

[39] 黃鴻禧，《員山相褒歌》，（宜蘭：宜蘭縣員山鄉公所，2002 年），頁 201。

[40] 同前註，頁 202。

[41] 同前註，頁 203。

癮的,一吸上了癮,想戒就極難。據說,吸大煙會讓人飄飄欲仙,舒暢快活到極點,可是卻少有人道出,這一時舒坦之後,大煙對錢財與身體的傷害有多嚴重。因此,為了提醒這些愛吸大煙,還有那些躍躍欲試的人,不要因為一時享樂,而散盡萬貫家財,甚至連命都給賠去。歌謠的演唱家,發揮其大愛勸世的精神,將大煙的種種,融入歌詞,以演唱的方式,將它告訴世人,希望讓人能夠看清大煙真面貌,且遠離大煙。依目前專家於民間所採錄到的歌謠中,有兩首關於鴉片的歌謠,〈鴉片歌〉、〈鴉片食來半暝後〉。

> 鴉片歌
> 閹雞挾翅頭現天,含烟吐霧樂居仙。田園百甲歸一路,一抱好燈伴暮年。[42]

> 鴉片食來半暝後
> 鴉片食來半暝後,去佲菜園亂亂薅。予儂掠去縛匋後,天光來看著此个烏薰猴。
> 鴉片食來死儂面,大姐小妹全無親。去佲眠床共儂鎮,予儂目地煞看輕。[43]

二、歌謠的藝術特色

歌謠是口傳的文學,用的是民眾熟悉的方言土語,遣辭用字簡單明瞭,情感的呈現率性自然。雖然,它的語言都非常淺白,

---

[42] 黃鴻禧,《員山相褒歌》,(宜蘭:宜蘭縣員山鄉公所,2002年),頁228。

[43] 同前註,頁229。

但其設意卻很巧妙，不似文人般的雕琢，而率真的、自然的散發著如大地泥土的芳芬。因此，容易激起在地大眾對於地方的認同感和彼此之間的親切感。所以多數熱愛家鄉的人們，都會喜愛自己家鄉的歌謠，喜歡這些擁有共同生活記憶的民歌。因此，歌謠的魅力在於體現鄉土風物和淳厚的人情，也是一條感情的紐帶，把土地和民眾的心緊緊地繫在一起。

　　談到歌謠的藝術特色，在表達情感之外，部分亦是寓有深意。噶瑪蘭的居民，性格爽朗、和善，但在舊社會裡，種種生活上的經驗，不論是物質生活上的，亦或是精神層次的體悟，反映在歌謠裡，呈現出真誠、樸實而豐富多元的面貌。

　　由於，歌謠的演唱全部以閩南語來發聲，在閩南方言富有表現力的特點之下，以閩南語言所唱出的歌謠，常常運用最精煉的文字，一針見血地揭出形象特點，或點出整首歌謠的靈魂所在。其間亦善於運用譬喻的技巧，將抽象的意念具體形象化。如「新籮新米篩」，詼諧生動，寥寥數筆，新婚小倆口的恩愛形象，傳神躍然紙上。

　　歌謠中的情歌，內容上，感情濃烈地表現出相思的情懷，或是突出對愛人的懷念以及夫妻恩愛、離情別緒之聲。於形式上，不但講究通體協調，節奏和諧，傳唱順口，而且在文字形式上也傾向整齊。基本格式是七言四句一節。一、二、四句押韻。三句可押可不押，四句一節也可以稱作一首，但一首之內又可以多節，以盡抒唱之情，如〈五更鼓〉。

　　噶瑪蘭歌謠的五更鼓調，是一首多節歌，從一更更鼓，唱到五更更鼓，情意纏綿，離怨不盡。在大量的情歌中，短的可以一節一韻，長的可以過節換韻，也可以幾節同韻，還可以參差換韻，不拘一格，這也是情歌的特性。

　　童謠方面，在句數與字數上，童謠的變化較多較大。有三言組合的句式，也有三、五、七言相混合。如〈月光光〉、〈一隻鳥仔哮 $e^1 e^1$〉，簡樸言語，一經反覆吟唱，童心一片，情趣無限。

　　演唱節奏方面，因為歌謠的演唱需與口語化的內容形式相搭配，所以具體的節奏常因句中意義的分合，會因不同歌謠和歌詞內容而略有出入。雖然，有時會出現以上句數或每句字數不一的狀況，但是在歌謠脫口而出之時，都能情隨曲轉，達到自然和諧的要求。

　　最後，經由上述諸多討論，我們似乎可以將歌謠約略歸納出數個特質，一是流行於民間，口頭相傳，少有寫定本。二是因無定稿，所以因應時空的變化，各地風俗民情與創作者意志的不同，內容也不斷地推陳出新，適應當時代現況。三是作品總是在時間、歲月的累積之下，將眾人的智慧吸納其中。四是雖然在傳承演繹的過程之中，內容不斷地推陳出新，但是所表現的形式和母題卻仍然一脈相承，變化不大。

第四節　楹聯

　　楹聯，又稱對聯，俗稱對子。他是由兩句並列的，內容相關，字數相等，詞性相同，結構相應，平仄相對，節奏性強的精煉的話組成。對聯的起源，眾說紛紜，目前尚未有定論。比較能夠為大多數人所認同的是，由「桃符」所演進而來。

　　楹聯是我國文學中一種具有獨特風格的藝術形式。具有言簡意賅，對仗工整，音韻和諧的特點。一副好對聯，不僅讀起來節奏鮮明，鏗鏘悅耳，而且生動形象，意味深長，給人以有益的啟迪和美的享受。若配之以俊逸若雲、尊勁似松的書法，便形成聯

語和書法揉為一體的綜合藝術，好比錦上添花，更加逸趣盎然，耐人尋味。[44]

戚宜君說：「聯語為我國文學一種獨有的格調，尤其是拆字與合字的聯語，更充分表現出我國文字的美妙。而其表現的方式力求上下對稱，貼切穩妥。以極少數之字句，抒無限量之情懷，更屬難能可貴。寫景抒情，一針見血，其感人之深，遠非其他文學形式所能望其項背。有寥寥數字能使人心胸舒暢，或者頓開茅塞，甚至改變人生觀。其影響力之大，於此可見一般。」[45]

楹聯的本質是抒情言志的，楹聯作品林林總總內容千差萬別，但是最為基本的審美型態，或是以情趣見長，或是以理趣取勝。無論其寫景抒情，還是咏物言志，亦或是敘事達理，在它直接描寫的形象之外，總還存在著「絃外之音」，令人神往。

清代噶瑪蘭的文人雅士，平日吟詠賦詩，慷慨高歌之外，於楹聯的創作上，也有不錯的成績。今日在各地區，不論是家廟祠堂，亦或書院山齋，仍然可見當年許多優秀作品的留存。如果將這些楹聯，從應用範圍來約略加以區分，這些楹聯可分為第宅居室聯、抒情寄興聯、格言哲理聯、寺廟聯、家廟祠堂聯等五大類。以下將分別加以深入探討之。

一、楹聯作品

（一）第宅居室聯

所謂第宅居室聯，是指居家住處所用的楹聯，它的應用範圍

---

[44] 任志揚，《對聯常識》，（福建：福建人民出版社，1993 年），頁 1。
[45] 陳香，《楹聯古今談》，（臺北：國家出版社，1978 年），頁 6。

相當廣泛，諸如居家宅第、官署樓館、書院學校、營業服務之類的用聯都屬於這類楹聯。[46]以下這一對楹聯是當年李望洋為仰山書院所做。

> 仰不愧俯不怍，士君子存心當求如是。
> 山可移海可填，大丈夫有志何患難成。[47]

仰山書院成立於嘉慶十七年，是清代噶瑪蘭地區最重要的文學中心，除了是當年的科舉搖籃外，同時也培育出許許多多優秀的文學人才，因此，可以說是噶瑪蘭文學發展的火車頭。書院本是傳道授業解惑之所，有志向學之士，在書院之中，除了能夠獲得豐富的智識外，於精神方面，人格品德的陶冶培養，也是傳統書院教育的宗旨之一。望洋當年寫下這對楹聯，推其用意，亦無非是要書院諸後學，能秉持著傳統儒家的人文精神，除能涵養己身，一言一行皆有君子風範，還要時時心存用世之志，以盡一己之力求淑善天下，鞠躬盡瘁之精神。另外，由此聯亦可看出，望洋在勉勵後進之餘，也隱含透露著自己一生行事的準則與宗旨。

（二）抒情寄興聯

傳統文人總懷有一份悲天憫人，先天之憂而憂，後天下之樂而樂的儒者精神。所以李望洋當年雖遠赴西北塞外屢職，但是心理還是一直掛念著家鄉的種種，這樣的心情在上聯充分的顯露。下聯所述則是因為對於鄉土的這份眷戀，尤其是噶瑪蘭地區在受到西部各地漳泉械鬥所引起的三姓械鬥亂事，讓原本美好的家

---

[46] 劉敦網，《楹聯學初概》，（貴陽：貴州民族出版社，2001 年），頁 253。
[47] 同前註，頁 50。

鄉，掩沒在一片愁雲慘霧之中。在萬般不捨之下，寄望故鄉眾多
賢達英俊能團結同心，共同帶領地方安然渡過困境，期望大家都
能夠為故鄉，貢獻一己之心力，讓人民得以安業樂居，致天下昇
平。細細吟誦此聯，還能得見當年望洋透過此聯所傳達出的心境。

> 龜嶼佳景常繞夢魂，嘆半生飄零，遂與名山成久別。
> 蘭邑故都屢經災亂，望故鄉英俊，共籌長策致昇平。[48]

（三）哲理格言聯

目前尚存於宜蘭市新民堂，光緒十七年（1891）由李望洋所
傳下來的楹聯，就是一對極具哲理且發人深省的對子。若能仔細
讀來，聯中所用之言語，雖然簡短又淺白樸實；但是正如老子所
言，「上善若水，柔能克剛」的道理，其中所展現出來的鎮攝力
道，強度甚至超過吆喝怒斥。

> 任爾極惡窮兇到此反悔
> 求吾分非判是免刑自招[49]

新民堂本是一鸞堂，當年由李望洋等成立，主要行飛鸞問
事，協助大眾解決各項日常生活疑難雜症。亦因當時社會背景關
係，也兼具宣講大清聖諭，協助官方推行精神教育。但是成立目
的主要仍是以扶鸞問事為主，堂上所供奉主神為李恩主。由於當
年的鸞堂的成立大多與當地知識份子有極深的關係，所以部分士
人在參與鸞堂之時，也常藉著這樣的活動，將濟世化民的理念融

---

[48] 凌昌武、林焰瀧，《蘭陽史蹟文物圖鑑》，（宜蘭：宜蘭縣文化中心，
　　 1986 年），頁 50。
[49] 同前註，頁 168。

入其中，於是鸞堂就成為士人實踐濟世理想的場所之一。

當年噶瑪蘭地區的另一處鸞堂，由擺厘陳家所成立的鑑民堂。堂中也有光緒十七年（1891），由宜蘭知縣蕭贊廷所書，內容為勸戒世人的楹聯一副。

> 鑑映羣形毋掩不善着其善
> 民生在抱能以先知覺後知[50]

傳統人稱陰陽通判的城隍爺，負責人死歸天後的審判工作。為了能夠掌握人的一生功過，所以人的一切作為，記的筆筆清楚，絕不含糊。因此，濟世者，總要大家多積德，遠離罪惡，否則俗話說：「不是不報，而是時機未到。」位羅東城隍廟中，留有當年李春波所寫楹聯一副，即是要告誡世人，這樣的道理。

> 為惡必滅為惡不滅祖宗必有餘德德盡必滅
> 為善必昌為善不昌祖宗必有餘殃殃盡必昌[51]

（四）寺廟聯

寺廟聯，題寫鐫刻、嵌綴於寺廟道觀的楹聯。臺灣的廟宇林立，不論是山巔、海邊，總能看到大大小小的寺廟佇立其間。關於民間宗教信仰方面，臺灣大多沿襲自當年渡海來臺移民的原鄉，福建、廣東等地。因此臺灣傳統民間信仰乃屬多神信仰，當年先民自大陸原鄉渡海來臺，為求一路順風平安，也祈求神明協助能夠在新天地有大展鴻圖的機會，來到臺灣之時很多人就將家

---

[50] 同前註，頁 170。

[51] 徐惠隆，《蘭陽的歷史與風土》，（臺北：臺原出版社，1992 年），頁 160。

鄉的神明一起帶到臺灣,於是全臺各地方,隨著土地的拓墾開
發,民間信仰也逐漸生根。

嘉慶初年,噶瑪蘭土地開發時,隨著移民來到的民間信仰之
中,媽祖信仰是佔有很重要的地位。因為,媽祖原是海神,移民
不論是渡海來臺,或是當年需要由水路出入噶瑪蘭,都需要媽祖
的庇祐。甚至媽祖的信仰來到臺灣以後,因為媽祖神威靈驗,有
求必應,給予大眾心靈上,很大的安慰與寄託;因此,信徒的組
成份子與信仰地區,逐漸的擴散,不再侷限於沿海,而成為具全
臺性的信仰。噶瑪蘭各地民眾,對於媽祖信仰也是非常虔誠的。

頭城早年稱頭圍,嘉慶元年(1796),吳沙與移民們的第一
個堡壘,當時為了感念媽祖的庇祐和祈求媽祖能夠繼續庇祐土地
拓墾順利進行,而且烏石港也是當時噶瑪蘭地區水路交通的主要
口岸。所以,先民們在頭城建有慶元宮供奉媽祖娘娘,一方面祈
求保境安民,一方面則是希望海帆平安,口岸繁榮。道光二十八
年(1848),任頭城縣丞的王霈,題有一副楹聯敬奉。

> 海寧慶昇平,功德昭垂利,濟必資於博厚
> 春秋崇享祀,聲靈赫濯光,大更應乎高明[52]

光緒十五年(1889)乙丑蒲月穀旦,五品典籍職銜附貢生董
事蘇朝輔與婿林紹芳也一同敬奉楹聯一副。

> 波平烏石港慈雲輕護海帆來
> 日麗蕊珠宮仙仗翠浮江樹動[53]

---

[52] 凌昌武、林焰瀧,《蘭陽史蹟文物圖鑑》,(宜蘭:宜蘭縣文化中心,
1986 年),頁 164 至 165。

　　清代噶瑪蘭廳治所在的五圍，亦建有供奉媽祖娘娘的廟宇昭應宮，其坐落於當時的城中心附近，原方位坐西朝東。道光十四年（1834），重修時為能讓地方上「科甲聯登」，改坐東朝西。昭應宮三川殿刻有一副楹聯，題聯者乃是曾經署篆的全卜年。

　　　海不揚波萬國梯航歸帝版
　　　民皆安堵一方樂利仰神功[54]

　　相傳，此聯原來是鐫刻在頭城慶元宮的牌坊上，但是因為牌坊倒毀，於光緒年間又將此一楹聯刻在昭應宮內。[55]

　　另外，位今宜蘭市內的東嶽廟，於光緒十三年（1887），廩生呂桂芬，題有一聯，聯中充分將東嶽大帝的神威展露無疑。且此聯形式上對仗的非常的工整與適切，諸侯對天子，權黜陟對理陰陽，並以主神尊號嶽帝二字，各為上、下聯起首，完整的將楹聯的創作技巧和意境展現出來，可見創作者文學素養之優異。

　　　嶽視諸侯權黜陟
　　　帝為天子理陰陽[56]

　　土地公，我們又尊稱為福德正神。他就像是現代的村里長一般，掌管地方上最基層的大小事務之神祇。也因為這樣的職務特性，所以他跟一般民眾最為親近，甚至就像是自己家中的長輩，時時刻刻照顧保佑著大家。現存宜蘭市南興廟中，有一副楹聯是

---

[53] 同前註，頁 59。
[54] 同前註，頁 68。
[55] 徐惠隆，《蘭陽的歷史與風土》，（臺北：臺原出版社，1992 年），頁 158。
[56] 同註 52，頁 170。

咸豐十年（1860），信紳胡廷弼所題，將福德正神對生民大眾的照護，形容的的非常的貼切。

　　福庇生民一方保障
　　德熙帝載萬眾沾依[57]

（五）家廟祠堂聯

　　家廟祠堂是一族飲水思源，慎終追遠，也是家風、族風的精神象徵所在，甚至擔剛著凝聚宗族向心力的角色。通常為了能夠讓世代子孫，承襲祖先遺訓，並且恪遵不遺，起建家廟祠堂之時，往往會將這些祖訓化成楹聯形式鐫刻於醒目處，時時提醒、告誡子孫。盼世代後人得以承繼優良家風，讓家族得以興旺盛繁。清代活動於噶瑪蘭地區的大家族，在各自的家廟祠堂，都有其自我特色的祖訓傳下。如光緒年間所建，游氏家廟慶餘堂，有這樣的二副楹聯傳下。

　　餘克永昌奕世光福祿
　　慶洪源遠流長耀兒孫

　　此聯運用楹聯用字中的嵌字技巧，以廟堂號為起首，並取「積德之家必有餘慶」之深遠涵義，勉勵子孫，在緬懷先祖不忘本之餘，還要積極行善積德，將美好的先祖遺訓繼續傳承下去，以耀門楣。

　　廣大規模絕萬世

---

[57] 凌昌武、林焰瀧，《蘭陽史蹟文物圖鑑》，（宜蘭：宜蘭縣文化中心，1986 年），頁 168。

平安第宅享千秋[58]

游氏一族在噶瑪蘭地區原頗興盛，但是，仍然期勉後代子孫，能夠繼續努力上進，讓家族在地方上可以發光發熱。當年因土地開拓與經商有成，擁有顯赫家勢的擺厘陳家，亦建有鑑湖堂，堂上楹聯寫著這樣的內容。

念祖先克勤克儉
為子孫宜讀宜耕[59]

陳家先祖當年由福建鑑湖渡海來臺，落腳於苗栗地區，因當地生活艱困，與屢遭亂事，於是輾轉遷移至噶瑪蘭來開墾。爾後，經由土地開發的成功和經商得以致富，且族人在科舉功名上也取得很好的成就，成為地方上有頭有臉的大家族。因為這樣的家族成長背景，所以特意在堂上寫下勸勉子孫，須知先祖當年是如何辛苦奮鬥，才有今日之成就，為能守成並繼續圖發展，所以仍需時時奉行當年先人克勤克儉的精神，日常生活中除了以勞動耕作來支持家計，也能藉此鍛鍊勤奮的精神與體力，並且要認真讀書培養不凡的智識，才能在現有的基礎上，進一步宏揚家聲。

一、楹聯的文學特質

從本質意義上講，楹聯和詩歌等文學形式一樣，是形象的藝術，是作者經由文字，創造鮮明的形象，營造優美的環境。一副好的楹聯，猶如一首詩，一幅畫，讓讀者神馳於那情與景，意與

---

[58] 同前註，頁82。
[59] 同前註，頁93。

境，心與物高度融合的藝術境界之中，盡情地感受審美的快感，充分領會豐厚的審美意蘊。

楹聯的形式美，首先表現在它的語言勻整、對偶的整齊美、對稱美，其次表現在平仄交錯的對應的韻律美，同時還表現在聯對、修辭、用字技巧所構成的多采多姿的美的型態上。值得特別提出來的是，在一個作品之中，這些種種因素不是孤立的存在，或者是簡單的相加，而是和諧地、有機地統一在一起，從而形成了作品形式美的綜合性和審美層次的多樣性。[60]如李望洋為仰山書院所題聯，「仰不愧俯不怍，士君子存心當求如是。山可移海可填，大丈夫有志何患難成。」聯中形式對仗工整，平仄聲律和諧，修辭則將一般常用的成語，「俯仰無愧」與「移山填海」，轉化成「仰不愧俯不怍」、「山可移海可填」，除了變換新奇，並且加強了聯語氣勢，展現出大丈夫必當如此的決心。同時運用這樣的手法，也間接營造出了下句，「士君子存心當求如是」、「大丈夫有志何患難成」的深邃語境。不論是聯中的上、下句，還是上、下聯之間，形成一個有機的整合，和諧的將蘊藉其中的精神散發出來，誨人殷殷。李望洋其他的作品，「龜嶼佳景常繞夢魂，嘆半生飄零，遂與名山成久別。蘭易故都屢經災亂，望故鄉英俊，共籌長策致昇平。」、「任爾極惡窮兇到此反悔。求吾分非判是免刑自招。」也同樣呈現出以上的文學特質，足見其文學造詣之深。

清季活動於噶瑪蘭的優秀文人頗多，在李望洋之外，還有楹聯作品存世的有，蕭贊廷、李春波、王霈、仝卜年、胡廷弼、呂桂芬等人，各各也都是楹聯創作的高手，今日細細誦讀、品味這

---

[60] 劉敦綱，《楹聯學初概》，（貴陽：貴州民族出版社，2001年），頁270。

些楹聯，心中仍能深深感受到，那一股由文句之間所散發出的觸動。由於楹聯所獨具的文學特質，所以在楹聯的創作中，也充分的體現出作者的文學天才。

第七章　結論

一

　　清代噶瑪蘭地區漢人文學發展在土地開發較晚的大環境之下，原屬較慢起步的區域，但是起步較慢的先天因素之外，當地的文學發展速度和廣度與臺灣其他區域比較起來，不論是文學成就、科舉功名和文學活動等方面，絲毫不遜色。

　　本文研究爬梳各面向，在第二章自然環境與人文景象，就當時文學發展的背景要素做一探索，除了當年人文地理環境得以重建外，在這樣的地理人文條件下所孕育出來的自然人文景象，也有全面性的探索。尤其臺灣地區的文學傳播與發展和土地的開拓有著密切的連動性。因此，更加突顯土地開發對於文學傳播的影響性，也可以說，文學傳播的動力，部分來自於土地，所以不了解土地，不能夠由土地開發的面向切入文學發展的研究，則將使得此一研究面向不夠廣闊。文中第二章亦循此理念，著手於清代噶瑪蘭開發的爬梳，終能透過此徑，看到文學傳播發展與地理環

境的相關性，將地理與人文領域發展的內在脈絡梳理分明。

　　第三章內容針對清代噶瑪蘭的人文背景做一勾稽，也可以說是當年社會人文概況的研究。一地的文學發展和當地的人文景況是相結合、相促進的，另一方面，人文條件也深深影響著文學表現，人文若是種子，文學將是花朵、果實。所以第三章從乾嘉時期土地開發開始談起至乙未割臺，百年之間，噶瑪蘭一地人文風景一一爬梳，由群眾的人文背景到國家科舉制度的影響，從當地社會狀態和文人文學活動等等，各不同層面為切入路徑，為本地文學發展的人文背景研究，建立多面向完整的探討。此舉使得文學發展的基礎何在，養分與限制何在，這些種種條件如何在文人心中發酵和文學上反映出來。文壇是社會眾多領域之一，無法獨立於外，因此，不了解一地文壇之狀況，實在無法深入談一地之文學。本章以這樣的思維為本，著手研究後發現，噶瑪蘭的文壇、文人和臺灣其他區域，同質性很高，有著相同文化傳統意識，以建立書香門第為尚，熱衷功名，但仍有其相異之處，如社會資源、教育資源遠比不上較早開發的區域。但雖處種種文化不利因素，可是仍憑藉著文人堅強的意志，使得文風蒸蒸日盛。

　　再者，透過上述章節的探討，對噶瑪蘭的自然與人文有一通盤性了解之後，第四章則就本地文壇相關重要作家，依其出身、身分等分成五個小節，就文學作家與作品深入疏註、析論，期能一窺當年活耀於文壇的作家身影與創作成果全豹。從本章的整理研究，可以明白清代噶瑪蘭的文壇在咸、同年之前，多以遊宦入蘭的文人為主力，這些文人也是文學肇始的最大推手。咸、同年之後，本地文人始逐漸展露頭角，而光緒年本地文人已成氣候，躍上文壇成為主力，引領風騷。第五章則是在第四章的研究基礎之上，進一步針對本地文壇發展的歷程與作家創作特色進行探

討，突顯出本地文學在短短百年間，所獲得的成就。也藉此將噶瑪蘭的漢人文學，在浩瀚的清代臺灣文學領域尋得一妥適的定位和價值。

民間文學，向來是在傳統詩詞歌賦所謂古典文學之外，文學傳統中非常燦爛的另一章。所以，針對民間文學的研究，不論是在內容或形式等方面，都是本文非常重視的一環。因此，本文第六章即就本地民間文學，包含神話傳說、諺語、歌謠、楹聯等領域逐一爬梳，發現其內容之豐富，形式之多樣，活潑動人，實在是文學寶山中耀眼的明珠。雖因現存相關史料有限，但也能顯現出當年傳衍於世井的民間文學景象，讓今人明白，本地文學在詩詞歌賦之外，其樣貌有多麼動人。

二

臺灣文學的研究工作，在近年來蓬勃發展，尤其臺灣區域文學史之研究，更是行之有年，成果斐然，諸多區域文學史的書寫業已完成，目前出版的相關著作就有臺南縣、彰化縣、臺中縣、臺中市、嘉義縣、苗栗縣、新竹縣等區域研究專著。但依其區域分佈可知，其撰述範圍大抵在中部、南部、北部，相關清代噶瑪蘭地區之文學，始終未受到前哲近賢的關注，致尚未見全面性之研究。因此，本文針對清代噶瑪蘭漢人文學發展的研究所獲得的成果，恰可彌補縫合此一空窗領域，填補過去臺灣區域文學史研究的空缺，一方面亦將有助於臺灣文學史的建構。

本文內容，除了將清代噶瑪蘭地區文學發展的種種自然人文條件，有系統的梳理分明，也將活躍於本地的文學作家與作品的樣貌、成就，給予應有的定位與評價。除此之外，千百年來緊密

地與漢人社會生活相結合之民間文學,亦能關注並加以深入研究,為前此研究諸人所未及之處。民間文學的原始型態多是街談巷議、口耳相傳,形式上雖有別於傳統古典文學,但它卻是一種歷史記憶的傳承,亦是文化的濫觴。也正因為長久以來,它存在的形式與傳佈階層與傳統古典文學不同的特性,它承載著千百年來,隱沒於傳統文人階層的思維下,未受正視的普羅大眾的思想與生命價值。許許多多地方上的人、事、物也經由這樣的呈現方式,傳遞於世代之間。因此,其中蘊含著當地渾沌開天以來生民的生命智慧,並載錄著世代共同的記憶與文化。所以研究一區域的文學發展,不應僅限於傳統古典文學的範疇,有鑑於民間文學的研究往往為過去研究者所忽略,為能將清代噶瑪蘭地區漢人文學做一完整的呈現,所以民間文學的研究當然不可以忽視。所以本文的研究,由於研究視野的擴展,使得區域文學研究之面貌更加全面與深入。

再者,由於過去從未曾有過針對清代噶瑪蘭漢人文學領域從事深入、全面性的探討研究,加上若干相關史料、文人詩文作品,因為年代已遠,且未獲妥適的保存,導致諸多珍貴資料散佚,或殘缺不全,考證不易,因而需費更多心力尋覓與建構。因此,從事本文研究的另一建樹乃是將散存於各史料、書籍、詩文集等,各方龐雜的資料,加以匯集,整理爬梳,一方面描繪出清代噶瑪蘭之漢人文學發展具體面貌,呈現給世人;一方面也為往後有興趣噶瑪蘭文學相關領域的研究者,提供參考斟酌。

最後,本文所採取較為廣闊的視野,將清代噶瑪蘭漢人文學發展的種種背景與成因,放在當時臺灣甚至整個清代的政治、社會、經濟、文藝思潮等大環境下來看待,讓噶瑪蘭漢人文學在清代臺灣文學領域之中尋得自己的定位。

三

本文研究範疇，雖限定於清代噶瑪蘭漢人文學之研究，但是，除了對清代噶瑪蘭地區的漢人文學發展加以勾稽，讓其面目重現外，也希望本文成果能夠成為往後有興趣相關人文領域研究者的基石。

因此，由本文出發對於未來相關領域之研究開拓，抱有相當大的期待。例如，清代噶瑪蘭地區個別文人或家族文學以及民間文學，在研究層面以及向度上能有更深入的、更多面向的發展。

清代臺灣文學史的書寫方面，本文研究範疇，雖僅限定於清代的噶瑪蘭地區，但是所獲得之成果，除了就清代噶瑪蘭漢人文學這一部分，扮演先行者的角色，建立基礎，以供後來者據此基礎更加充實外，亦可以為清代臺灣後山亦或北臺灣，甚至臺灣的清代文學發展研究作為基礎，將本文結合目前臺灣各區域已經完成的研究成果，相互對照、比較與嵌合，如此對於清代臺灣文學面貌的建構及相關的諸多課題將有大大助益。

另外，亦能經由噶瑪蘭漢人文學的研究，將明清時期臺灣文學與中國傳統文學、民間文學的淵源血脈爬梳與重建。

如果文學的發展似長河般源遠流長，那臺灣文學的發展走過明清時期，將會進入日據時代，然後來到今日。因此，噶瑪蘭文學發展的研究課題，經過了清代，亦可以將研究時間延續至日據時期，光復以後至今日。噶瑪蘭平原本地靈人傑，從清咸、同年間本地文人開始現露光芒，光緒年間開始主掌文壇，往後歷經日據、光復時至今日，此間本地優秀文學作家輩出。所以若能以本文研究為基礎，繼續對於這些前哲近賢的文學成就繼續加以探索，則更能窺得本地文學發展中的變遷與興衰。

參考書目

壹・方志、文獻史料

周璽，《彰化縣志》，南投：臺灣文獻委員會，1962年。

盧世標，《宜蘭縣志》，宜蘭：宜蘭文獻委員會出版，1969年。

趙爾巽等，《清史稿》，臺北：洪氏出版社，1981年。

陳夢林，《諸羅縣志》，南投：臺灣省文獻委員會，1984年。

清高宗，《欽定大清會典》，臺北：世界出版社，1988年。

蔣毓英，《臺灣府志》，南投：臺灣省文獻委員會出版，1993年。

劉良璧，《重修福建臺灣府志》，南投：臺灣省文獻委員會出版，1993年。

高拱乾，《臺灣府志》，南投：臺灣省文獻委員會出版，1993年。

陳淑均，《噶瑪蘭廳志》，南投：臺灣省文獻委員會出版，1993年。

陳培桂，《淡水廳志》，南投：臺灣省文獻委員會出版，1993年。

余文儀，《續修臺灣府志》，南投：臺灣省文獻委員會出版，1993年。

周元文，《重修臺灣府志》，南投：臺灣省文獻委員會出版，1993年。

柯培元，《噶瑪蘭志略》，南投：臺灣省文獻委員會出版，1993年。

范咸，《重修臺灣府志》，南投：臺灣省文獻委員會出版，1993年。

臺灣銀行經濟研究室，《福建通志臺灣府》，南投：臺灣省文獻

委員會出版，1993 年。

臺灣銀行經濟研究室，《清史稿臺灣資料集輯》，南投：臺灣省
　　文獻委員會出版，1994 年。

臺灣銀行經濟研究室，《清季申報臺灣記事集錄》，南投：臺灣
　　省文獻委員會出版，1994 年。

姚瑩，《東槎紀略》，南投：臺灣省文獻委員會出版，1996 年。

郁永河，《裨海紀遊》，南投：臺灣省文獻委員會，1996 年。

鄭用錫，《淡水廳志稿》南投：臺灣省文獻委員會出版，1998 年。

貳‧詩集、詩稿

彭國棟，《廣臺灣詩乘》，南投：臺灣省文獻委員會出版，1956
　　年。

連橫，《臺灣詩乘》，南投：臺灣省文獻委員會出版，1975 年。

連橫，《臺灣詩薈》，臺北：臺北市文獻委員會出版，1977 年。

潘敬尉，《臺灣詩錄拾遺》，南投：臺灣省文獻委員會出版，1979
　　年。

陳漢光，《臺灣詩錄》，南投：臺灣省文獻委員會出版，1984 年。

連橫，《雅堂叢刊詩稿》，南投：臺灣省文獻委員會出版，1987
　　年。

李望洋，《西行吟草》，臺北：龍文出版社，1992 年。

臺灣銀行經濟研究室，《臺灣詩鈔》，南投：臺灣省文獻委員會
　　出版，1997 年。

楊欽年撰文、周家安圖說，《詩說噶瑪蘭》，宜蘭：宜蘭縣文化
　　局出版，2000 年。

李逢時，《泰階詩稿》，臺北：龍文出版社，2001 年。

全臺詩編輯小組，《全臺詩》五冊，臺北：遠流出版社，2004年。

參・專書

宜蘭醒世堂，《善錄金篇》八冊，宜蘭：醒世堂，1891年。

宜蘭未信齋，《喝醒文》一卷，宜蘭：未信齋，1891年。

宜蘭喚醒堂，《渡世慈航》，宜蘭：喚醒堂1897年。

宜蘭鑑民堂，《龍鳳圖全集》一冊，宜蘭：鑑民堂，1905年。

宜蘭碧霞宮，《敦倫經》，宜蘭：碧霞宮，未標明年代。

宜蘭喚醒堂，《錄善奇篇》四卷，宜蘭：喚醒堂1922年。

周學普譯，《臺灣六紀》，臺北：臺灣銀行經濟研究室，1960年。

李汝和，《臺灣文教史略》，南投：臺灣省文獻委員會，1972年。

宜蘭碧霞宮，《治世金針》，宜蘭：碧霞宮，1972年。

伊能嘉矩，《臺灣番政志》，臺北：古亭書屋，1973年。

王國璠，《臺灣先賢著作提要》，新竹：臺灣省新竹社會教育館出版，1974年。

王國璠、邱勝安，《三百年來臺灣作家與作品》，臺北：臺灣時報出版社，1977年。

陳香，《楹聯古今談》，臺北：國家出版社，1978年。

曹永和、黃富三，《臺灣史論叢》，臺北：眾文圖書出版社，1980年。

楊雲萍，《臺灣史上的人物》，臺北：成文出版社，1981年。

連橫，《臺灣通史》，南投：臺灣省文獻委員會，1983年。

張鐵君，《楹聯學與新聯型創論》，臺北：黎明文化事業出版社，1984年。

曹永和，《臺灣早期歷史研究》，臺北：聯經出版社，1985年。

莊英章、吳文星，《頭城鎮志》，宜蘭：頭城鎮公所出版，1985年。

洪敏麟，《臺灣地名沿革》，南投：臺灣省政府新聞處出版，1985年。

凌昌武、林焰瀧，《蘭陽史蹟文物圖鑑》，宜蘭：文化中心出版，1986年。

王鎮華，《書院教育與建築》，臺北：故鄉出版社，1986年。

林文龍，《臺灣史蹟論叢》三冊，臺北：國彰出版社，1987年。

葉石濤，《臺灣文學史綱》，高雄：文學界雜誌出版社，1987年。

尹章義，《臺灣開發史研究》，臺北：聯經出版社，1989年。

陳進傳，《清代噶瑪蘭古碑之研究》，彰化：左羊出版社，1989年。

陳孔立，《清代臺灣移民社會研究》，福建：廈門大學出版社，1990年。

廖風德，《清代之噶瑪蘭》，臺北：正中書局出版社，1990年。

山崎繁樹、野上矯介，《臺灣史：研究臺灣歷史珍貴資料》，臺北：武陵出版社，1990年。

伊能嘉矩，《臺灣文化志》，南投：臺灣省文獻委員會出版，1991年。

汪毅夫，《臺灣近代文學叢稿》，福州：海峽文藝出版社，1991年。

戚嘉林，《臺灣史》五冊，臺北：著者發行，1991年。

劉登翰，《臺灣文學史》，福州：海峽文藝出版社，1991年。

劉本德，《蘭陽名人錄》，宜蘭：蘭陽之聲雜誌社出版，1991年。

黃秀政，《臺灣史研究》，臺北：學生書局出版社，1992年。

徐惠隆，《蘭陽的歷史與風土》，臺北：臺原出版社，1992年。

連橫，《雅堂文集》，南投：臺灣省文獻委員會，1992年。

陳正祥，《臺灣地名辭典》，臺北：南天書局出版社，1993年。

張勝彥，《清代臺灣廳縣制度之研究》，臺北：華世出版社，1993
　　年。

廖風德，《宜蘭歷史與蘭陽精神》，宜蘭：宜蘭縣政府出版，1993
　　年。

朱漢民，《中國的書院》，臺北：臺灣商務出版社，1993年。

任志揚，《對聯常識》，福建：福建人民出版社，1993年。

汪毅夫、呂良弼，《臺灣文化概觀》，福建：教育出版社，1993
　　年。

林偉盛，《羅漢腳-清代臺灣社會與分類械鬥》，臺北：自立晚報
　　出版社，1993年。

封德屏，《藝文與環境》，臺北：文訊雜誌出版社，1994年。

封德屏，《鄉土與文學》，臺北：文訊雜誌出版社，1994年。

郭齊家，《中國古代考試制度》，臺北：臺灣商務出版社，1994
　　年。

劉登翰，《文學薪火的傳承與變異》，福州：海峽文藝出版社，
　　1994年。

礁溪鄉誌編纂委員會，《礁溪鄉志》，宜蘭：礁溪鄉公所出版，
　　1994年。

施懿琳、許俊雅、楊翠，《臺中縣文學史》，臺中：臺中縣立
　　文化中心出版，1995年。

施懿琳、楊翠，《臺中縣文學發展史》，臺中：臺中縣立文化中
　　心出版，1995年。

陳捷先，《清代臺灣方志研究》，臺北：學生出版社，1996年。

翁聖峰，《清代臺灣竹枝詞之研究》，臺北：文津出版社，1996

年。

陳柏州，《蘭陽風土記事》，臺北：玉山社出版社，1996年。

陳昭瑛，《臺灣詩選注》，臺北：正中書局出版社，1996年。

廖風德，《臺灣史探索》，臺北：學生書局出版社，1996年。

王見川，《臺灣的齋教與鸞堂》，臺北：南天出版社，1996年。

何綿山，《閩文化概論》，北京：北京大學出版社，1996年。

林衡道，《臺灣史》，臺北：眾文圖書出版社，1996年。

施懿琳、楊翠，《彰化縣文學發展史》，彰化：彰化縣立文化中心出版，1997年。

龔顯宗，《臺灣文學家列傳》，臺南：臺南市立文化中心出版，1997年。

汪毅夫，《臺灣近代詩人在福建》，臺北：幼獅出版社，1997年。

施懿琳，《從沈光文到賴和》，高雄：春暉出版社，1998年。

徐惠隆，《走過蘭陽歲月》，臺北：常民出版社，1998年。

陳昭瑛，《臺灣文學與本土化運動》，臺北：正中書局出版社，1998年。

陳正之，《智慧的語珠/臺灣的傳統諺語》，臺中：臺灣省新聞處出版，1998年。

黃雯娟，《宜蘭縣水利發展史》，宜蘭：宜蘭縣政府出版，1998年。

彭文宇，《閩臺家族社會》，臺北：幼獅出版社，1998年。

趙莒玲，《臺灣開發故事‧東部地區》，臺北：天衛文化出版，1998年。

龔顯宗，《臺灣文學研究》，臺北：五南圖書出版社，1998年。

王炳照，《中國古代書院》，北京：商務印書館出版社，1998年。

江寶釵，《嘉義地區古典文學發展史》，嘉義：嘉義縣立文化中

心出版，1998年。

李茂肅，《科舉文化辭典》，山東：明天出版社，1998年。

林美容、鄧淑慧、江寶月，《宜蘭縣民眾生活史》，宜蘭：宜蘭縣政府出版，1998年

林聰明、胡萬川，《羅阿蜂、陳阿勉故事輯》，宜蘭：文化中心出版，1998年。

江寶釵，《臺灣古典詩面面觀》，臺北：巨流圖書出版社，1999年。

陳明臺，《臺中市文學史初編》，臺中：臺中市立文化中心出版，1999年。

彭永叔，《廈門歌謠》，廈門：鷺江出版社，1999年。

廖雪蘭，《臺灣詩史》，臺北：文史哲出版社，1999年。

王見川、李世偉，《臺灣的宗教與文化》，臺北：博揚出版社，1999年。

宋隆全、胡萬川，《宜蘭縣民間文學集》，宜蘭：宜蘭文化中心出版，1999年。

林文龍，《臺灣的書院與科舉》，臺北：常民文化出版社，1999年。

楊麗祝，《歌謠與生活：日治時期臺灣的歌謠採集及其時代意義》，臺北：稻香出版社，2000年。

吳進喜，《臺灣地名辭書》，南投：臺灣省文獻委員會出版，2000年。

陳梅卿，《宜蘭縣基督教傳教史》，宜蘭：宜蘭縣政府出版，2000年。

莫渝、王幼華，《苗栗縣文學史》，苗栗：苗栗縣立文化中心出版，2000年。

蘇麗春，《日出蘭陽：宜蘭縣籍作家身影系列》，宜蘭：宜蘭縣
　　文化局出版，2000 年。

王見川、李世偉，《臺灣的民間宗教與信仰》，臺北：博揚出版
　　社，2000 年。

呂美玉、林英賢、林正芳，《宜蘭市志-地理篇》，宜蘭：宜蘭市
　　公所出版，2001 年。

劉敦綱，《楹聯學初概》，貴陽：貴州民族出版社，2001 年。

潘朝陽，《明清臺灣儒學論》，臺北：學生書局出版社，2001 年。

戴寶村，《宜蘭縣交通史》，宜蘭：宜蘭縣政府出版，2001 年。

蘇美如，《宜蘭市志-歷史建築篇》，宜蘭：宜蘭市公所出版，2001
　　年。

龔宜君，《宜蘭縣人口與社會變遷》，宜蘭：宜蘭縣政府出版，
　　2001 年。

王俊義，《清代學術探研錄》，北京：中國社會科學院出版，2002
　　年。

邱坤良等，《宜蘭縣口傳文學》，宜蘭：宜蘭縣政府出版，2002
　　年。

張懋鎔，《書畫與文人風尚》，西安：陝西人民出版社，2002 年。

黃鴻禧，《員山相褒歌》，宜蘭：宜蘭縣員山鄉公所出版，2002
　　年。

葉高樹，《宜蘭縣學校教育》，宜蘭：宜蘭縣政府出版，2002 年。

楊匡漢，《中國文化中的臺灣文學》，武漢：長江文藝出版社，
　　2002 年。

劉登翰，《中華文化與閩臺社會》，福州：福建人民出版社，2002
　　年。

龔鵬程，《中國文人階層史論》，宜蘭：佛光人文社會學院出版，

2002 年。

戴燕，《文學史的權利》，北京：北京大學出版社，2002 年。

馬重奇，《閩臺方言的源流與嬗變》，福州：福建人民出版社，2002 年。

陳貽庭、張 寧、陳慶元，《臺灣才子》，北京：九州出版社，2003 年。

黃新憲，《閩臺教育的交融與發展》，福州：福建人民出版社，2003 年。

商衍鎏，《清代科舉考試述錄及有關著作》，天津：百花出版社，2003 年。

游謙、施芳瓏，《宜蘭縣民間信仰》，宜蘭：宜蘭縣政府出版，2003 年。

鄭尊仁，《臺灣當代傳記文學研究》，臺北：秀威資訊科技出版，2003 年。

藍淑貞，《細說臺灣諺語》，臺南：著者出版，2003 年。

譚元享，《客家與華夏文明》，廣州：華南理工大學出版社，2003 年。

方寶璋，《閩臺民間習俗》，福州：福建人民出版社，2003 年。

白啟文，《臺灣古典散文選讀》，臺北：五南出版社，2003 年。

朱雙一，《閩臺文學的文化親緣》，福州：福建人民出版社，2003 年。

何綿山，《閩文化續論》，北京：北京大學出版社，2004 年。

王見川、李世偉，《臺灣的寺廟與齋堂》，臺北：博揚出版社，2004 年。

皮述平，《晚清詞學的思想與方法》，北京：學苑出版社，2004 年。

林正芳，《宜蘭城與宜蘭人的生活》，宜蘭：宜蘭縣政府出版，
　　2004 年。

吳麗珠，《《四庫全書》收錄臺灣文史資料之研究》，臺北，秀
　　威資訊科技出版，2004 年。

范艷秋，《宜蘭縣醫療衛生史》，宜蘭：宜蘭縣政府出版，2004
　　年。

梁景之，《清代民間宗教與鄉土社會》，北京：社會科學文獻出
　　版社，2004 年。

高淑媛，《宜蘭縣史大紀事》，宜蘭：宜蘭縣政府出版，2004 年。

陳支平，《五百年來福建的家族與社會》，臺北：揚智出版社，
　　2004 年。

薛化元、李筱峰、戴寶村、潘繼道，《臺灣的歷史》，臺北：玉
　　山社出版社，2004 年。

藤井省三，《臺灣文學這一百年》，臺北：麥田出版社，2004 年。

戴寶村、王峙萍，《從臺灣諺語看臺灣歷史》，臺北：玉山社出
　　版，2004 年。

王甲輝，《臺灣民間文學》，上海：上海文藝出版社，2005 年。

汪小洋、孔慶茂，《科舉文體研究》，天津：天津古籍出版社，
　　2005 年。

陳進傳、朱家嶠，《宜蘭擺里陳家發展史》，南投：臺灣文獻館，
　　2005 年。

肆・期刊論文

賴子清，〈古今臺灣詩文社〉，《臺灣文獻》，第十卷，第三期，
　　1959 年 9 月。

黃秀政，〈書院與臺灣社會〉，《臺灣文獻》，第三十一卷，第
　　三期，1960 年。

郭嘉雄，〈清代臺灣書院沿革初稿〉，《臺灣文獻》，第三十八
　　卷，第二期，1987 年。

劉登翰，〈大陸臺灣文學研究十年〉，《臺灣文學觀察雜誌》，
　　第一期，1990 年 6 月。

陳進傳，〈清代噶瑪蘭的拓墾社會〉《臺北文獻》直字第九十二
　　期，臺北：臺北文獻委員會出版，1990 年。

下村作次郎，〈臺灣文學研究在日本〉，《臺灣文學觀察雜誌》，
　　第六期，1992 年 6 月。

高志彬著〈李望洋研究的課題與文獻〉，《宜蘭文獻雜誌》第
　　12 期，1994 年 11 月頁 2 至 9。

蔡淵絜，〈清代臺灣的學術發展〉，《第一屆臺灣本土文化學術
　　研討會論文集》，1994 年 12 月。

卓克華，〈淡蘭古道與金字碑之研究〉《臺北文獻》直字第一 O
　　九期，臺北：臺北文獻委員會，1994 年，頁 69 至 128。

國立臺灣師範大學中等教育輔導委員會，《認識臺灣歷史論文
　　集》，臺北：國立臺灣師範大學中等教育輔導委員會，1996
　　年。

林文龍，〈清代臺灣書院講席彙錄〉，《臺灣文獻》，四十二卷，
　　二期，1997 年 6 月。

林偉功，〈福州籍人士與宜蘭開發〉，《第二屆「宜蘭研究」國
　　際學術研討會論文集》，宜蘭：宜蘭縣立文化中心，1997 年，
　　頁 78 至 92。

石奕龍，〈臺灣宜蘭與福建漳浦關係初探〉，《第二屆「宜蘭研
　　究」國際學術研討會論文集》，宜蘭：宜蘭縣立文化中心，

1997 年，頁 60 至 74。

陳進傳，〈宜蘭漢人家族文學初探〉，《臺灣古典文學與文獻研討會論文集》，臺北：文津出版社，1999 年，頁 146 至 192。

東海大學中國文學系編，《臺灣古典文學與文獻研討會論文集》，臺北：文津出版社，1999 年。

許雪姬、林玉茹，《「五十年來臺灣方志成果評估與未來發展」學術研討會論文集》，臺北：中央研究院臺灣史研究籌備處出版，1999 年。

中正大學文學院中文系編，《臺灣文學史料編彙研討會手冊》，2000 年。

林茂賢，〈宜蘭俗語初探〉，《「宜蘭研究」第三屆學術研討會論文集》，2000 年，頁 313 至 345。

施懿琳，〈臺南府城古典文學概述（上）〉，《國文天地雜誌》16 卷 7 期，2000 年 12 月，頁 56 至 60。

江寶釵，〈雲嘉地區的民間文學管見〉，《國文天地雜誌》16 卷 10 期，2001 年 3 月，頁 67 至 71。

施懿琳，〈臺南府城古典文學概述（下）〉，《國文天地雜誌》16 卷 8 期，2001 年 1 月，頁 57 至 61。

黃美娥，〈北臺灣傳統文學發展概述---清代至日治時代（上）〉，《國文天地雜誌》16 卷 9 期，2001 年 2 月，頁 61 至 68。

黃憲作，〈花蓮地區的傳統文學（上）〉，《國文天地雜誌》16 卷 12 期，2001 年 5 月，頁 77 至 81。

黃憲作，〈花蓮地區的傳統文學（下）〉，《國文天地雜誌》17 卷 1 期，2001 年 6 月，頁 86 至 89。

廖振富，〈臺灣中部地區的古典詩人及其作品（上）〉，《國文天地雜誌》16 卷 8 期，2001 年 1 月，頁 62 至 67。

廖振富，〈臺灣中部地區的古典詩人及其作品（下）〉，《國文天地雜誌》16卷9期，2001年2月，頁56至60。

黃美娥，〈清代臺北地區文壇初探〉，《明清時期的臺灣傳統文學論文集》，臺北，文津出版社，2002年，頁146至192。

東海大學中國文學系，《明清時期的臺灣傳統文學論文集》，臺北：文津出版社，2002年。

伍・學位論文

王文顏，《臺灣詩社之研究》，國立政治大學中國文學所碩士論文，1979年。

陳丹馨，《臺灣光復前之重要詩社作家與作品研究》，東吳大學中國文學研究所碩士論文，1991年。

施懿琳，《清代臺灣詩所反映的漢人社會》，國立臺灣師範大學中國文學研究所博士論文，1991年。

謝智賜，《道咸同時期淡水廳文人與其詩文研究》，臺灣師範大學國文研究所碩士論文，1995年。

黃美娥，《清代臺灣竹塹地區傳統文學研究》，輔仁大學中國文學研究所博士論文，1998年。

林孟輝，《清代臺灣學校教育與儒學教化》，國立成功大學中國文學研究所碩士論文，1999年。

葉連鵬，《澎湖文學發展之研究》，中央大學中國文學研究所碩士論文，1999年。

劉麗卿，《清代臺灣八景與八景詩》，國立中興大學中國文學研究所碩士論文，2000年。

王俊勝，《清代臺灣鳳山縣詩歌研究》，中國文化大學中國文學

研究所碩士論文，2000 年。

高麗敏，《桃園縣文學史料之分析與研究》，東吳大學中國文學
　　研究所碩士論文，2002 年。

張淑玲，《臺灣南投地區傳統詩研究》，中國文化大學中國文學
　　研究所碩士論文，2002 年。

郭麗琴，《西螺地區文學發展研究》，中正大學中國文學研究所
　　碩士論文，2003 年。

國家圖書館出版品預行編目資料

清代噶瑪蘭文學發展史／游建興著. -- 初版.
-- 臺北市：蘭臺, 2008.06
面； 公分. -- （地域與社會叢書：S001）
參考書目：面

ISBN 978-986-7626-66-0（平裝）

1.臺灣文學史 2.清代 3.宜蘭縣

863.9/107 97012565

地域與社會叢書 第一輯

清代噶瑪蘭文學發展史

作 者：游建興
出 版 者：蘭臺出版社
地 址：台北市中正區開封街一段 20 號 4 樓
電 話：(02)2331-1675 傳真：(02)2382-6225
劃 撥 帳 號：蘭臺出版社 18995335
網 路 書 店：http://www.5w.com.tw E-Mail：lt5w.lu@msa.hinet.net
books5w@gmail.com
網 路 書 店：博客來網路書店 http://www.books.com.tw
網 路 書 店：中美書街 http://chung-mei.biz
香港總代理：香港聯合零售有限公司
地 址：香港新界大蒲汀麗路 36 號中華商務印刷大樓
C&C Building, 36, Ting Lai Road, Tai Po,New Territories
電 話：(852)2150-2100 傳真：(852)2356-0735
出 版 日 期：2008 年 6 月初版
定 價：新臺幣 450 元整

ISBN 978-986-7626-66-0